LE SECRET DE LA DERNIÈRE RUNE

Landry Miñana

Chapitre 1

Lorsqu'il embarqua sur le *Olfert Fisher* à Copenhague, c'est avec la tête pleine de paysages fantastiques. Des dunes dont on ne pourrait percevoir ni leur limite, ni leur profondeur, s'étaleraient à perte de vue. Des millions de petits miroirs auraient été déversés sur les flancs de cette mer jaune et le soleil se confondrait en formant des vagues pétrifiées. Au-dessus, un ciel d'un bleu si profond et si pur, donnerait le vertige. La chaleur, comme venue de l'intérieur, envahirait tout et consumerait ou étoufferait la moindre parcelle de vie. Tel Lawrence d'Arabie, Niels se voyait déjà, ses cheveux blonds dans le vent, son keffieh de bédouin masquant à peine ses grands yeux bleus, au milieu de toute cette immensité. Malheureusement, la réalité était tout autre, sauf peut-être pour la chaleur. De toute façon, personne n'aurait envoyé un viking d'un mètre quatre-vingt, eût-il même le physique du beau gosse de la pub Levi Strauss, faire l'infirmier au fin fond de l'Irak à dos d'un chameau, à moins qu'il ne s'agisse d'un dromadaire – il n'avait jamais su faire la différence. À son arrivée, le seul paysage qu'il avait pu admirer était celui des quais de *Yanbu* dont les effluves d'huiles mêlées au gas-oil marin avait eu raison de son odorat. Ensuite, en guise de voyage, on le jeta au fond d'un camion et pendant trois interminables jours, il avait été bringuebalé d'une ridelle à l'autre. Rien ! Il n'avait rien vu ou presque rien, pas la moindre petite dune. La bâche du camion avait été tirée pour les protéger des fortes rafales de vent chargées de petits cristaux de sable aussi tranchants que les lames de rasoir. Parfois lors des courtes pauses, que les chauffeurs dans leur grande bonté leur accordaient à lui et aux autres soldats français, il avait pu prendre quelque minutes pour essayer de distinguer au-delà de la route la présence des dunes. Mais il ne fallait pas traîner, la feuille de route était serrée, et il se retrouvait à nouveau au fond du camion sans avoir pu dire ouf.

De tous ses rêves, il ne lui restait maintenant que quelques courbatures qui auraient très bien pu survenir après un tel périple à dos de chameau. Mais le pire de tout, c'était ce bruit régulier et agaçant du moteur qui prenait un malin plaisir à séjourner dans sa tête, même dans le silence le plus absolu. Il était là, toujours là ! Et ce n'est pas le brouhaha assourdissant des jets et des hélicoptères qui n'en finissaient pas de partir et revenir qui lui avait permis d'oublier ce casse-pied de moteur. Non, il lui avait fallu une bonne journée pour s'en débarrasser et sa seule hantise était de reprendre ce maudit camion.

Il était enfin arrivé à destination, c'était le « PC Olive » ! Le paysage ne ressemblait pas à celui qu'il avait imaginé. Autour de lui l'immensité était bien là mais les dunes s'étaient enfuies et avaient laissé un sol de caillasses mélangées à du sable jaune orangé plus rustique. Le désert de carte postale avait cédé la place à une région plus apocalyptique et aux aspects martiens, le rouge en moins. Le vent, si violent depuis son arrivée il y a trois jours, commençait tout juste à s'amoindrir, mais quelques rafales cinglantes s'acharnaient encore sur de pauvres plantes piquées ça et là. Au nord, vers la frontière irakienne, on pouvait apercevoir des petites montagnes rocheuses et le début d'une plaine vallonnée dont le nom de code était *Rochambeau*. Plus loin au Sud, on pouvait rejoindre la ville de *Rafha*, seule trace de civilisation à des centaines de kilomètres. Au milieu de cette rudesse, derrière un merlon, s'alignaient des tentes, des véhicules, des grandes antennes et tout un tas d'objets hétéroclites totalement figés dans une discipline bien militaire. Pourtant, au milieu de tout ça, les gens et les véhicules grouillaient dans tous les sens. Il régnait une certaine effervescence dans le camp. On pouvait distinguer facilement les différentes nationalités grâce aux couleurs des treillis. Ceux des américains étaient assez clair ponctués de petites tâches discrètes dans des nuances de gris moyen. Ceux des français hésitaient entre deux déclinaisons : le kaki uni et celui dans des nuances de beige et marron clair à plus grandes tâches. Par contre, le treillis de Niels, le très réglementaire T99 de l'armée royale danoise ne pouvait pas passer inaperçu. C'était une sorte d'imitation à trois couleurs de celui de l'armée française mais à petites tâches. En plus, il était le seul représentant danois sur le site alors c'est dire s'il avait vite fait d'être repéré! Un costume de clown aurait eu le même effet. D'ailleurs, Niels avait rejoint les militaires français de l'opération Daguet à cause de sa maladresse.

En effet, alors qu'il descendait la passerelle du *Olfert Fisher* avec toute l'équipe médicale danoise, il s'était pris les pieds dans les sangles de son sac et avait dégringolé sur le quai entraînant avec lui, son sac, son barda et un sergent français qui avait eu la malencontreuse idée de se trouver là, pour servir de matelas. D'ailleurs, ils n'en finissait plus de rigoler tant la gamelle avait été spectaculaire. Bon, il y avait eu plus de peur que de mal mais Niels avait juré de tous les gros mots français qu'il connaissait, et il en connaissait un sacré nombre, un vrai charretier, à la grande surprise du sergent Léonetti, Charly de son prénom! Sur le moment «ça lui avait coupé la chique!» à ce sergent. Du coup, ils avaient entamé une conversation au milieu des va-et-vient qu'on aurait cru deux vieilles connaissances. Niels parlait un français impeccable bien que tinté par moment de quelques accents nordiques qui se mêlaient à la conversation sans qu'on ne les y invite. Cet échange prenait des airs curieux à qui voulait bien prêter l'oreille ou regarder : Léonetti était petit, brun et trapu d'origine italienne mais parlait avec un fort accent provençal et agitait sans arrêt les bras, un peu comme les ailes d'un moulin. On avait l'impression par moment de se trouver au milieu d'un film de Marcel Pagnol joué par des acteurs étrangers. En outre, le caractère latin de ce Léonetti tranchait radicalement avec celui plus réservé et plus posé du grand Niels, filiforme, d'une blondeur typiquement nordique et plutôt du genre impassible.

Le sergent Léonetti expliquait qu'il était à la recherche d'un nouvel infirmier pour son unité car le précédent avait été rapatrié à cause d'une forte fièvre, certainement une saloperie tropicale. Le médecin-commandant n'avait pas voulu prendre de risque et du coup Charly devait se débrouiller en attendant l'arrivée du prochain infirmier avec le nouveau contingent. Or Léonetti savait parfaitement que les prochaines troupes n'arriveraient pas avant plusieurs mois et qu'en vieux baroudeur il connaissait que trop bien l'importance d'un infirmier sur une zone de combat.

Cette rencontre inopinée lui avait fait germer l'idée, que Niels avait toutes les qualités requises pour les rejoindre. Il parlait un français mieux que lui-même, il était étudiant en médecine, en cinquième année même, et que pour payer ses études il travaillait à l'hôpital comme infirmier. Cela faisait même de lui un infirmier de luxe. Quoi demander de mieux? pensait-il. En plus, Niels, sous ses allures de beau gosse nordique un peu coincé et fort sympathique, lui semblait être un garçon très capable. Il devait sans aucun doute être terriblement motivé pour s'être engagé afin de parfaire ses «techniques d'urgences sur zones sinistrées» comme il disait! La seule chose qui ne le lui avait pas sauté aux yeux c'était que Niels était danois! Mais Léonetti venait de le réaliser subitement en entendant Niels répondre à un de ses compatriotes dans sa langue natale! Son visage se décomposa alors au fur et à mesure que ses espérances s'évaporaient.

Niels avait de suite remarqué le malaise de Léonetti, sans vraiment en comprendre la raison.

— J'ai dit quelque chose de mal ? se risqua Niels, en français.

— Non, Non, balbutia Léonetti, c'est juste que je viens de me rendre compte que je t'ai proposé quelque chose d'impossible.

— Tu as peur de la crise diplomatique ?

— C'est presque ça. Je vois que tu ne connais pas le sens français du mot « administration ». À moins d'un miracle, autant te dire tout de suite que la demande de transfert n'arrivera jamais avant six mois sur le bureau du général et que d'ici là, la guerre sera terminée, surtout au rythme où on va.

— Attends, bouge pas !

Léonetti n'avait pas eu le temps de lui répondre que Niels s'était déjà engouffré sur la passerelle.

— Mais où vas-tu, Niels ?

— Faire des miracles ! rétorqua Niels à son camarade français.

Au bout d'un bon quart d'heure, Léonetti aperçut la mine réjouie de Niels.

— Tout est réglé ! Enfin presque… dit Niels.

— Qu'est-ce que tu veux dire, par là ? sourcilla Léonetti.

— Et, bien en fait j'ai fait jouer ma double nationalité. Tu sais que le gouvernement danois ne souhaite pas que son unité aille au front et qu'elle doit demeurer en soutien. Le fait que je possède une double nationalité les embête car si le gouvernement français décrète une mobilisation alors je devrais faire un choix…

Charly faisait semblant de l'écouter, mais il avait décroché rapidement tant les imbroglios politiques ou administratifs l'ennuyaient, et son histoire ressemblait à un vrai sac de nœuds diplomatiques, le cauchemar du militaire de base.

— Je te fais marcher ! ricana Niels. Mon commandant m'a signé une autorisation de transfert au titre de la collaboration franco-danoise. En fait, ce bout de papier dit que si quelqu'un de chez vous veut bien de moi, la Reine du Danemark donne sa bénédiction !

— Arrête de me faire marcher veux-tu !

— Non je ne blague pas, la seule chose à faire est que ton commandant note ici mon unité d'affectation et qu'il envoie un double à mon commandant. C'est tout !

Même s'il ne comprenait pas le danois, le formulaire qu'agitait Niels, semblait bien être authentique. L'efficacité administrative danoise l'avait laissé tout pantois ; à moins qu'il ne s'agisse d'un vrai coup de pot ! Peu importe, Léonetti avait déjà poussé Niels dans un camion. Quant aux sacs, ils avaient atterri en deux temps trois mouvements à l'arrière de l'engin tout terrain.

*
* *

— Eh! Le viking! Arrête de rêver!

Niels sursauta et sorti brutalement de ses pensées. Il se retourna immédiatement pour identifier celui qui lui aboyait dessus.

— Ah… c'est toi Charly! fit Niels rassuré en voyant le large sourire qu'arborait le sergent tellement heureux de l'avoir surpris.

— J'ai une mission pour toi, de la plus haute importance… mais pas en camion!

Niels ne se sentit pas trop rassuré. Généralement les plans «made in» Charly avaient plutôt tendance à être «foireux», et puis celui-ci ne décollait pas son sourire idiot du visage. Tout lui laissait donc penser que le sergent allait l'embarquer encore une fois dans un truc pas très clair dont lui seul avait le secret. Mais ce qui lui faisait le plus peur c'est le mot «camion»!

— Euh… Non merci, sans façon! se risqua Niels.

Léonetti comprit que la plaisanterie n'allait pas durer longtemps et que ce n'était pas la peine de faire marcher son ami un pas de plus.

— Bon OK… J'arrête! C'est vraiment un truc sérieux mais ne t'inquiète pas, il s'agit seulement de faire une promenade en hélico.

— Vas-y précise… dit Niels avec la méfiance de la souris devant un chat.

— Le service météo a noté une anomalie à quelques kilomètres de là au Nord-Est, poursuivit le sergent plus sérieusement. Le but est qu'une équipe aille faire un tour de reconnaissance «discrétos» pour vérifier le terrain. Comme le vent est en train de faiblir un peu et qu'il a changé de direction, le big boss voudrait s'assurer que nos amis irakiens ne sont pas en train de profiter de l'occasion pour nous concocter une de leur saloperie chimique.

— C'est quoi l'anomalie météo ? interrogea Niels encore un peu méfiant.

— Ah ça... en fait ils ne savent pas. D'après ce que j'ai compris il y a des alternances de hautes pressions et de basses pressions et des trucs d'électricité statique. Je crois qu'ils se demandent si ce n'est pas leur équipement qui est détraqué. En tout cas le big boss ne veut rien laisser au hasard comme à son habitude... C'est pour demain, c'est sûr !

Niels regarda son ami. La grande offensive interalliée serait pour demain ? L'idée d'un combat ne le réjouissait pas car il savait que l'issue était toujours la même pour les hommes mais c'était aussi pour ça qu'il était venu, en sauver le maximum.

— C'est pour quand l'O.P. ? dit Niels, très fier d'avoir adopté un de ces acronymes militaires. Son allure s'était d'ailleurs redressée dans son treillis comme pour endosser une attitude plus militaire propre à la circonstance.

— 20.00 répondit tout aussi militairement Charly. On embarque sur le tarmac numéro deux à bord d'une gazelle de chez nous avec Léonard, tu sais le géant. On sera donc trois, quatre si tu comptes le pilote. Tu as deux heures devant toi. Mange un peu, repose-toi et prépare une trousse, on ne sait jamais.

— OK, je vais traîner du côté de la cantine, je n'ai pas encore dîné.

Le géant ! Sacré Charly ! Tout le monde se demandait comment Charly se souvenait de tous les surnoms qu'il donnait aux uns et aux autres. Pour lui c'était le «viking», bon, c'était facile mais le «géant» pour Léonard, qui avait une taille tout à fait ordinaire, là il ne comprenait pas. Ce devait être encore une raison alambiquée à la Léonetti. En attendant il ne devait quand même pas lambiner, ce serait un comble d'arriver en retard pour sa première mission, même s'il s'agit d'une petite balade en hélicoptère.

Chapitre 2

Pas très rassuré, Niels serrait son harnais tout en essayant de se caler dans la toile qui lui servait de banquette à bord de l'hélicoptère. Ses yeux, vainement, recherchaient dans la pénombre de l'habitacle de quoi s'agripper. En fait, il avait toujours détesté les hauteurs et de toute façon cela ne lui réussissait pas, non plus. Déjà il sentait son estomac se nouer et se tordre. Le bruit continu et perçant de la turbine de l'hélicoptère était néanmoins relativement supportable avec le casque sur les oreilles. Ils volaient déjà depuis un petit quart d'heure lorsque le pilote, Jean-Louis, leur signala des lueurs à l'avant. Les trois passagers essayèrent alors tant bien que mal de voir quelque chose au sol à travers les vitres des portes latérales. En fait, le spectacle ne se trouvait pas au sol mais dans le ciel. À environ deux kilomètres des lueurs apparaissaient tantôt à droite et tantôt à gauche. Mais y regarder de plus près, il s'agissait plutôt de halos lumineux assez diffus. Autour de ces lumières, le ciel était rougeoyant et clignotant de manière discontinue. Niels pensa tout de suite aux orages d'été qu'il avait vu lorsqu'il séjournait chez sa tante en Charente. Sauf qu'ici le ciel était franchement plus rouge au lieu du gris-jaune qu'il connaissait. Soudain l'hélicoptère se mit à trembler, le bruit de la turbine s'arrêta et une multitude de sirènes et d'alarmes envahirent l'habitacle. L'appareil était en mauvaise posture. Le pilote hurla dans son micro que le choc allait être violent et qu'il fallait s'agripper à tout ce qu'on trouverait. La gazelle se mit à tournoyer et à perdre brutalement de l'altitude. Léonetti n'avait rien dit, ni lui, ni le géant. Sans doute ils en avaient vu d'autres ou tous les deux étaient tout aussi morts de trouille que lui. Niels se mit alors à penser très fort à sa sœur Mia qui habitait dans la famille de sa tante en Charente. De toutes ses forces il essaya de matérialiser dans sa tête le visage de sa sœur et de toutes les personnes qu'il avait aimées. Son casque avait valdingué dans l'habitacle, Niels serrait de tout son corps son harnais, il se raidit et se cramponnait en serrant les dents. C'était la même sensation désagréable qu'il avait ressenti la première fois – et la dernière – lorsqu'il était monté sur les montagnes russes. L'appareil n'en finissait pas de tomber en tournoyant et les secondes s'égrainaient une à une dans une lenteur incroyable, c'en était fini ! Soudain, un bruit strident le sortit de sa torpeur, ses oreilles sifflèrent violemment, et il se sentit remonter comme dans un ascenseur. La turbine de l'hélicoptère s'était remise en marche. C'était la première fois que Niels était heureux d'entendre quelque chose qui habituellement lui cassait les oreilles. Le pilote avait réussit à la remettre en marche et l'appareil, même s'il continuait encore à chuter, descendait cette fois nettement plus lentement. Il ne tournait plus sur lui-même et semblait même reprendre un vol normal. Le pilote se retourna et leur dit plus calmement :

— Accrochez vous encore, on va se poser mais c'est cool…

— Cool ? s'écria Niels, cool c'est ce que tu appelles cool ? On a faillit y rester et c'est pas franchement cool. Niels s'était alors approché de la cabine aussitôt rejoint par Charly.

— C'est pas normal ça, Jean-Louis ? dit très calmement le sergent qui jusqu'à présent était resté d'un calme olympien.

— Non, tous les instruments se sont déréglés ou arrêtés en même temps, il y a rien de normal là dedans, répondit le pilote.

— Ça a un rapport avec l'orage là-bas ? demanda Niels qui commençait à se calmer un peu.

— Ça se pourrait, ça m'a l'air d'être un orage magnétique, mais en 10 ans de vol, je n'ai jamais vu ça ! poursuivit Jean-Louis.

— Ah bon ? L'orage magnétique aurait pu quand même dérégler les instruments ? questionna Charly.

Jean-Louis hochât la tête tout en faisant un « hum » qui indiquait qu'il n'en dirait pas plus. Il se concentrait pour essayer d'atterrir le plus doucement possible dans la nuit noire du désert et sans instrument.

— Pour moi, c'est une E.M.P. !

Niels et Charly se retournèrent aussitôt, c'était Léonard qui tranquillement vérifiait son arme.

— Une E.M.P, c'est quoi ça ? fit Niels

— Arrête un peu, Léonard, tu sais bien que ce sont des fadaises, c'est encore expérimental ! reprit Charly sur un ton un peu agacé.

— N'empêche que ça ressemble à une E.M.P. ! dit Léonard sans lever les yeux, trop occupé à mettre des cartouches dans un chargeur supplémentaire.

— Enfin, vous allez me dire ce que c'est votre E.M.P. ! hurla Niels.

Jean-Louis venait de poser l'appareil et Niels ne s'était même pas rendu compte que le moteur était coupé. Cependant on pouvait encore entendre les pales tourner.

— *Electromagnetic Pulse* !

Niels se retourna à nouveau vers Jean-Louis qui avait ôté son casque et s'épongeait abondamment le front et la nuque avec un chiffon crasseux imbibé d'eau et dont la couleur beige faisait peine à voir.

— Tu peux être plus explicite, s'il te plaît, Jean-Louis ?

Niels reprenait son calme et venait seulement de s'apercevoir qu'ils avaient atterri.

— Ce sont des impulsions électromagnétiques qui, utilisées sous forme d'arme peuvent détruire tous les appareils électriques et brouiller toutes les formes de communication électriques ou électroniques, répondit Jean-Louis.

— Les irakiens ont ça ? demanda Niels en s'adressant à Charly.

— Non… et puis ce ne peut pas être ça !

— Pourquoi ?

— Tout simplement parce qu'il n'existe que deux manières d'en obtenir, la première c'est avec une bombe H et on sait qu'ils n'en ont pas. La deuxième façon est de nous faire rentrer dans un gigantesque four à micro-ondes et ça ne passerait pas inaperçu !

Léonetti avait esquissé un sourire en pensant faire un bon mot avec son four à micro-ondes géant.

— Sérieux ? ou c'est encore une de tes blagues, reprit Niels sur ses gardes.

— Non il est sérieux ! dit Jean-Louis dont le front était à présent tout maculé de graisse.

— De toute manière, reprit-il, les irakiens n'ont pas cette technologie. Pour l'instant, seuls les américains et les russes ont fait des avancées sur le sujet depuis les années soixante. Si une EMP nous avait frappé, les instruments n'auraient pas survécus, mais là, tout semble fonctionner normalement.

— Ben si ce n'est pas une EMP, c'est quoi alors ?

Jean-Louis leva le doigt vers le ciel plusieurs fois.

— Alors vous venez ?

C'était Léonard qui s'impatientait. Personne ne l'avait entendu sortir de l'hélicoptère. Il s'était chargé d'un sac à munitions qu'il portait en travers sur le côté gauche et à droite, une bande de cartouches pour son fusil anti-émeute. Il s'était équipé comme un « Rambo », mais avec un peu moins de muscles quand même. Ses lunettes à vision nocturne était bien en place et lui donnaient un air plus mécanique.

— Moi je ne vais nulle part, je vous attends ici ! dit Jean-Louis. C'est trop risqué pour l'appareil !

— Oui, de toute façon faut aller voir ça de plus près, les opérations de demain ne doivent pas être compromises, dit alors Léonetti, qui commençait lui aussi à garnir un chargeur supplémentaire à la lumière du plafonnier de l'appareil.

Niels avait déjà rassemblé ses affaires et semblait lui aussi bien décidé à aller voir de ses yeux l'origine du problème. En regardant à nouveau le ciel il s'aperçut que les lueurs s'étaient déplacées et plus curieusement, elles semblaient sauter d'un endroit à l'autre du ciel. Jamais il n'avait vu un orage d'été se comporter comme ça. Mais au Moyen-Orient, le pays des milles et une nuits, c'était peut-être plus ordinaire ? Il rabaissa ses lunettes à vision nocturne et se mit en marche.

Les trois hommes avaient commencé à s'éloigner de l'appareil. Plus ils avançaient en direction des lueurs, plus le ciel s'éclairait comme pour leur montrer le chemin. On aurait dit que la nuit était aussi claire qu'une nuit de pleine lune. Niels commençait à regretter de ne pas porter d'arme. À chaque fois que les lueurs disparaissaient avant de réapparaître ailleurs, Niels se sentait aspiré par la noirceur de la nuit et l'angoisse commençait à monter. Léonetti avait bien essayé de lui donner son pistolet Beretta, mais il lui avait répondu qu'il était là pour sauver des gens et non pour les achever. En tant que futur médecin, il aurait rompu son serment d'Hippocrate avant de l'avoir prêté, un comble ! Mais maintenant tout seul dans la nuit à des kilomètres de la base, en plein milieu du désert, le pistolet l'aurait rassuré.

— Ne sois pas inquiet, viking ! Léonetti lui avait entouré le cou de son bras et parlait tout bas à l'oreille. On va se glisser comme trois petites souris, en silence et discrètement, on jette un œil puis on repart… rien d'autre !

Léonetti devait avoir lu dans ses pensées. Mais non ! C'est absurde, en vieil habitué des conflits, il connaissait ses équipiers et savait pertinemment que Niels n'étant pas militaire, il ne réagirait pas comme eux.

Les trois hommes continuèrent à s'enfoncer dans le désert. Au bout de vingt minutes de marche contre le vent, Léonetti s'arrêta net, comme s'il avait pressenti quelque chose. Il retira ses lunettes et resta immobile comme un chien d'arrêt pendant un long moment sans quitter le ciel des yeux. À deux mètres sur sa droite, Léonard avait mis un genou à terre et se tenait tout aussi immobile. Niels cru bon de les imiter et se posta comme Léonard à la gauche de Charly. Il retira lui aussi ses lunettes et attendit, tout en essayant de distinguer quelque chose dans ce ciel tout rouge.

Cette fois, ils étaient pile poil au-dessous des lueurs… et celles-ci devenaient de plus en plus intenses. Soudain, une énorme boule de lumière sortit du ciel rougeoyant et passa à près de 3 mètres de leurs têtes. Brusquement, elle fit un virage à 90 degrés et remonta à la verticale pour disparaître à nouveau dans le ciel. Les trois hommes plongèrent simultanément au sol dans un réflexe de survie.

— C'est quoi ça ? murmura Niels qui reprenait ses esprits. Un Scud ?

— Je ne sais pas mais ce n'est pas un missile ! Aucun missile n'est capable de changer de direction comme ça et surtout aussi vite ! répondit Léonetti sur le même ton.

— Eh ! Regardez ! souffla Léonard qui avait conservé ses lunettes.

Une nouvelle lueur semblait se rapprocher de plus en plus vite, mais cette fois elle leur fonçait dessus. Les trois hommes essayèrent tant bien que mal de se protéger la tête lorsqu'ils sentirent un souffle chaud passer juste au-dessus d'eux. Niels leva la tête et vit que la chose fonçait droit sur la petite colline en face à environ 300 mètres. Niels pensa alors que cette chose allait filer d'un seul coup vers le ciel comme la boule de lumière de tout à l'heure. Mais non, dans un vacarme assourdissant, la lueur heurta la colline.

— Vite allons voir ! chuchota Niels.

Ni Charly, ni Léonard n'eurent le temps de lui répondre que Niels se trouva déjà à 100 mètres de la lueur tant il courait vite.

En arrivant à environ 10 mètres, Niels ralentit. Il pouvait maintenant distinguer nettement les contours d'un tube sombre. La lueur qui entourait l'objet avait beaucoup diminué et laissait apparaître ses formes. L'objet était maintenant entouré d'un halo lumineux légèrement bleuté et qui s'intensifiait par alternance.

Le tube en lui-même devait bien mesurer 10-12 mètres pour un diamètre d'un mètre, peut-être même un mètre cinquante. Ce devait être certainement une sorte de missile secret américain ou irakien. À ce moment une sorte de laser bleu jaillit du milieu de l'engin. Le faisceau parcourra alors le sol comme pour rechercher quelque chose. La lumière se promenait hystériquement sur tout le long du fuselage. Niels ne bougeait plus. La lumière bleue était maintenant sur lui. Il n'osait pas respirer. Le faisceau lui parcourait le corps et Niels avait l'impression de passer un scanner. Puis une fois arrivée au front, la lumière bleue s'éteignit. Maintenant, Niels ne pouvait plus bouger, tous ses membres semblaient figés et durs comme le marbre. Il voulu avertir ses compagnons qui arrivaient mais aucun son ne pu sortir de sa bouche. Puis il se mit à être lumineux lui aussi. Une lueur bleue enveloppait maintenant tout son corps. Léonetti avança la main vers lui mais le laser bleu se ralluma et Charly se retrouva lui aussi pétrifié. Niels entendit le claquement d'une culasse. Léonard avait armé son fusil et s'apprêtait à faire feu sur le laser lorsque celui-ci le pétrifia à son tour.

Cette fois ils étaient piégés ! La sensation était très curieuse, ils pouvaient voir et entendre ce qu'il se passait tout autour d'eux mais ils ne ressentaient rien. Aucune chaleur, aucun froid, ni même les rafales de vent, rien n'avait de prise sur leurs sens. À ce moment, la lueur bleutée qui entourait l'engin s'intensifia à tel point qu'on se serait cru au beau milieu de l'après-midi. Soudain toute la lumière se concentra en un point central, à l'endroit exact d'où avait jailli le laser. D'un coup, le tube explosa et des morceaux furent projetés dans tous les sens. Niels et ses deux autres compagnons virent les morceaux de métal voler autour d'eux et certains même leur traversaient le corps sans les blesser, comme s'ils avaient été des spectres et que tout passaient au travers d'eux. Avaient-ils été tués finalement ? C'était ça la mort ? Le sol était en fusion et se liquéfiait pour se dérober sous leurs pieds, mais les trois corps flottaient comme en état d'apesanteur. Nul doute, ils étaient morts ! Pourtant ils ressentirent à ce moment une si forte douleur à la tête qu'ils perdirent connaissance tous les trois.

Chapitre 3

Des pans de fumées plus noires que la nuit s'élevaient de l'intérieur du cratère. Cette fumée était si dense que les bourrasques de vent avaient du mal à les disperser. Une étrange poussière grise flottait un peu partout et semblait insensible au vent. Les trois corps étaient étendus sur le sol, à quelques mètres du bord, inertes et à demi enfouis dans cette poussière qui avait pris possession de toute la zone, sur une centaine de mètres. Au bout de quelques minutes, quelque chose se mit à bouger dans la poussière. C'était Niels qui commençait à reprendre conscience. Il bougea un doigt puis deux puis tous les doigts de la main et la main tout entière. Enfin il ouvrit les yeux et se frotta machinalement la figure pour évacuer cette poussière qui le gênait. Curieusement, il ne sentait rien de particulier, plus exactement, il ne ressentait aucune blessure. Il se releva lentement et regarda autour de lui. La nuit était redevenue totalement noire et le ciel d'orage avait disparu. Il tira la lampe torche de sa poche de pantalon et éclaira les environs. Il n'y avait absolument plus rien ! Rien de rien ! Rien sauf un énorme cratère et des nuages de poussière. Il fit quelques pas pour examiner les lieux. Le sol avait changé. Il avait maintenant l'impression de marcher sur un lit de verre qui craquait sous ses pieds en dessous de cette sciure grise. En dirigeant le faisceau de la lampe plus près vers le sol, il prit un peu de terre dans la main et réalisa qu'il tenait effectivement des morceaux de verre. Un verre noirci certainement par l'explosion. Tout le cratère était noir et remplit de verre pilé. Tout le sol avait fondu. C'était incroyable. Comment l'explosion d'un missile avait-elle pu dégager une chaleur pareille ? Un peu plus loin, il repéra les corps inertes de ses deux camarades. Niels se précipita alors sur le premier, plus petit, qui ne pouvait être que celui de Léonetti. Il dégagea rapidement l'envahissante poussière du visage et du corps du sergent et lui prit le pouls. Il était vivant ! Il l'examina alors avec plus d'attention et palpa son corps. Comme lui, il ne portait aucune marque de blessure ou de choc. Il était tout simplement endormi. Incroyable ! Niels se jeta alors sur le corps de Léonard. Il n'eut pas besoin de lui prendre le pouls, il entendait sa respiration. Lui aussi était endormi. En se relevant il sentit sous ses pieds une aspérité. À nouveau il dirigeât la lampe vers le sol et identifia ce qui lui paru être un bout de métal calciné. Il se baissa et tendit la main pour le ramasser mais il se ravisa subitement. Le morceau de métal venait de briller discrètement d'une lueur bleue. Niels cessa immédiatement d'éclairer le fragment. Il vit alors que rien ne brillait dans le noir. Ce devait être son imagination. Il poursuivit alors son geste et le saisit. Le morceau de métal était entièrement noir tant il était brûlé et ses doigts pouvaient sentir des aspérités régulières et une certaine fraîcheur.

Niels se releva et glissa l'objet dans sa poche de treillis. Léonetti et le « géant » avaient remué et restaient bêtement assis au milieu de la poussière et des morceaux de verre pilé. Léonetti aperçut Niels.

— Que s'est-il passé ?

— Je n'en sais rien, mais il n'y a pas à tortiller, le missile a bien explosé et nous avons été protégés de cette explosion ! répondit Niels en se frottant la joue comme pour éprouver sa barbe de 3 jours.

— Oui, ou épargné… je crois qu'on peut dire ça ! fit Léonard en scrutant les environs avec le faisceau de sa lampe.

— Qu'est-ce qu'on fait, Charly ? reprit Niels.

Léonard était déjà en train de trafiquer la radio et essayait de capter une fréquence pour appeler Jean-Louis.

— Rien ! Pas un mot ! Sinon on va nous prendre pour des fous.

— Enfin comment veux-tu cacher ça. L'explosion a dû se voir à des kilomètres, ton histoire ne tiendra pas la route, dit-il en écarquillant les yeux pour mieux exprimer l'absurdité des propos de Léonetti.

— Oui, peut-être… Bon, on retourne à l'hélico et on avisera. On aura bien le temps de fignoler quelque chose pendant le trajet.

Niels était septique. Qu'est-ce que pourrait bien inventer Léonetti pour dissimuler ou justifier une telle explosion ? Les radars de toute la région avaient dû tous s'affoler au même moment !

Les trois hommes avaient ramassé leurs affaires qui n'avaient subi aucun dégât, elles aussi. Après s'être secoué copieusement pour se débarrasser tant bien que mal de la poussière grise, ils remirent leurs lunettes à vision nocturne et commencèrent à marcher en direction de l'hélicoptère. Au bout de vingt minutes, ils atteignirent l'appareil qui n'avait pas bougé d'un centimètre. Jean-Louis fumait tranquillement une de ses Stuyvesant en prenant soin de masquer le bout incandescent à cause des snipers.

— Déjà ? fit le pilote.

— Comment ça déjà ? répondit Charly

— Ben, vous êtes partis il y a à peine une demi-heure ! C'est qu'il n'y avait rien à voir là bas ? continua le pilote.

Dans la petite équipe personne n'osa répondre. Ils s'échangèrent des regards interrogateurs et se posèrent les mêmes questions. Comment avaient-ils pu être absents qu'une demi-heure ? Rien que l'aller-retour faisait quarante minutes bien tassées. Ajouté à ça, un bon quart d'heure d'observation et leur absence avait duré facilement plus d'une heure, sans problème ! Niels regarda discrètement sa montre pour vérifier ses calculs mais l'heure indiquée corroborait les dires de Jean-Louis. Il manquait une demi-heure ! Comment était-ce possible ? Il se décida alors à lui répondre.

— Et toi tu n'as rien remarqué dans les parages ?

— Moi ? Non… rien… enfin si ! L'orage a disparu d'un seul coup !

Effectivement, ici aussi, tout était redevenu calme. Le ciel semblait paisible et au delà des nuages qu'ils avaient aperçus tout à l'heure, ils pouvaient par moment distinguer quelques étoiles. Le vent soufflait toujours par bourrasques et ne semblait pas avoir changé.

— Bon, si on allait manger un morceau ? L'estomac de Charly faisait de curieux bruits et indiquait son impatience.

— Je croyais que tu étais passé par la cantine ? dit Niels en souriant.

— Oui je l'ai fait… mais je me réservais pour le dessert.

— Moi aussi j'irai bien chercher un dessert fit Jean-Louis qui s'était déjà réinstallé aux commandes et procédait à l'examen de la check-list pour le décollage.

Jean-Louis actionna quelques boutons sur le pupitre et on entendit un grondement de moteur. La turbine se mit à hurler mieux que jamais et le sifflement du vent dans les pales s'accélérait de plus en plus en se faisant plus discret.

— Alors qu'est-ce vous faites ? Vous montez ou vous attendez le déluge ?

Léonetti venait de lui parler de dessert et Jean-Louis savait que le cuistot mettait toujours de côté un petit quelque chose à l'intention des gars qui partaient en opération. C'en était presqu'un rituel, et puis c'était sa manière à lui de les aider un peu. Cette nuit, à la cantine il y avait eu des babas au rhum et Jean-Louis s'était déjà empiffré tout à l'heure. Quoi de plus sacré pour Jean-Louis qu'un baba au rhum ? Nul doute que le voyage de retour serait plus rapide.

Les trois hommes sautèrent dans la carlingue mais ils n'eurent pas le temps de se sangler que le pilote avait déjà pris de l'altitude. « Le baba au rhum n'attends pas » avait lancé Jean-Louis à la cantonade. Niels prit son casque d'écoute et fit signe à ses camarades d'utiliser le canal 3 afin que le pilote ne les entende pas. Les deux hommes s'exécutèrent et ajustèrent les écouteurs des casques sur leurs oreilles.

— Tu as entendu, Charly, Jean-Louis n'a rien vu, ni rien entendu.

— Oui, et le plus curieux c'est qu'il nous manque trente minutes minimum dans le timing !

— Il ne faut absolument rien dire à l'état major, se risqua Léonard, sinon tu peux être sûr qu'on va nous mettre sur la touche… dans un asile ou pire encore.

— Tu n'as pas tort, Léonard, de toute façon, je ne vois pas bien ce qu'on pourrait consigner d'autant que le pilote ne pourra rien corroborer puisqu'il n'a rien vu !

— Pour ma part, indiqua Niels, je suis d'avis, même si je suis persuadé du contraire, que si on nous demande, il faut répondre que les aberrations météo proviennent de ces fichus orages magnétiques, et… qu'il n'y avait pas l'ombre d'un irakien !

— Hum… Si on est tous d'accord, ça me paraît correct de s'en tenir à la version de Niels, reprit Léonetti. On se donne rendez-vous à la cantine une demi-heure après l'atterrissage, OK ?

Tous les trois acquiescèrent d'un signe de la tête et Niels fit signe à nouveau de passer sur le canal du pilote. Il ne fallait pas éveiller les soupçons de Jean-Louis en l'isolant de leurs conversations.

L'hélicoptère était à présent en approche du PC Olive et amorçait sa descente. Niels resserra son harnais et se cramponna à nouveau pour se préparer à l'atterrissage. Décidément, il n'était à l'aise que sur le plancher des vaches.

L'avantage en opération c'est que la cantine est toujours ouverte. De jour comme de nuit. Un vrai luxe. Il y a toujours quelqu'un de permanence au cas où ! Comme ils disent. Avec un peu de chance ils pourraient manger quelque chose mais de toute façon ils savaient qu'ils pouvaient compter sur leur baba au rhum.

Niels était arrivé le premier à la cantine. Dans la tente qui servait de réfectoire, il n'y avait personne, aussi avait-il choisi une table au hasard et sirotait la bière à peine fraîche que lui avait tendu gentiment le type de permanence lorsqu'il s'était manifesté à l'entrée.

Tout en faisant doucement tourner sa bouteille dans les mains, Niels essaya de se souvenir de tout ce qu'il avait vu et d'y comprendre quelque chose... Le moindre détail tout aussi minime pouvait avoir de l'importance. Cependant il avait beau élaborer des hypothèses, certains éléments restaient inexplicables. Soudain, il se rappela du morceau de métal qu'il avait ramassé. Il le sortit de sa poche discrètement. Il regarda rapidement autour de lui si personne n'était arrivé puis il le posa sur la table.

La pièce était très légère pour un bout de métal mais maintenant qu'elle lui apparaissait sous l'éclairage de la cantine, elle lui semblait encore plus quelconque. Niels voulu la jeter puis se ravisa. Il pensait à son retour et ce que lui avait demandé son cousin Éric.

Éric, puisque c'est de lui dont il est question, habitait à Angoulême, en Charente. Habituellement, Niels rendait visite à sa famille française à peu près tous les trimestres. Surtout depuis la disparition de ses parents, l'année dernière. Niels n'avait pas pu prendre en charge sa sœur à cause de son travail à l'hôpital et de ses examens. Aussi sa tante avait suggéré que sa sœur reste en France passer son Bac pendant qu'il finirait ses études au Danemark, ce qui était de loin la meilleure solution. Quelques jours avant son embarquement pour l'Irak, il était passé les embrasser, c'était la dernière fois qu'il les avait vus. Éric lui avait alors demandé de lui ramener un souvenir de « là-bas ». Sur le moment Niels avait dit oui mais au fur et à mesure que le temps passait, il se demandait ce qu'un garçon de 18 ans ou presque, pourrait vouloir comme souvenir de guerre. Or ce morceau de métal lui apportait peut-être la solution.

Chapitre 4

En face de la grille du lycée, assis sur le petit muret – un vestige de la chapelle de l'ancien hôpital Saint-Roch qui se tenait tout à côté – Éric attendait Mia. Depuis le plateau, le lycée, ce grand bâtiment tout en longueur, dominait la ville d'Angoulême. Il accueillait les élèves de la 6e à la Terminale mais comme si cela ne suffisait pas le dernier étage était occupé par les sections BTS. Bien sûr, comme pour tous les établissements scolaires, celui-ci portait le nom d'une célébrité locale. Un politique avait dû trouver génial de lui donner le nom de Marguerite de Valois, l'épouse d'Henri IV dont le mariage avait été terni par le massacre de la Saint-Barthélemy. Pour Éric, la seule Marguerite d'Angoulême qui l'intéressait, c'était ce chocolat que l'on trouvait par ici, parfois parfumé à l'orange. Les seuls noms qu'il lui reconnaissait étaient « l'usine » ou mieux « le bateau ». D'ailleurs, lorsque le ciel était chargé, celui-ci prenait parfois des airs de navire amiral s'agitant au milieu des eaux déchaînées. De toute façon, dans quelques mois c'en était fini, pensait-il, le bac en poche, à lui la liberté ! L'année prochaine il irait à la Fac, ça c'est sûr ! Cependant Éric ne savait pas vraiment où aller et surtout quoi faire. Le Droit ou les Langues peut-être ? Il avait bien fait quelques demandes à l'université de Poitiers ou Bordeaux mais sans grande conviction. Pour Mia les choses étaient bien plus simples. Elle envisageait d'entrer en section BTS Commerce International ou alors Science Po et elle attendait seulement les réponses des établissements qu'elle avait ciblés. Par contre, rester à «l'usine» ne lui semblait pas contraignant et même elle le trouvait plutôt pratique car le bâtiment se situait à peine à un petit quart d'heure de marche de la maison.

— Ça y est enfin! râla-t-il.

Tout en bas de la pente qui menait à l'établissement, il venait d'apercevoir la frimousse blonde de Mia en grande conversation avec une de ses copines de l'équipe de hand. Encore une poignée de secondes et elles passeraient devant la loge du concierge et enfin, dehors!

— Ben alors! Ça fait dix minutes que je t'attends, Mia! lança-t-il.

— Oh La la! Il est bien grognon ton frère aujourd'hui!

— Non, en fait il est très impatient de rentrer.

— Il est si pressé de réviser les maths?

— Moi je dirais qu'il ne manquerait pour rien au monde les spaghettis à la bolognaise du mercredi.

— Les spaghettis c'est le top! Surtout quand ce sont celles de maman, précisa Éric.

Il sauta du petit muret qui lui servait de banc et s'avança en direction des filles. Il fit la bise à Mathilde qui lui offrit en retour un large sourire. Il faut dire que Mathilde avait un petit faible pour lui et le taquinait sans arrêt au sujet de sa coupe de cheveux, à la *Beatles*, disait-elle. Il est vrai qu'Éric n'était pas vraiment un garçon dans le vent pour son époque avec son sempiternel jeans et ses polos. En plus, sur la question musicale il était effectivement resté coincé dans les années *Beatles* et *Rolling Stones*. Les «The Cure» et autres «Dépêche Mode» n'avaient pas le droit à citation. Parfois il tendait l'oreille lorsque les radios libres diffusaient *U2* et Mia ne manquait pas de le lui faire remarquer. Mais Éric s'en fichait. De toute manière rien ne l'atteignait, on pouvait se moquer de lui, jamais il ne s'abaissait à répondre. Cela ne signifiait pas pour autant qu'il se laissait faire. Absolument pas ! Seulement pour Éric il existait des choses importantes ou essentielles et le reste n'avait guère d'importance ou plus exactement il prenait de la distance avec ces choses qu'il jugeait futiles ou pas dignes d'intérêt. Pour lui, Mia ou sa famille faisaient partie des choses essentielles de sa vie. Mia, quant à elle n'hésitait pas à le mettre en boîte de temps en temps, mais c'était surtout pour le faire sortir de sa coquille sinon Éric ne bougerait pas et resterait dans son coin. Elle se comportait comme sa sœur mais lorsqu'elle se moquait de lui, ce n'était jamais méchant. De toute façon, même si Mia n'était que sa cousine, pour tous les autres, ils étaient frère et sœur. Aussi Éric, en bon frère, savait de temps en temps lui rendre la monnaie de sa pièce. Au début, lorsque Mia fut arrivée dans la famille, Éric évitait certains sujets pour ne pas risquer de la blesser mais avec le temps, il avait appris à la connaître.

Mia vivait chez eux depuis plus d'un an, plus exactement, depuis la disparition de ses parents. À seize ans c'est plutôt difficile de pouvoir se passer de ses parents même si les ados le voient autrement, jusqu'au jour où ils s'en aperçoivent. C'est bien connu, on ne se rend compte de l'importance des choses ou des gens que lorsqu'on les perd. Mia n'était pas le type d'adolescente rebelle mal dans sa peau, au contraire, elle était plutôt sereine et bien dans ses baskets. Avec Niels, son grand frère, ils formaient jusqu'alors, une famille unie et heureuse comme peuvent l'être les gens ordinaires. Puis arriva ce jour fatidique où on ne sait pourquoi, la voiture de leurs parents avait quitté la route, quelque part au milieu des fjords de Norvège. En plus de cette disparition suffisamment terrible, la police norvégienne n'avait pas réussi à retrouver les corps, seule une épave totalement vide avait pu être repêchée. Les deux jeunes à ce moment n'avaient pas su pourquoi leurs parents s'étaient rendus en Norvège alors qu'eux profitaient des vacances d'été en Charente chez leur tante Véra comme chaque année. À cette époque, Niels était en fac de médecine au Danemark, le cursus était déjà très difficile et il cumulait avec un petit boulot à l'hôpital. Aussi, il aurait certainement fichu en l'air ses études s'il avait dû, en plus de surmonter cette épreuve, s'occuper de sa sœur. Tante Véra et son mari l'oncle Phil – il préférait qu'on l'appelle comme ça plutôt que Philippe qu'il trouvait trop snob – s'étaient proposés de les accueillir tous les deux en Charente et de devenir leurs tuteurs. Cependant

Niels, la mort dans l'âme, dut faire un choix. En effet, s'il poursuivait ses études en France, il lui aurait fallu reprendre le cursus français du départ et trouver un autre travail dans la région. L'Europe n'étant pas au fait en matière d'équivalences universitaires, cela aurait été un vrai gâchis pour lui. C'est ainsi que Mia avait élu domicile chez Véra et Philippe Castel au 175 de la rue Saint-Roch à Angoulême tandis que Niels était resté au *kollegium*, sorte de résidence universitaire, à Aarhus au Danemark. Mais dès qu'il le pouvait, Niels descendait en Charente et passait quelques jours en famille. Il lui arrivait parfois de descendre aussi pour les vacances.

Mia et Éric marchaient maintenant d'un pas sûr et rapide. Certainement à cause des spaghettis de tante Véra plus que pour les maths ! Ils passèrent tout aussi rapidement la place Victor Hugo puis devant la librairie et dans quelques enjambées, ils seraient bientôt devant la porte de la maison.

— As-tu eu des nouvelles de ton frère ?

— Rien depuis son retour d'Irak ! Dans sa dernière lettre il m'écrivait qu'il devait mettre de l'ordre dans ses affaires à l'hôpital et qu'il ferait son maximum pour venir ici au plus vite.

— Oui, je pense qu'il doit avoir plein de choses à nous raconter.

— C'est sûr et le connaissant, je te garantis qu'il ne va pas tarder à se manifester.

Sur ces derniers mots, Éric introduisit la clé dans la serrure de la porte rouge. À peine la porte fut-elle ouverte qu'un effluve de tomates au basilic emplit leurs narines. Mia et Éric laissèrent tomber leurs sacs dans l'entrée et se précipitèrent vers la cuisine.

— Bonjour M'man !
— Bonjour Véra !
— Bonjour le duo infernal ! Alors ? Quelles révisions au programme ?
— Oh… pas maintenant tu vas me couper l'appétit !
— Couper l'appétit ? Éric ? Avec les spaghettis ? Aucune chance ! Ironisa Véra.
— On a prévu de faire des maths, tante Véra, ça l'aidera à digérer…

Éric sourit mais se refusa à répondre quoi que ce soit. Il faut dire qu'en engloutissant à chaque fois au moins trois assiettes de pâtes, Mia ne pouvait pas vraiment se tromper.

— Ah ! Au fait, Mia, il y a une lettre pour toi sur le guéridon, dit Véra en se retournant vers ses fourneaux.

Mia accrocha un large sourire sur le visage et fit demi-tour. En arrivant tout à l'heure, elle n'avait pas fait attention au guéridon de la salle à manger tant elle avait traversé si rapidement la pièce. Pourtant, bien en évidence, une lettre était posée là, pleine de majesté avec son timbre Danois à l'effigie de la reine Margrethe. Ce ne pouvait être que de Niels. Éric commença à dresser la table dans la cuisine pendant que Mia déchiquetait l'enveloppe. C'était sa façon à lui de lui laisser un peu d'intimité même s'il brûlait d'envie de savoir ce que Niels avait écrit.

Au bout de 3 bonnes minutes, qui lui parurent une éternité, Véra rompit le silence monacal.

— Alors j'ai combien de temps ? Questionna-t-elle.

— Attends, il faut que je calcule, la lettre à mis une semaine et demi pour arriver… et… là … il parle de mercredi suivant… ohlala qu'est-ce qu'il écrit mal… hum.

— J'ai si peu de temps, Mia ?

— Bien, je crois que c'est aujourd'hui qu'il arrive, dit Mia un peu gênée.

— Ah, celle-là c'est une première ! fit Véra. Jamais il n'a été aussi juste !

Véra ne semblait pas vraiment contrariée, elle connaissait son neveu, jamais à l'heure, toujours sur le fil du rasoir et peut-être parfois un peu tête en l'air. Habituellement, Niels annonçait ses visites deux ou trois jours à l'avance, ce qui était déjà court. Mais même s'il essayait de se corriger, les services d'acheminement postaux de France et du Danemark ruinaient systématiquement ses efforts en acheminant bien trop lentement son courrier, ou en le perdant. Au début tout le monde plaisantait là-dessus en imaginant qu'un jour le courrier arriverait après sa visite. Et ce fut le cas, bien sûr ! Comme le courrier n'était pas très fiable, toute la famille avait pris l'habitude d'être prête à l'accueillir en un temps record. C'était même devenu le jeu de la famille.

— Ah là c'est trop tard pour les harengs, il n'aura que des *småkager* ce soir.

— Chic, c'est royal! fit Éric qui jusque là était resté très discret et qui n'aimait pas tellement cette manie danoise de fourrer du hareng un peu partout. Mais pour enfourner les *småkager*, ces cookies danois, il n'avait pas son pareil. En plus, il savait que la recette de sa mère était souvent agrémentée de petits plus en fonction du moment : des morceaux de caramel, des raisins ou des airelles ou d'autres fruits secs. C'était toujours une surprise, mais qui détrônait à tout point de vue les spaghettis bolognaises du mercredi.

À vrai dire, à chaque venue de Niels, Véra s'attachait à lui concocter un véritable menu danois, l'équivalent du menu de Noël en un peu plus léger. C'était pour Véra un vrai plaisir de cuisiner comme le faisait sa mère et c'était aussi pour elle une façon de renouer avec ses origines. En plus elle savait que Niels n'était franchement pas doué pour la cuisine et il était plus efficace pour lui de se nourrir de ce qu'il trouvait dans le congélateur ou parmi les conserves. Cela ne voulait pas dire que Niels n'aimait pas les petits plats maison! Non! Il était surtout très malchanceux dans cette matière, à tel point qu'on aurait pu l'appeler «Lagaffe» ou «Labévue». C'était donc pour lui une question de survie de ne pas même essayer de glisser une tranche de pain de mie dans le grille pain.

— Bon, ce soir ce ne sera pas très danois…

Elle s'arrêta un instant dans ses pensées, sans doute pour passer mentalement en revue le contenu du frigo qu'elle avait à coup sûr mémorisé.

— Il me reste un gigot d'agneau, ça se fait tout seul et je vais...

— Mets des haricots rouges et blancs s'il te plaît, M'man! osa Éric dont la gourmandise faisait presque peine à voir!

Véra se retourna à nouveau et regarda son fils supplier pratiquement à genoux et elle éclata de rire.

— Je n'ai que des haricots blancs mais je crois que cela fera l'affaire, non?

— Ouiiii... et on pourra manger dehors?

— Allez filez à table, tous les deux, je crois qu'il y a des maths au menu aujourd'hui...

Elle jeta un œil sur le planning de révision qu'Éric et Mia avaient élaboré et qui trônait fièrement sur la porte du frigo familial, fixé par des petites magnettes publicitaires.

— Ouste! J'ai à faire. Le reste dépendra de la météo!

Elle empoigna le plat de spaghettis et l'apporta dans la salle à manger. La table était dressée pour trois couverts comme tous les mercredis, Phil déjeunant sur son lieu de travail. La fenêtre de la salle à manger donnait sur la rue. La pièce était remplie de lumière en ce mois de juin et la rue, à cette heure de la journée, était plutôt calme.

Mia et Éric après un rapide passage dans la salle de bain pour un lavage de mains express, se dépêchèrent de s'installer.

— Les spaghettis du mercredi, c'est sacré!

RECETTE DE VÉRA
POUR ENVIRON 80 SMÅKAGER

- 300 g. de beurre mou (*blødt smør*)
- 400 g. de sucre (*sukker*)
- 200 g. de cassonade (*brun farin*)
- 4 œufs (*æg*)
- 2 cuillérées à café de sucre vanillé (*vaniliesukker*)
- 2 cuillérées à café de bicarbonate (*natron*)
- 2 cuillérées à café de sel (*salt*)
- 200 g. de noisettes hachées (*hakkede hasselnødder*)
- 400 g. de chocolat noir (*mørk chokolade*)
- 600 g. de farine (*hvedemel*)

Mélanger tous les ingrédients de manière homogène. Diviser la pâte en 3 morceaux égaux roulés en boudin. Envelopper les boudins de pâtes dans du papier sulfurisé et placez-les au frigo. Le lendemain, couper les boudins de pâte en tranches fines avant de les aplatir au rouleau pour former les cookies. Enfourner à environ 200°C pendant 8 minutes sur du papier sulfurisé. Une fois refroidis, retirer le papier cuisson. Les *småkager* peuvent se conserver dans une boîte.

Chapitre 5

19h00. Mia s'impatientait et ne savait plus dans quel sens arpenter la cuisine. Elle avait tout fait : de gauche à droite, puis de droite à gauche, en diagonal et même le tour de la pièce complète. Aucun recoin de mur n'avait plus de secret pour elle. Elle bouillait et gonflait intérieurement à tel point que ses joues se coloraient et devenaient écarlates. Niels savait se faire désirer et cela la mettait en rage.

Son impatience montait de plus en plus fort au fur et à mesure que les odeurs de gigots et de *småkager* se mélangeaient. Véra, occupée à ses fourneaux, faisait semblant de ne pas s'en préoccuper. Elle savait bien que Niels n'était pas très à cheval sur les horaires et prenait la vie comme elle se présentait. Par contre il savait être ponctuel et régulier lorsqu'il venait pour dîner à la maison et c'était très confortable pour son organisation de cuisinière ! D'un coup d'œil rapide sur la pendule de la cuisine, elle pronostiqua l'arrivée de Niels et estima qu'il ne lui restait qu'à peu près une demi-heure pour fignoler ses plats. Elle était dans les temps. Phil était dehors. Il avait d'abord nettoyé la table de jardin et les chaises en plastique. Ensuite il s'était mis en tête d'accrocher des lampions japonais entre deux poteaux de part et d'autre du jardin. Aussi, il avait récupéré les piquets du jeu de badminton et les avait fixés avec du fil de fer aux deux grillages opposés. Puis, entre les deux, il avait tendu, à grand peine, une cordelette. À présent les lampions étaient accrochés et la brise du soir faisait danser les flammes des bougies. Cela donnait un petit air de fête au jardin.

Éric, lui aussi, avait mis la main à la pâte en dressant la table. Il s'était appliqué à mettre les petits plats dans les grands. Comme son père, il avait voulu lui aussi mettre sa touche personnelle. Même si sa venue n'était pas, en soi, un événement, Niels était quelque part pour lui un peu son grand frère et ce seul argument valait bien qu'on y mette les formes. Aussi avait-il eu l'idée de récupérer les serviettes rouges qu'il avait assemblées avec des épingles à nourrice dissimulées comme il le pouvait. L'ensemble disposé au milieu de la table formait un chemin de table, qui, à vrai dire, avait fière allure avec les boutons de roses vertes qu'il avait cueillies sur le rosier que Véra avait spécialement rapporté de Hollande et… qu'elle soignait jalousement. Aujourd'hui, elle ne dirait rien, c'est sûr !

Niels, arriva enfin. Il n'avait pas eu besoin de sonner, Mia s'était improvisée surveillante de rue et avait quitté son poste dans la cuisine depuis un bon moment. Depuis la fenêtre du salon, elle épiait tous les piétons qui déambulaient sur la chaussée et Niels n'aurait pas pu lui échapper. Aussi, dès qu'elle l'aperçut, elle avait bondi et lui avait sauté au coup presque à l'étouffer à peine avait-il franchi le seuil de la porte. À présent, elle ne le lâchait plus et Niels avait grand mal à s'en défaire et à canaliser l'excitation de sa sœur. La dernière fois, par accident, elle avait donné un coup de pied au vase de l'entrée qui servait de porte-parapluies. Un magnifique vase rouge sombre orné de branches de cerisier en fleurs délicatement peintes, souvenir d'un voyage au Japon de Véra. Celui-ci d'ailleurs n'avait pas trop apprécié cette marque de sympathie un peu violente, tout comme tante Véra lorsqu'elle découvrit la métamorphose de l'objet au fond de la poubelle du garage.

— Allez Phil ! Sers-nous l'apéro ! Lança Véra qui ne voulait pas réchauffer sempiternellement les plats au risque de n'avoir que du charbon à proposer.

— Oui, oui c'est parti, installez-vous les enfants, on pourra parler à table.

Mia se décida enfin à se décrocher de son frère, au grand soulagement de celui-ci d'ailleurs. Niels adorait sa sœur mais il détestait qu'elle le traite comme une peluche. Il embrassa Éric avec une grande accolade et fit de même avec Phil. Son étreinte fut plus longue avec Véra et Éric put déceler des larmes qui venaient remplir les yeux de son cousin et qu'il s'efforçait de refréner. Véra ressemblait beaucoup à sa mère, à tel point que lorsqu'elles étaient petites, il arrivait assez fréquemment que l'institutrice les confonde. À chaque fois c'était pareil, Niels ne pouvait s'empêcher d'être envahi d'émotion et Véra en avait conscience d'autant plus que la disparition de sa sœur était encore très proche.

— Allez Niels… Viens ! dit-elle doucement en essuyant la larme qui avait rejoint le coin de sa lèvre.

— Oui, oui, fit-il, un peu chancelant d'émotion, après tout c'est la fête à ce que je vois !

— Comment trouves-tu le jardin ? fanfaronna Phil qui espérait bien qu'on le complimente sur sa décoration tout en essayant de réchauffer l'atmosphère.

— Bien… les lampions ne sont pas exactement aussi beaux que ceux de mes 10 ans, mais en tout cas ils n'ont pas encore pris feu, rigola-t-il.

— Comment ça ? C'est la première fois que j'en mets… Phil ne termina pas sa phrase et marqua une courte pause. Il venait de comprendre que Niels l'avait eu une fois de plus au petit jeu du « je te fais marcher » qu'ils pratiquaient tous les deux. Jamais il n'y avait eu de lampion japonais dans cette maison !

— Bon, bon… Phil faisait mine d'être vexé, histoire de lui rendre la monnaie de sa pièce.

— Eh tonton ! Tu sais bien que ça ne marche pas avec moi ! J'ai encore gagné. Quel mauvais comédien tu fais !

— Mouais ! c'est vrai… Phil essaya alors de se rattraper en faisant sensation avec une nouveauté qu'il avait déniché chez un exploitant agricole du coin.

— Veux-tu goûter un nouveau truc local ?

— Euh… Ce n'est pas un tord-boyaux au moins ?

— Non, c'est à base de Pineau mais avec des framboises, c'est un petit exploitant qui a inventé ça et il espère bien en faire quelque chose, et en plus d'être bon, c'est totalement bio !

— Ah je veux bien alors, fit Niels qui essayait de déchiffrer ce qu'il y avait d'écrit sur la petite étiquette aux allures scolaires négligemment collée sur la bouteille que Phil tenait dans les mains.

— D'autres amateurs, lança Phil ?

— Oui, oui ! firent-il tous.

Généralement les découvertes de l'oncle Phil n'étaient jamais décevantes. Il savait trouver les petites choses rares qui venaient surprendre ses convives. C'était son petit plaisir. Ils s'installèrent alors tous à tables et commencèrent à parler de tout, de rien, des études, du travail de Niels à l'hôpital… L'apéritif avait fait son effet, et les plats défilèrent sur la table dans la plus grande convivialité. Tout n'était que sourires, blagues et rigolades. Ensemble ils étaient bien ! Mia avait presque dévoré le gigot à elle seule, tellement il fondait dans la bouche. Éric, quant à lui, avait fait un sort aux haricots et Niels avait quand même eu droit à sa part. Véra savait le succès qu'elle rencontrait habituellement avec ses plats et avait prévu en conséquence. Tout le monde était repu lorsqu'elle lança la phrase fatidique : « un peu de fromage et salade ou on passe directement au dessert ? ».

Il n'y eut aucune réaction, sauf peut-être Éric, qui se resservant encore des haricots, par pure gourmandise, essaya de glisser un « c'est quoi le dessert ? » entre deux bouches pleines.

— J'ai fait des framboises au fromage blanc sur un coulis de cassis, dit Véra en se levant chercher les ramequins.

Elle avait bien compris que sa salade et son plateau de fromages ne rencontreraient aucun succès ce soir alors autant qu'ils restent dans le frigo.

Phil en profita pour mettre les pieds dans le plat comme à son habitude et avec cette habilité qui le caractérise. Pour traiter les sujets délicats, il n'avait pas son pareil. Mais pour une fois personne ne lui en tiendrait rigueur car il ne faisait que lancer tout haut le sujet que personne n'avait encore osé aborder.

— Hé ! Niels, tu ne nous as pas encore parlé de ton passage dans le Golfe !

— Oui… Oui, c'est vrai, fit Niels, très décontracté.

— Que voulez-vous savoir ?

— Ben tout ! crièrent-ils tous…

Devant une telle assemblée, Niels n'avait pas d'autre choix que de raconter ses aventures d'infirmier dans le Golfe. Niels débuta donc son récit par la traversée sur le navire hôpital danois depuis Copenhague. Il raconta comment à son arrivée grâce à son agilité légendaire, il avait rejoint les forces françaises. Naturellement, il fit une peinture de son camarade Léonetti qui bien que très fidèle, fit bien rire Mia. À un moment, il s'arrêta brusquement. Il se souvint de ce que lui avait demandé Éric avant son départ.

— Éric, va voir dans mon sac à l'entrée, dans la poche intérieure tu trouveras une pièce, enfin un morceau de métal… c'est pour toi.

— Pour moi ? C'est quoi ?

— Va voir au lieu de demander !

Éric se leva d'un bon et il sauta sur le sac de Niels…

— Euh, fais quand même attention à mes affaires, Éric !

Mais Éric était déjà revenu. Le morceau de métal brûlé dans les mains, l'air décontenancé.

— Mais… c'est quoi ce truc ?

— Ça, c'est un souvenir de quelque chose de très curieux qui m'est arrivé là-bas. Je pense que ça doit provenir d'un missile irakien.

— Et ce n'est pas radioactif ou contaminé ? demanda Véra qui revenait avec un plateau chargé des coupelles de framboises.

— Noon ! Penses-tu, avec ce qu'il a pris, aucune chance de contamination, aucun virus n'aurait survécu. Quant à la radioactivité, rien, je l'ai passé au détecteur… et il n'a jamais déclenché d'alarme donc pas de souci !

Éric n'arrêtait pas de tourner et retourner la pièce entre ses mains entre deux cuillerées de fromage blanc qu'il engloutissait.

— C'est curieux, ce n'est pas froid comme le métal, dit-il.

— Montre voir !

Phil se saisit du morceau et comme Éric, l'inspecta sous toutes les coutures. Il prit la petite cuillère et se mit à donner des petits coups secs de part et d'autre de la pièce.

— Effectivement, on dirait une sorte de céramique, c'est bizarre, normalement la céramique c'est plutôt pour les moteurs classiques pas pour l'aéronautique !

— C'est ce que je me suis dit aussi mais l'engin dont il provient était tellement différent de ce que j'avais pu voir que ça ne paraît pas inimaginable.

— C'est doux ! déclara Mia. Et j'ai même l'impression que ça vibre.

La pièce passa ainsi de main en main, fut tournée et retournée, grattée, frottée et même goûtée ! Tout en suçant sa cuillère pleine de coulis de cassis, Niels raconta l'histoire de la pièce. Cependant il ne donna pas les détails les plus curieux. Peut-être avait-il peur que sa famille ne le prenne pour un fou ou tout simplement pour ne pas les effrayer. Toujours est-il qu'il avait omis certains passages, notamment celui des lueurs dans le ciel, de l'espèce de laser bleu… et surtout le fait qu'ils avaient été épargnés ou protégés par l'engin lors de sa désintégration. De toute façon, la chute de l'histoire demeurait invariablement la même : l'engin avait été complètement détruit, lui et sa petite équipe n'étaient arrivés que lorsque tout était terminé ; il avait ramassé ce bout de métal en pensant à Éric.

— J'ai l'impression qu'il y a des inscriptions sous la croûte calcinée, dit Éric qui n'arrêtait pas de grattouiller avec son ongle.

— Il est probable que tu y trouves un numéro de fabrication ou alors une inscription en arabe, mais il faudra frotter, Éric, tu as vu l'état ?

— Oui, mais déjà si je le lave on ne s'en mettra plus plein les mains, dit-il, en montrant ses mains noircies.

— C'est certain, fit Véra en voyant l'état de sa nappe. Va dans la buanderie, sous le petit évier j'ai une bassine qui peut servir à décrasser ce truc. Tu trouveras une brosse à l'intérieur, et dans le petit meuble tu verras j'ai de la javel et du décapant, enfin tu connais !

Éric débarrassa les assiettes de la table et les porta dans le lave-vaisselle de la cuisine puis s'éclipsa avec sa pièce. Phil proposa à Niels un petit digestif de derrière les fagots.

— Encore son sempiternel petit Cognac ? firent remarquer les filles qui avaient commencé à desservir.

— Il commence à faire frais maintenant, viens Niels, on va continuer dans le salon.

La table avait été rapidement débarrassée, la fraîcheur de la brise du soir aidant. À présent, tous les quatre étaient assis autour de la table ronde du salon et Véra avait sorti les *småkager* et d'autres petites douceurs que généralement elle réservait pour Noël.

— Hé ! Regardez ! Il est tout beau tout propre ! Clama Éric en entrant dans la pièce tout en brandissant un morceau de métal brillant.

— Moi je sais en tout cas qui va être préposé aux lessives maintenant, ironisa Véra.

La pièce ressemblait maintenant à un arc de cercle d'une vingtaine de centimètres de long sur environ 4 centimètres de large. La découpe était parfaite et elle ne semblait pas avoir souffert d'une quelconque explosion ou d'avoir prit des coups. La surface était extrêmement lisse et agréable au toucher. La lumière se reflétait dedans comme dans un miroir et la pièce semblait dégager une certaine tiédeur. Encore une fois tout le monde voulu voir la fameuse pièce de plus près.

— Je vois des inscriptions ici ! s'écria Mia surprise.

— C'est pas possible, il y avait rien quand je l'ai séchée tout à l'heure, contesta Éric qui pensait que Mia le faisait marcher.

— Si, si, je t'assure, regarde !

— Elle a raison, renchérit Niels, il y a quatre symboles, ce doit être de l'arabe.

— Absolument pas, reprit Phil qui essayait de définir les contours des symboles au toucher.

— En tout cas, ça a la précision des gravures au laser, c'est bien fait, continua-t-il.

— Mais ce sont des runes ! s'écria soudain Véra.

— Des quoi ? firent Mia et Éric ensemble.

— Des runes ! C'est un ancien alphabet scandinave, mais je ne vois pas ce que ça fait là et encore moins dans un appareil militaire.

— Tu as raison chérie, ça y ressemble bien, même si je ne suis pas un spécialiste pour moi ce sont des runes !

Niels n'avait encore rien dit. Il venait de comprendre qu'il n'y avait aucune chance que cette pièce ne provienne d'un quelconque missile de cette fichue guerre. Cependant il ne savait pas s'il devait leur avouer ou non tous les détails. Puis il se résigna à donner quelques morceaux de l'histoire à sa manière.

— A priori, de ce que j'ai pu voir, il me semble que le missile ou cet engin devait être guidé par laser. Un laser bleu, c'est sans doute une nouvelle technologie.

— Oui, bien sûr ! J'ai lu un article dans « Sciences et vie » qui parlait de recherches avancées sur les lasers de différentes couleurs par une firme américaine qui travaillait avec des chercheurs nordiques de je ne sais plus trop où, indiqua Phil.

— Hum, ça pourrait alors expliquer la présence de mot en anglais mais certainement pas celle de runes, rétorqua Véra.

— À moins qu'il ne s'agisse que d'une sorte de décoration, ou une signature de la société ou l'équipe nordique, ou peut-être simplement un logo, avança Mia.

— Oui tu as raison, Mia, c'est sans aucun doute le logo de la société, affirma Véra.

Éric était sceptique mais l'explication semblait plausible. C'est Niels qui mit tout le monde d'accord :

— Maintenant c'est clair, ce n'est pas un missile mais une sorte de drone américain qui s'est écrasé à cause de l'orage. Mais comme il est tombé en territoire ennemi, je pense qu'un système d'autodestruction a dû être enclenché.

Lui-même semblait satisfait de sa propre explication. Tout se tenait, c'était logique, c'était ça, assurément !

— Bon, au lieu d'avoir un bout de missile irakien, j'ai un morceau de drone américain top secret ! fit fièrement Éric.

— Le commandant rappelle à son pilote de drone qu'il a rendez-vous demain matin à 8h00 et qu'il est déjà 2 heures du matin !

Cette réplique de Véra effaça immédiatement le large sourire qu'arborait Éric. Il avait oublié ce satané rendez-vous périodique à l'hôpital. Oh ce n'est pas parce qu'il était contraignant, non, mais c'est surtout parce qu'il lui rappelait tous les trois mois, combien son futur pouvait être compromis.

Éric souffrait d'une tumeur au cerveau. Elle n'avait pas évolué depuis 6 ans mais il savait qu'elle pouvait se mettre à grossir d'un seul coup et qu'alors il faudrait agir vite. De toute façon, il n'avait pas d'autres choix ; les risques d'une opération étaient trop grands, le chirurgien ne voulait pas s'y risquer tant qu'il n'y avait pas urgence. À ce moment il n'y aurait que trois issues : soit tout se passerait bien mais il risquait de perdre l'usage de la parole, soit ça se passait mal et il finirait dans le bac à légumes. La troisième issue était encore plus radicale et résoudrait tous ses problèmes existentiels d'un seul coup. La plupart du temps il n'y pensait pas ou du moins faisait-il mine de ne pas le faire. Par moment elle se rappelait à lui par des saignements de nez et des vertiges, au pire des vomissements mais c'était très rare. Véra savait qu'Éric n'aimait pas en parler car à chaque fois il avait l'impression d'être considéré comme un moribond, cependant elle guettait discrètement le moindre signe anormal chez son fils.

Bien qu'il ne disait rien, Éric savait qu'à tout moment sa vie pouvait basculer. Aussi, il ne recherchait pas la compagnie des autres. À quoi bon s'attacher aux gens si c'est pour leur faire de la peine ? Disait-il parfois. Ce n'est pas pour autant qu'il brûlait sa vie par tous les bouts. Non ! Il souhaitait uniquement vivre sa vie le plus simplement possible, le plus normalement possible en étant terriblement seul. Mia connaissait pratiquement tous les contours de la personnalité d'Éric. Aussi, pour briser sa solitude et le forcer à sortir de sa coquille, elle organisait en toute discrétion des petites rencontres lors de virées en ville avec certaines de ses copines… mais en aucun cas elle ne se serait permise de jouer les entremetteuses. Éric n'était pas dupe d'ailleurs, et il se laissait volontiers berner car il savait au fond de lui que Mia avait raison.

— Bon, c'est dommage, Niels tu restes ici n'est-ce pas ?
— Oui ne t'inquiète pas, je reste quelques jours avant de remonter. J'ai encore quelques examens à passer pour ma spécialité, je me suis juste accordé une petite pause.

Il se tourna vers Véra.

— Et puis je crois que ma chambre est toujours prête…
— Comment en serait-il autrement Niels ! ironisa Véra.

Éric récupéra sa précieuse pièce et embrassa tout le monde avant de monter se coucher.

Chapitre 6

2h23 du matin! Éric n'avait pas mis longtemps à faire sa toilette et le brossage des dents avait été vite expédié. Il se rattraperait demain matin, mais là il était trop fatigué pour traîner encore. Il était à présent allongé sur son lit et manipulait sa pièce en pensant comment il pourrait l'accrocher à son mur des souvenirs, comme il l'appelait. Depuis qu'il était tout petit, Éric fourrait dans ses poches tout ce qui lui plaisait, ou plutôt tout ce qu'il trouvait. Un boulon rouillé, un caillou, un bout de plastique, un morceau de jouet, toutes ces choses avaient grâce pour lui et figurait au rang des petits trésors comme lui disait sa mère. Bien sûr, cette collection d'objets insignifiants avait gagné en qualité au fil du temps. Aussi Éric s'était décidé à afficher ses «plus beaux trésors» sur une planche noire accrochée en face du lit. Comme ça il pouvait admirer ses plus belles pièces insolites chaque soir. À force de tourner et retourner la pièce, Éric remarqua que celle-ci prenait des reflets bleus à la lueur de sa lampe de chevet. En éteignant la lumière il s'aperçut que les reflets bleus persistaient quelques instants avant de s'évanouir. Cool! pensait-il, Niels n'aurait pas pu trouver mieux comme souvenir de son périple irakien.

Soudain il ne sentit plus ses doigts. Ils étaient restés collés à la pièce. Éric voulu se lever mais tout son corps ne répondait plus. Ses jambes étaient raides tout comme ses bras. Il ne sentait plus sa respiration mais ce n'était pas pour autant qu'il étouffait. Curieusement il se sentait en confiance bien qu'incapable de bouger quoi que ce soit, un peu comme s'il avait été congelé en un instant. Seuls ses yeux avaient conservé leur mobilité et il pouvait entendre tous les bruits de la maison. La pièce était maintenant entourée d'un halo bleu persistant qui s'intensifiait régulièrement presqu'au rythme d'une respiration. On aurait dit que la pièce était vivante. Éric vit alors que les quatre runes avaient pris une teinte bleue et brillaient encore plus fort. À un moment il eut même l'impression qu'elles étaient liquides car elles glissèrent aux deux extrémités de la pièce pour laisser apparaître une cinquième forme en plein milieu. Le temps lui paru s'arrêter, le cadran de son réveil affichait inexorablement 2h47.

— Je suis sûr que c'est un rêve, pensa-t-il.

En tournant les yeux à droite et à gauche, il réussit à voir l'intégralité de sa chambre, c'est alors qu'il se rendit compte qu'il ne se trouvait plus dans son lit mais qu'il flottait à environ un mètre au-dessus. Plusieurs objets dans la chambre flottaient eux aussi. Le halo bleu s'était beaucoup intensifié et entourait maintenant tout le corps d'Éric comme s'ils ne faisaient qu'un. Il ressentit alors une violente douleur au sommet du crâne qui se mit à grandir encore et encore, comme si une aiguille essayait de lui transpercer la tête. Il voulu crier mais rien, aucun son ne put sortir de sa bouche. Puis la douleur diminua petit à petit et il eut l'impression de descendre doucement pour venir reposer sur le matelas. Ses membres ne pouvaient toujours pas bouger mais ils n'étaient plus raides comme au début, au contraire, il se sentait très détendu, presque tout mou et incroyablement bien. Puis une grande fatigue vint l'envahir et le submerger, il sombra alors dans un profond sommeil.

6h00 tout juste. Un bruit strident et électrique tira Éric des profondeurs de son sommeil. C'était son réveil qui avait encore une fois hurlé à ses oreilles. Cela faisait déjà trois ans qu'il s'était promis d'en changer au moindre signe de faiblesse. Mais ce réveil matin avait la vie dure et montrait une incroyable résistance aux chocs et aux attaques de coussins. La sonnerie de l'affreux réveil résonnait encore dans ses tympans et il avait l'impression d'avoir la tête dans un bocal. Son pyjama était tout trempé, il avait dû faire très chaud cette nuit. Il s'assit sur son lit et s'aperçut que son oreiller possédait quelques marques de sang. Il porta la main à son nez et senti quelques croutes de sang séché. Il avait certainement saigné du nez cette nuit, c'était assez fréquent. Ceci expliquerait sans doute le cauchemar qu'il avait vécu. Pour se rassurer, il inspecta la chambre du regard. Tout semblait être à sa place ! Tout était tel qu'il l'avait laissé avant de s'endormir. Tout, sauf la pièce du drone qui gisait à terre, certainement propulsée au sol par un coup de pied inconscient dans son sommeil. Il se leva et la ramassa. Les runes étaient toujours là… mais elles étaient cinq ! Incroyable. Éric ne savait plus si sa mémoire lui jouait des tours, ou tout cela était bien réel. Étaient-elles cinq ou quatre hier ? Il ne savait plus. Il inspecta la pièce sous tous ses angles. Manifestement, il n'y avait rien d'autre de changé. Dubitatif, il reposa la pièce sur son bureau et préféra aller se rafraîchir les idées dans la salle de bain. Il sortit de la chambre et déambula péniblement dans le couloir tel un zombi lorsqu'il croisa Mia.

— La nuit a été terrible on dirait !

— M'en parle pas, j'ai fait un cauchemar tout ce qu'il y a de bizarre… Au fait, il y a combien de runes sur ma pièce ?

— Quoi ? Euh, quatre bien sûr… Pourquoi demandes-tu ça ?

— Quatre ? Pas cinq ?

— Euh non, quatre, je crois, non je suis certaine !

— C'est bien ce que je me disais !

— Eh bien, ça va pas toi !

Mia fronça les sourcils et se mit à scruter le visage de son cousin à la recherche de quelques symptômes…

— Si, si, j'ai juste la tête dans le bocal.

— Je pense que tu as du prendre froid hier soir…

— C'est possible, gémit Éric en poussant la porte de la salle de bain avec un effort qui lui parut surhumain.

En entrant dans la pièce, Éric fut saisi par le visage qu'il aperçut dans le miroir au-dessus du lavabo. Son nez laissait paraître quelques petites traces de sang séché qui témoignaient de sa nuit agitée. Décidément, il avait vraiment une sale tête !

— Je vais prendre une douche, ça va me faire du bien, pensa-t-il.

Il déboutonna la veste de son pyjama et aperçut une espèce de bleu à l'épaule gauche qu'il tenta d'examiner dans le miroir.

— Mince, comment je me suis fait ça moi ?

Il toucha sa blessure, mais elle ne lui faisait pas mal. Elle faisait pourtant bien quatre centimètres de diamètre. Il s'était certainement cogné dans la table de chevet cette nuit. Après tout, ce n'était pas la première fois que ça lui arrivait mais ce coup-ci, il ne s'était pas loupé. Il finit de se déshabiller et prit une bonne douche fraîche qu'il fit un peu durer tant cela lui faisait du bien.

Une fois habillé, il descendit d'un pas léger l'escalier pour rejoindre Mia dans le salon pour le petit-déjeuner. Effectivement, la douche lui avait fait un bien fou. Il se sentait en pleine forme, disparu le bocal, volatilisée la fatigue ! Véra s'était levée aux aurores et avait fait cuire des viennoiseries maison dont le parfum envoûtait toute la pièce. Elle avait dû partir tôt pour rejoindre le musée d'Angoulême où elle travaillait. C'était une période de dur labeur en ce moment car elle devait encore archiver les derniers vestiges gallo-romains trouvés dans les sites de fouilles des environs avant les vacances. En effet, le muséum de Paris fermerait son laboratoire pour l'été, aussi tout devait être bouclé avant la fin du mois et elle avait encore à clôturer toutes les demandes de datation au carbone 14.

Niels n'était pas encore levé mais c'était normal. Il n'avait jamais été un lève-tôt, et ce n'est pas les discussions avec Phil qui les avaient menés très tard ou plus exactement très tôt, qui auraient arrangé les choses. Mia finissait son jus d'orange tandis qu'Éric s'apprêtait à engloutir un croissant à la pâte d'amande après avoir enfourné un pauvre *småkager* rescapé de la veille qu'il mâchait encore. La bouche pleine, il s'adressa à Mia :

— Je suppose que tu m'accompagnes au CHU, dit-il.

— Bien sûr, je te laisse pas tout seul tu sais bien.

Éric trempa ce qui restait du croissant dans son café et avait déjà la main posée sur sa prochaine victime, le pain au chocolat. Il amorça ce qui ressembla à un sourire, tout en regardant Mia, mais ses yeux en disaient plus.

— Allez dépêche toi, on va rater le bus…

Éric lâcha le pain au chocolat. Ce n'était qu'un petit sursis pour lui, Niels saurait certainement s'en occuper tout à l'heure. Il vida d'un trait son mug et se leva en s'essuyant à peine la bouche avec sa serviette.

8h50, Mia et Éric étaient gentiment assis dans le couloir qui servait de salle d'attente et patientaient en attendant que la secrétaire les appelle. Éric avait commencé par passer une batterie de radios et un scanner comme à l'accoutumée puis il fallait attendre que le médecin qui le suivait depuis des années, ne leur fasse part de ses interprétations. Généralement cela ne prenait pas trop de temps. La porte du cabinet s'ouvrit et un homme en sorti. Il tenait à la main un dossier bleu qui portait un symbole qui intrigua Éric. Il avait déjà vu ce symbole quelque part.

— Merci Robert, on fait comme ça, je me charge de faire disparaître le reste, ne t'inquiète pas.

On pouvait entendre la réponse du médecin :

— Bien, bien… à bientôt alors.

L'homme jeta un coup d'œil rapide à Éric et lui esquissa un sourire. Éric était sûr de connaître cet homme, il l'avait déjà vu. L'homme remarqua qu'Éric était en train de le dévisager puis il s'aperçut de la présence de Mia. Son visage changea brutalement d'expression pour prendre celui de la terreur. Il accéléra le pas et passa rapidement devant eux en prenant manifestement soin à ne plus exposer son visage à leur regard. Éric se rendit compte du changement de comportement de l'homme en question et interpella Mia. Plongée dans sa lecture, elle ne bougea pas. Elle avait apporté son bouquin de philo et s'arrachait les cheveux à comprendre Nietzsche, mais le temps de lever la tête, l'homme avait disparu au coin du couloir.

— Mia, là le type !

— Quoi ?

— Il y avait un type là, je suis sûr de le connaître !

— Oui et alors, tu viens tous les trois mois, alors c'est normal que tu finisses par connaître des gens.

— Non, je le connais d'ailleurs, je crois qu'il m'est familier, et puis son dossier, il y avait un symbole dessus qui me dit quelque chose aussi.

— Rien de surprenant, c'est un visiteur médical, c'est le logo du labo.

— Non, euh, peut-être, mais il veut faire disparaître des choses.

— M'enfin Éric, qu'est-ce qu'il t'arrive aujourd'hui, je ne t'ai jamais vu stressé comme ça !

Éric prit conscience que son comportement était peut-être un poil trop excessif. Il reprit son calme et pensa qu'il se faisait certainement des idées ; encore une fois Mia devait avoir raison. Le médecin passa la porte du cabinet et s'adressa à Éric.

— Ah ! Éric ! Vous pouvez entrer tous les deux, fit-il avec un large sourire.

— Allez Éric, on y a va ! Ajouta Mia en glissant son livre dans son sac à main.

Éric se leva, la tête encore perdue dans ses interrogations et tendit machinalement la main au praticien qui lui serra chaleureusement.

— Cet homme, il parlait avec un accent, sa voix, je connais sa voix, grommela-t-il tout haut.

— Que dis-tu Éric ?

— Euh, moi ? Rien, rien, je pense tout haut…

Éric n'osait pas poser la question au médecin car il savait que c'était d'un culot assez malvenu.

— Vas-y Éric, dis-moi ce qui te tracasse ? insista le docteur en les invitant à s'asseoir d'un signe de la main.

Du coup, Éric se sentit le droit de le questionner.

— L'homme qui était là avant moi, je crois que je le connais.

Le docteur Robert Davier suivait Éric depuis plusieurs années. Il était généralement très doux avec les enfants et savait démystifier leurs interrogations les plus saugrenues. Cependant la question d'Éric sembla le déstabiliser.

— L'homme avant toi ? Euh, ah, oui… Non tu ne dois pas le connaître, Éric. C'est une relation de passage. D'ailleurs il n'habite pas dans la région.

— Il ne vient pas souvent ici ? se risqua-t-il.

— Éric, ça ne se fait pas voyons ! souffla Mia dont la frimousse commençait à rougir.

— Ce n'est rien, dit-il à Mia.

Puis il reprit en s'adressant à Éric :

— Bon, promets-moi de garder le secret… et toi aussi Mia.

Le visage d'Éric s'illumina, fier d'avoir perçu quelque chose.

— C'est un acteur anglais, il est là incognito… Je l'ai connu avant qu'il ne devienne célèbre et nous avons gardé des liens amicaux. Aussi de temps en temps, il passe me voir, mais il faut que cela reste secret. D'ailleurs c'est peut-être pour ça qu'il te semble le connaître. Satisfait ?

Éric afficha une mine déçue mais se mit à réfléchir :

« Un acteur anglais ? Ça pouvait expliquer le fait que le personnage lui semblait familier, mais des choses clochaient. Quel était ce dossier qu'il tenait en sortant ? Et cet accent, il était clairement étranger mais certainement pas anglais. Et puis pourquoi le docteur lui a d'abord répondu que je ne devais pas le connaître, puis suppose ensuite que je le connais grâce à sa célébrité ? ».

Les derniers mots du médecin lui signalèrent qu'il n'était plus question pour lui de continuer ses investigations, aussi Éric répondit par l'affirmative en essayant de montrer qu'il était satisfait. Mia le fusillait du regard et ses yeux verts semblaient plus intenses que d'habitude. Il était clair qu'il aurait droit à une remontée de bretelles à la sortie.

— Bien, voyons tes radios ! fit le docteur Davier en allumant le négatoscope.

Il glissa sur la vitre deux clichés, qu'il observa en silence pendant quelques minutes.

— Vois-tu, Éric, la tumeur est toujours là comme tu peux voir sur la radio de droite mais a priori, il semble qu'elle a diminué quelque peu, si on la compare à celle du dernier trimestre à gauche. C'est bon signe !

Le médecin désigna la zone incriminée sur les deux clichés.

Mia avait murmuré à Éric un petit « yesssss » discrètement. Éric s'avança sur sa chaise et plissa les yeux pour mieux inspecter les deux clichés. Un détail lui sauta aux yeux. Les deux clichés ne possédaient pas la même dentition. Sur le dernier cliché, il pouvait discerner deux tâches blanches sur les molaires supérieures tandis que sur le premier cliché, il n'y avait qu'une seule tâche blanche sur sa mâchoire inférieure et rien sur la mâchoire supérieure. Comme il n'avait pas eu de soins dentaires depuis plusieurs mois et que de toute façon il n'avait eu qu'une seule carie, il était évident qu'il ne s'agissait pas de sa radio, même si elle portait son nom. Il se renfonça au creux de la chaise.

— Est-il possible de voir l'évolution avec les autres clichés ? demanda-t-il.

— Oui bien sûr, Éric ! Je vais voir aux archives à côté, je reviens.

Le médecin quitta son fauteuil et se dirigea vers la porte latérale qui donnait sur les archives de son secrétariat. Il disparut dans la petite pièce en tirant la porte derrière lui. Les deux jeunes gens étaient à présent tout seul dans le cabinet. Éric savait qu'il avait alors à peu près cinq minutes pour agir. D'un bond, il jaillit de sa chaise et commença à fouiller le dossier médical posé sur le bureau.

— Mais qu'est-ce que tu fais, Éric ? Tu es fou !

— Non, je sais ce que je fais… Je t'expliquerai tout à l'heure, fais-moi confiance.

Mia était paniquée. Elle ne comprenait pas l'attitude de son cousin, d'autant que celui-ci semblait fermement décidé à trouver quelque chose.

Rien, aucun autre cliché, juste les vieux comptes-rendus. Soudain, les yeux d'Éric s'arrêtèrent sur la corbeille à papier. Immédiatement ses mains saisirent une radio froissée. Le jeune homme essaya de la défroisser et pu alors apercevoir son nom et la date du jour. Mia ne savait plus où se mettre et angoissait à l'idée de voir la porte s'ouvrir. À ce moment justement, le grincement de la poignée de la porte latérale se fit entendre.

— … Oui pour le 12, je pars ce soir, merci, Janine.

Le docteur Davier parlait manifestement de ses congés à sa secrétaire. Éric reprit rapidement sa place et glissa la radio sous sa veste en jeans. Mia telle une petite fille de maternelle faisait des bonds sur sa chaise.

— Désolé les enfants, j'ai mis un peu de temps… Je devais voir quelque chose avec ma secrétaire.

— Pas de problème, fit Éric, dites, avez-vous le scanner ?

Éric pensait utiliser la même recette pour éloigner le médecin et continuer à fouiller son bureau. Mia n'en finissait plus de s'étrangler devant le culot monstre de son cousin qu'elle ne reconnaissait plus.

— Le scanner ? Euh non !

La réponse du docteur Davier ne fut pas du tout celle à laquelle Éric s'attendait.

— Il y a eu un problème technique le fichier a été altéré. Le service de maintenance est en train de s'en occuper.

Quel problème technique ? pensait-il. Tout à l'heure, Gabi le technicien du scanner, lui avait dit que « tout roulait » et lui avait même montré le début des clichés. Pourquoi le docteur Davier se mettait-il à lui mentir ? Ce n'était pas son genre, au contraire, il était habituellement très franc avec ses patients. Et puis, ils se connaissaient depuis longtemps et on pouvait dire qu'ils s'appréciaient même. Décidément, Éric ne comprenait pas le comportement du praticien. Mia, quant à elle, ne comprenait pas l'attitude d'Éric, lui qui d'habitude était plutôt du genre discret.

— … Mais ne t'inquiète pas, Éric, poursuivit le médecin, vu l'évolution de la tumeur, on ne fait rien pour l'instant, on surveille et on se revoit dans 3 mois pour confirmer la situation.

— Pas besoin de faire des examens supplémentaires ? demanda Mia, qui ne cessait d'observer Éric du coin de l'œil.

— Non ! Je préfère attendre le prochain contrôle ! D'autres questions ?

Les deux jeunes gens étaient tellement pressés de quitter la pièce, que tout deux répondirent en même temps par la négative.

— Bien… ça m'arrange, j'ai encore beaucoup à faire… je suis en congés ce soir. Et vous les vacances ?

— Euh, non pas encore, on a le bac à passer la semaine prochaine, balbutia Éric.

— Ah oui, bien sûr, vous n'êtes plus des enfants, c'est vrai… j'oubliais… je croise les doigts pour tous les deux alors !

Éric et Mia étaient déjà debout et tendaient la main pour prendre congé du médecin. Celui-ci leur ouvrit la porte.

— Bonnes vacances, docteur, fit Mia, gênée de leur précipitation à sortir.

— Merci les enfants, vous aussi, à la rentrée donc !

— Oui, oui…

Éric s'enfuit presque et courait maintenant devant Mia dans le couloir. Il allait si vite qu'il arriva hors de l'enceinte de l'hôpital en quelques minutes, presqu'au niveau du Quick.

— Arrête Éric ! lui cria Mia, toute essoufflée.

Il s'arrêta d'un seul coup et se tourna vers elle, comme s'il venait de réaliser qu'il n'était pas seul et qu'il l'avait complètement délaissée.

— Mais enfin, qu'est-ce qui te prend aujourd'hui ? Dit-elle en reprenant son souffle.

— Excuse, viens, on va prendre un café au Quick, on sera plus tranquille pour parler…

Il prit Mia par la main et la poussa dans le *fast-food*.

— Choisis une table en retrait avec personne autour, je commande les cafés et je te rejoins, fit-il mystérieux.

Mia s'exécuta, tellement impatiente d'obtenir enfin des explications. Elle choisit une table en retrait comme il l'avait demandé, dans le fond du restaurant côté fenêtre avec vue sur l'hôpital. Éric revint avec un plateau garni de deux gobelets et deux brownies. Il savait qu'une petite douceur sucrée ne serait pas de trop pour atténuer les reproches de Mia.

— Alors c'est quoi tout ce cirque, je suis morte de honte ! gronda-t-elle.

— Eh, attends ! Voici ton chocolat chaud et ton brownie ! minauda-t-il en posant le plateau sur la table et s'assaillant en face d'elle.

— Si tu penses que tu vas m'avoir comme ça, tu te fiches le doigt dans l'œil ! Mia ne décolérait pas.

— Regarde…

Il plongea la main sous sa veste et en sortit le cliché radio qu'il avait volé dans la poubelle du médecin. Tout en le défroissant quelque peu il continua :

— C'est ma radio d'aujourd'hui ! Celle qu'il nous a montrée tout à l'heure n'est pas la mienne.

— N'importe quoi, Éric ! Elle portait ton nom, j'ai bien vu !

— Ah oui ? Et je possède aussi deux nouvelles caries en haut et plus aucune en bas ? Tout en parlant il avait plongé le doigt dans sa bouche et tirait la lèvre comme pour bien lui montrer sa molaire.

— Honnêtement, ce ne sont pas tes caries qui m'ont intéressées… mais maintenant que tu m'en parles, moi j'ai seulement remarqué que sur le cliché tu portais un collier ou une chaine.

Éric écarta le col de son polo. Son cou ne laissait apercevoir aucun collier, ni aucune chaîne, ni aucune autre marque qui aurait pu témoigner de la présence récente de l'un ou l'autre.

— Je n'ai jamais rien porté, Mia, tu le sais.

Mia écarquilla les yeux. Finalement il y avait peut-être quelque chose de pas très clair dans tout ça. Elle saisit le cliché et se mit à l'examiner plus attentivement. Éric tournait la touillette de son café et la dévisageait sans un mot, guettant la moindre de ses réactions. La date et le nom étaient corrects. La radio était bien nette ce qui rejetait l'hypothèse d'une radio de mauvaise qualité qui aurait été mise à la poubelle. Le cou ne montrait aucune perle blanche trahissant la présence d'une chaîne métallique ou d'un quelconque bijou. La carie était bien là. Manifestement il s'agissait bien de la radio d'Éric ! Il rompit le silence :

— Tu ne remarques rien ?

— Euh, non justement, c'est bien ta radio !

— Regarde mieux au niveau de la tumeur…

Mia plissa ses grands yeux verts en scrutant le cliché radio comme un laser.

— Il n'y a rien Éric !

— Oui, dit-il, rien ! Plus de tumeur !

Mia s'était attachée à inspecter le moindre détail mais était complètement passée à côté de l'essentiel. Elle replongea sur la radio, et effectivement il n'y avait plus la moindre de trace de tumeur.

— Ce n'est pas possible ! clama-t-elle

— Chut ! Pas si fort, je suis sûr qu'on nous observe.

Mia se leva d'un bond et commença à parcourir des yeux l'intérieur du restaurant.

— Quoi ? Où ça ?

Manifestement, le restaurant était vide, les deux employées n'avaient pas quitté leur poste et s'affairaient à ouvrir des sachets de frites en prévision du coup de chauffe dans une heure. Éric tira doucement le bras de sa cousine pour la faire asseoir.

— Je ne sais pas, je ne suis pas certain…

Mia avait repris son calme et glissait par moment des petits regards derrière Éric pour surveiller ce qu'il se passait derrière lui.

— Pourquoi dis-tu qu'on nous observe ?

— À cause de l'homme que j'ai croisé.

— De quel homme parles-tu, Éric, je ne te suis pas!

— Le soi-disant acteur anglais qui sortait du cabinet, tout à l'heure, je suis sûr qu'il est aussi anglais que toi!

En disant ces mots le regard d'Éric s'illumina.

— Mais oui bien sûr! s'exclama-t-il. C'est nordique, je savais bien que ça me disait quelque chose!

— Tu peux être plus clair, s'il te plaît.

— Tu sais l'homme du cabinet, je l'ai entendu parler avec un accent, et le docteur Davier dit qu'il est anglais alors que son accent est nordique, comme le tien. En plus, il portait une barbe courte et il était de type nordique.

— Peut-être, mais il y a des anglais de type nordique et puis il y a une multitude d'accents très différents au Royaume Uni… les Écossais par exemple…

— Non, non je suis sûr de mon coup, c'est le même que toi, le même qui revient quand tu t'énerves…

— Pff… quand même…

— Et puis, on est sûr que le docteur nous a menti ou nous cache quelque chose. En disant cela, il agitait la radio sous le nez de Mia et tapotait du doigt en indiquant la zone de la tumeur.

— Le bon côté des choses c'est que ta tumeur n'existe plus et ça c'est la nouvelle du siècle ça…

— Justement, t'en as déjà vu se résorber en si peu de temps toi?

— Euh non à vrai dire.

— Moi, je te propose de ne rien dire aux parents…

— Quoi tu veux leur cacher ça ? C'est monstrueux !

— Non, on va dire ce que nous a dit le docteur, que la tumeur est en train de se résorber et puis voilà. Pour le reste on verra après le bac.

Éric finissait son café et tentait d'aspirer les dernières gouttes réfractaires qui ne décollaient pas du fond de son gobelet. Mia l'observait, il avait quelque chose de différent... Peut-être l'annonce de la disparition de la tumeur lui avait provoqué quelque chose, ou sa disparition elle-même ? Toujours est-il que c'était la première fois qu'elle voyait son cousin prendre des décisions, s'imposer... et puis quel culot il avait eu de voler cette radio dans le bureau du médecin. Elle avala d'une traite son brownie avant qu'Éric ne lorgne dessus.

— Bon d'accord, mais c'est quand même génial !!

Elle lui appliqua un petit bisou sur la joue et le prit par le col de sa veste pour l'obliger à se lever.

Ils sortirent du Quick et se dirigèrent vers l'arrêt de bus. Mia n'avait pas lâché la veste de son cousin qui avait beaucoup de mal à dissimuler sa radio volée.

— N'empêche que c'est quand même génial ! répéta-t-elle doucement à l'oreille d'Éric.

Chapitre 7

La deuxième semaine de juillet pointait son nez. Mia et Éric avaient décidé de faire comme si de rien n'était. La pièce du drone, les runes, l'homme à la barbe, la tumeur, tout avait été mis de côté. L'essentiel pour eux était de décrocher le Bac et ils s'y étaient consacrés à plein temps. Les examens étaient passés et ce lundi 8 juillet les résultats trôneraient sur le panneau d'affichage de la grille du lycée. Enfin ils seraient fixés ! Cependant, comme à son habitude, Éric n'était sûr de rien, tandis que Mia ne jurait de rien. Impossible de pronostiquer quelque chose avec ces deux lascars et il y avait encore deux jours à tenir. Aussi pour se changer les idées, Mia eut l'idée de traîner Éric jusqu'à la bibliothèque municipale ce samedi après-midi là, en ayant auparavant effectué quelques achats dans la rue piétonne juste à côté, cela va sans dire !

Après avoir longé le parking Saint Martial, les deux jeunes gens poussèrent la lourde porte vitrée de l'imposant bâtiment. Mia se dirigea vers le guichet qui servait de bureau à la bibliothécaire et Éric lui avait emboîté le pas.

— Bonjour, pourriez-vous nous indiquer des ouvrages traitant des runes, s'il vous plaît ?

— Des quoi ? fit sèchement la bibliothécaire qui n'avait même pas daigné lever ses yeux de la fiche qu'elle était en train de remplir.

— Des runes, l'alphabet des vikings, vous savez ? précisa Éric sur un ton légèrement agacé.

— Ah ! Un instant, ça me dit quelque chose…

La bibliothécaire les regarda fixement par-dessus les petites lunettes qu'elle portait sur le bout du nez. Deux chaînettes roses pendaient de chaque côté de son visage en faisant des cliquetis au moindre petit mouvement et de surcroît à chaque fois qu'elle ouvrait la bouche. Pendant presqu'une minute, qui parut des heures, elle resta immobile à les dévisager, on aurait dit une statue de cire ou plutôt un automate en panne. Puis dans un sursaut inexplicable, elle se remit en mouvement.

— Vous trouverez ce genre de chose du côté des arts divinatoires, mais j'ai là un exemplaire qu'on vient de me retourner si ça vous intéresse.

Elle leur tendit un livre toilé de noir portant des inscriptions dorées. Sur la couverture le titre avait été imprimé en très gros et on pouvait lire « Le livre des runes, art divinatoire occidental de Szabo Zoltan ». En-dessous un triangle avait été dessiné entouré de petits symboles qui formaient un cercle autour de celui-ci. Il s'agissait certainement de runes car Éric s'en saisit immédiatement en pointant du doigt un des symboles sur la couverture qu'il reconnaissait.

— Merci madame, dit poliment Mia, nous allons voir ça.

Éric commença à feuilleter rapidement le petit livre à la recherche des symboles tout en suivant Mia du côté de la section « Arts divinatoires et ésotérisme ». Elle scruta les rayonnages en long et en large, mais elle avait beau parcourir les étagères, elle ne trouvait rien d'autre sur le sujet.

— C'est quand même curieux qu'il n'y ait rien sur les runes, enfin rien d'autre que ce livre. En plus je ne comprends pas pourquoi ils rangent l'alphabet scandinave dans l'ésotérisme…

— Viens on va s'asseoir, c'est déjà un commencement, dit Éric qui ne quittait pas des yeux les pages du petit livre.

Il tournait les pages une à une en les parcourant des yeux rapidement pour y glaner une information intéressante. Puis il s'arrêta sur le chapitre qui traitait des origines des runes et il lut à voix basse :

« L'alphabet runique ou *Futhark* – terme formé à partir du nom des six premières lettres de cet alphabet – était l'alphabet utilisé par les anciens peuples de langue germanique, comme les Anglo-Saxons ou Scandinaves (pour écrire le vieux norrois). [...] Selon certains, les runes n'auraient pas qu'un rôle alphabétique, mais elles posséderaient aussi des significations magiques. Elles auraient par exemple la capacité de soigner les blessures ou de permettre l'accès aux mondes sacrés selon la culture scandinave, aspect que l'on retrouve dans l'étymologie du terme *run* signifiant « secret » en vieux norrois [...]. Dans la mythologie nordique le dieu Odin est suspendu dans le monde-arbre, *Yggdrasil*, pendant neuf jours puis rapporta en cadeau les runes à l'humanité. »

— As-tu un tableau représentant les différents symboles ? demanda Mia.

Éric lut encore quelques pages tout bas et tomba sur une représentation des runes.

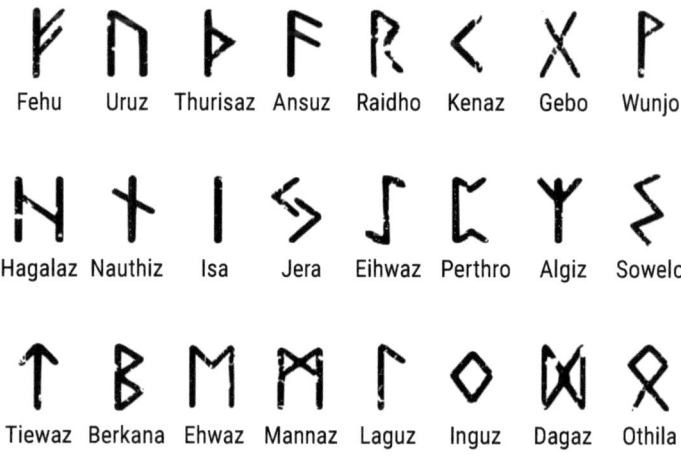

Il reprit sa lecture tout haut.

— « Le *Futhark* possède à l'origine 24 lettres représentant les 24 constellations visibles des anciens Scandinaves dont les Vikings. Le *Futhark* est organisé en 3 groupes de 8 runes, ou lignes rune : les *ættir* de *Freyr* (ou *Frey*), *Hagal* et *Týr*, soit respectivement, la première rune de chaque groupe donnant son nom au groupe.

Les noms proto-germaniques des runes :
Groupe Frey : Fehu, Ūruz, Þurisaz, Ansuz, Raidō, Kaunan, Gebō, Wunjō ;
Groupe Hagal : Hagalaz, Naudiz, Īsaz, Jēra, Eihwaz, Perþō, Algiz, Sōwilō ;
Groupe Týr : Tiwaz, Berkanan, Ehwaz, Mannaz, Laguz, Ingwaz, Dagaz et Ōthalan […] »

Mia avait sorti un petit carnet et notait tout ce que lisait Éric.

— As-tu apporté la pièce, Éric ?

— Non, bien sûr mais j'ai recopié les symboles…

Il tira de sa poche une feuille jaune, certainement un brouillon rescapé d'une des épreuves du Bac qui avait été manifestement pliée sans soin. Éric la déplia et essaya de l'aplanir tant bien que mal afin de faire apparaître au milieu de la multitude de plis les symboles qu'il avait griffonnés. Les deux jeunes comparèrent alors le tableau du livre avec les reproductions d'Éric.

— J'ai *Perþō*, c'est sûr et même *Gebō*, Mia !

— Oui ici c'est *Algiz* et le dernier *Ōthalan*, mais celui du milieu je ne vois pas et toi ?

— Hum ! Il n'y a rien qui lui ressemble…

— Regarde voir plus loin, peut être qu'ils parlent d'un autre symbole ?

Éric feuilleta les pages de l'ouvrage quand soudain une petite feuille s'échappa du livre et vint atterrir sous la table d'en face.

— Eh regarde, Mia, il y avait un papier qui était glissé à l'intérieur !

Mia se leva doucement pour ne pas faire de bruit, ni se faire remarquer et se mit à quatre pattes pour le ramasser.

— Bof c'est un ticket de course du Leclerc, dit-elle en se rasseyant.

— Montre voir… Ah oui, il date d'hier, c'est marrant. Il a du servir de marque page.

— Non attends, il y a quelque chose d'écrit derrière.

Éric retourna le ticket et vit qu'effectivement quelque chose avait été écrit au crayon de papier. Il se mit à lire l'inscription à voix basse : « Matthaeus Vogter, Vindeboder 12, 4000 Roskilde ».

— Quoi ? Tu as dis qui ?

— Quoi qui ? j'ai juste lu ça et j'y comprends rien d'ailleurs !

— Donne… Je connais ça, moi…

— Alors là, on est sauvé ! se moqua-t-il.

— Arrête de faire l'idiot, Éric, c'est du danois… une adresse au Danemark, à Roskilde.

— Oui mais moi je n'ai pas fait danois première langue comme toi ! J'ai assez de problème avec l'anglais, ça me suffit.

— Eh bien, il ne te reste pas grand chose de ta culture nordique, bref…

Éric boudait dans son coin et continuait à feuilleter le livre de manière assez désinvolte. En vérité, même si Véra était danoise, il ne s'était jamais vraiment intéressé à cette culture, au grand désespoir de sa mère.

Mia resta un long moment sur le ticket, ce qui agaça Éric, déjà frustré de ne pas avoir trouvé le dernier symbole, le plus mystérieux, celui qui était apparu dans la nuit.

— Alors son steak ? Il était à combien ? ironisa-t-il.

— Quoi ? Attends je réfléchis !

— Oui je me demande bien ce que peut bien t'inspirer un ticket de Leclerc sur lequel figure un steak à quelques francs !

Lorsqu'il était contrarié, Éric ne parlait plus, il grinçait comme un vieux sommier en métal qui en avait trop vu et se montrait sarcastique, d'ailleurs il lui plaisait de dire de lui-même qu'il faisait « sa soude caustique ».

— Imbécile… c'est le nom du type sur l'adresse qui me dit quelque chose.

— Ah oui, et comment il s'appelle ton type ?

— Eh bien c'est le nom devant, tu vois, là !

Elle lui souligna du doigt les mots sur la ligne.

— Matthaeus Vogter ? Ça veut dire quoi ?

— Mais c'est un nom, c'est tout ! Matthaeus c'est comme Mathieu ou Mathias.

— Et Vogter ?

— *Vogter* en danois ça veut dire le « gardien »…

Tout à coup, Mia ouvrit ses grands yeux verts et quelque chose s'illumina dans son regard.

— Mais oui, je sais !

— Tu sais quoi ! s'étonna Éric

— Qu'est-ce que tu peux être désagréable ! C'est mon père qui le connaissait.

— Comment ça ?

— Oui de temps en temps il échangeait des coups de fil à la maison avec ses collègues historiens et un de ses collègues me faisait rigoler à cause de son nom.

— Personnellement, je ne vois pas ce que Vogter a de rigolo !

— Justement, Papa l'appelait Matt Vogter et il disait que son métier lui était prédestiné à cause de son nom.

— Mouaip… c'est à dire ?

— Il est gardien de musée, tu comprends ? Enfin, Vogter ça veut dire gardien et il est le directeur de ce musée.

— Quel musée ?

— *Vikingeskibsmuseets* !

— Quoi ?

— C'est celui du musée Viking de Roskilde, c'est là où mon père travaillait !

— Attends, tu veux dire que cette adresse est celle d'un copain de ton père ?

— Oui, c'est ça ! Euh Non, c'est un collègue ! Ce type, c'est le directeur du musée et ce qui est écrit là, c'est l'adresse du musée.

— Mais qu'est-ce que ça fiche là ?

— Je n'en ai aucune idée ! C'est certainement un concours de circonstance !

— Ça j'y crois pas !

Mia se remit à inspecter plus attentivement le ticket puis elle le plaça en face de la lampe de bureau qui était allumée et essaya de voir quelque chose par transparence.

— Qu'est-ce que tu fais ?

— J'essaye de voir si quelque chose n'aurait pas été effacé, c'est du crayon de papier. Tiens d'ailleurs regarde !

— Mince, tu as raison.

Éric chipa la petite note et le stylo que Mia utilisait et repassa les marques du papier. Un symbole apparut.

— Mais c'est le même symbole que sur ton papier, Éric ! C'est exactement celui qui nous manquait !

— Merde alors ! Ça c'est franchement pas normal, ça fait trop de coïncidences.

Il se leva et alla questionner la bibliothécaire tandis que Mia glissa le ticket de caisse dans la couverture de son petit carnet.

— Excusez-moi, Mademoiselle…

Éric se crut malin en essayant de flatter la bibliothécaire qui avait plutôt l'âge de sa mère et peut-être même celui de sa grand-mère. La dame étouffa un éclat de rire.

— Soit tu as la vue basse mon garçon, soit tu as un service à me demander, on ne me la fait pas !

Éric devint écarlate. Sa flatterie n'avait absolument pas fonctionné et pire, elle s'était retournée contre lui. Il se sentait terriblement idiot.

— Euh… Désolé, bredouilla-t-il, j'aurais juste besoin de savoir si vous vous souvenez de la personne qui vous a rendu ce livre ?

Il déposa le livre noir sur le guichet.

— Ah mais, le règlement m'interdit de donner des informations sur nos usagers ! Enfin jeune homme !

— Mais pourquoi ?

— C'est confidentiel, voilà tout...

— Ah, euh... mais vous pourriez me le décrire ?

— Si tu crois que je me souviens de tout le monde qui vient ici !

— Non mais en gros, quoi ! Un homme, une femme ? supplia-t-il.

La bibliothécaire voyant qu'elle n'arriverait pas à se débarrasser de ce jeune homme, fouilla dans ses fiches.

— Tu es un tenace, toi !

Au bout de quelques minutes, elle sortit enfin une fiche de son trieur.

— Attention ! Je ne te donnerai ni nom, ni adresse, c'est bien d'accord ? lui lança-t-elle en le fixant de ses petits yeux bleus.

— Oui, oui madame, je ne vous demanderai rien de plus !

Apparemment satisfaite de la réponse du jeune homme, la bibliothécaire replongea les yeux dans la fiche.

— C'est étrange, la carte ne mentionne ni nom, ni adresse !

— Mais vous vous en seriez aperçu lorsque la personne vous a ramené le livre ?

— Non, du tout, jeune homme ! Ici lorsque vous empruntez un ouvrage, nous le notons sur la fiche du livre et nous vous demandons votre carte d'emprunteur. Par contre au retour du prêt, on ne saisit que le livre dans l'ordinateur, nous n'avons pas besoin de connaître le pedigree de l'emprunteur. On voit que vous n'êtes pas un habitué des bibliothèques...

Le regard de la femme était devenu aussi dédaigneux que le ton qu'elle employait. Mia qui s'était rapprochée, arriva à son secours en arborant un large sourire.

— Mais oui ! Enfin Éric, où as-tu la tête aujourd'hui ?

Éric aperçut un petit ventilateur qui tournait, dissimulé derrière le guichet et qui tentait de rafraîchir sa propriétaire. Il pensait alors que cela pourrait lui servir d'excuse assez facilement.

— Tu sais bien que je ne vaux rien par cette chaleur… répondit-il ayant compris la manœuvre de sa cousine.

— C'est vrai qu'on a la tête à rien lorsqu'il fait si chaud ! Avait lâché la femme en redevenant plus aimable.

Puis elle poursuivit…

— Ah oui… maintenant que vous m'y faites penser, c'était ce matin ! Ce que je peux vous dire c'est que c'était un très bel homme, charmant d'ailleurs, vraiment charmant.

— Ça ne nous avance pas vraiment de savoir que c'est son type d'homme ! souffla Éric à l'oreille de sa cousine qui esquissa un sourire.

— Ah oui, un grand blond… d'une quarantaine d'années ? lança Mia comme si elle connaissait l'homme en question.

— Tout à fait jeune fille… beaucoup de culture… et en plus un style fou, très tendance, très aventurier…

— Il portait une barbe ? Coupa Éric.

Si on veut, elle était très courte ou tout simplement il ne s'était pas rasé depuis quelques jours, mais il était très soigné…

— Et un accent ? parlait-il avec un accent ?
— Un accent ? Voyons…

La bibliothécaire tapotait son stylo sur le front, peut-être pour faire revenir sa mémoire.

— Oui un petit accent comme les allemands ou les anglais par exemple…

— Un peu comme le mien ? questionna Mia en forçant un peu son accent naturel.

— Oui, oui ça ressemble beaucoup… c'est une personne que vous connaissez ?

— Euh pas vraiment, reprit Mia, c'est une personne que nous avons croisée deux trois fois dans le cadre de nos études, c'est pour ça.

Mia avait l'impression que son mensonge se voyait comme le nez au milieu de la figure et s'efforçait de ne pas rougir. La femme ne sembla pas étonnée de sa réponse et paraissait plutôt satisfaite.

— Ah ! Je comprends mieux votre intérêt pour cette personne ! Avez-vous trouvé ce que vous cherchiez ?

— Euh, oui, enfin pas tout, mais c'est quelque chose d'intéressant.

— Tant mieux ! Vous voyez jeune homme que c'est utile de fréquenter une bibliothèque ! dit-elle en se tournant vers Éric en le fixant à nouveau par-dessus ses petites lunettes. Celui-ci se risqua alors à lui demander :

— Madame, c'est possible de l'emprunter ?

— Ah non, je suis désolée, ce livre est noté qu'il ne doit plus sortir à des fins de conservation.

— Euh, c'est-à-dire ?

— Eh bien on va lui faire un brin de toilette, le désinfecter, le recouvrir, le réparer, voilà tout !

— Ça dure combien de temps ? demanda alors Mia.

— Comme nous allons fermer pour les vacances scolaires… hum, je pense qu'il sera disponible pour octobre ou novembre, vous savez nous en avons plein comme lui à toiletter…

— Aïe !

Mia venait de lui lancer un coup de coude dans les côtes comme pour l'avertir de ne plus rien dire.

— Merci, madame, donc le voici, refaites-lui une jeunesse, qu'il soit tout beau !

Elle entraîna son cousin vers la sortie en le tenant par la manche.

— M'enfin, arrête Mia !

— Viens, sortons allons discuter dehors !

Une fois dehors, Mia se dirigea vers les bâtiments en face. Elle connaissait un petit porche pas trop passager qui leur permettrait de parler tranquillement à l'abri des regards. Elle prit les escaliers qu'elle monta quatre à quatre en tenant la main d'Éric, puis ils atteignirent le petit porche qui donnait sur une place centrale. À cette heure-ci et qui plus est un samedi, il n'y avait pas grand monde sur la place car les bâtiments qui l'encerclaient, étaient pour la plupart occupés par des bureaux.

— Bon quoi ? Mia…

— Écoute, Éric, tout ça c'est louche, lui murmura-t-elle en lançant des regards de tous les côtés.

— Oui tout ça c'est étrange mais…

Éric ne put terminer sa phrase, Mia venait de poser sa main sur la bouche.

— Chut… ne parle pas si fort… fais attention, nous ne sommes pas seuls.

— Quoi ? Où ça ?

— Je ne sais pas, je suis comme toi maintenant, j'ai vraiment l'impression que nous ne sommes pas seuls !

— Ah ! Tu vois que je ne suis pas parano ! Ou alors nous sommes deux paranos !

— Oui, oui, c'est bon… reprit Mia sur un ton agacé. Ne fanfaronne pas. Je commence sérieusement à croire que le type à la barbe nous surveille, ou s'il ne le fait pas, je pense qu'il doit faire exprès de nous croiser… Je ne vois pas comment il peut en être autrement. Il faut vraiment qu'on fasse le point sur tout ça.

— Oui tu as raison Mia ! En plus il faut que je t'avoue quelque chose.

Il tira alors sur le col de son polo pour lui montrer son épaule gauche.

— Regarde…

— Oula ! Tu as un sacré bleu toi, comment t'es tu fait ça ?

— Regarde mieux… ce n'est pas un bleu !

Mia s'approcha davantage et effleura du bout des doigts la blessure de son cousin.

— Ça ne te fait pas mal ?

— Non, absolument pas, ce qui n'est pas normal pour un bleu non ?

La réponse de son cousin intrigua Mia qui s'approcha encore plus et qui à présent avait pratiquement le nez collé sur l'épaule.

— Ah oui… on dirait une cicatrice ou un tatouage qu'on aurait voulu effacer… mais ça a une forme géométrique on dirait, c'est pas très net.

Éric ressorti de sa poche le papier sur lequel il avait griffonné les cinq symboles et le tendit à la jeune femme.

— Regarde le symbole du milieu et compare-le aux marques sur mon épaule.

Mia s'exécuta et souffla :

— Mince alors, ça ressemble beaucoup !

— Éric remit le col de son polo en place et replia rapidement son bout de papier avant de le faire disparaître à nouveau dans la poche de son jean.

— Oui, au début je pensais que c'était un bleu normal. Je pensais que je m'étais cogné à ma table de nuit, tu sais, lorsque j'avais fait ce cauchemar… avant ma visite au CHU…

— Oui et alors ?

— En fait, jour après jour, même avec la pommade, j'ai vu que ça ne voulait pas guérir et puis ces cicatrices sont apparues, et elles deviennent de plus en plus nettes. Tu vas voir que maman va croire que je me suis fait faire des tatouages !

Mia ouvrait ses grands yeux verts comme pour mieux l'écouter.

— Et tu penses que ça a un rapport avec la pièce ?

— J'en suis certain ! Écoute, depuis que je l'ai, ma tumeur a disparu, on croise un type barbu partout, cette cicatrice, le symbole qu'on ne trouve pas... Dès qu'on cherche quelque chose, hop on se trouve coincé ou alors il y a un indice qui tombe du ciel !

— Tu veux dire que quelqu'un essaye de nous aider ?

— Nous aider ou nous mettre sur une fausse piste ? Je ne sais pas ! Par contre, comment expliques-tu que dans cette bibliothèque il n'y ait pas un seul bouquin sur les runes ? Et justement, le seul livre qu'il y a, c'est la femme au guichet qui nous le donne. Et comme par hasard, la personne qui l'avait ramené juste avant, c'est le barbu ! Quel drôle de hasard ! En plus, il le ramène exactement le matin où on décide d'aller à la bibliothèque ! Comme s'il voulait nous le donner !

— Oui, vraisemblablement ce ne sont plus des concours de circonstances...

— Attends ! Le type en question laisse un ticket et ...

— ... Justement, il y écrit l'adresse d'un ancien collègue de mon père, poursuivit Mia.

— C'est ça justement !

— Bon justement ou pas justement... je pense que nous aurons un début de réponse en allant là bas !

— Tu veux dire au Danemark ?

— Hé gros bêta ! Tu pensais aller voir les plages californiennes ?

— Heu non... Mais va falloir voir ça avec les parents !

— J'ai mon idée là-dessus, après tout dès mardi on est en vacances non ?

— Euh, ben ça va dépendre des résultats parce que s'il y a du rattrapage dans l'air, ça va pas être possible !

— Éric ! Fais-moi une promesse ! dit-elle en appuyant son index sur le thorax.

— Heu ça dépend…

— Non, non, ça dépend de rien du tout !

— OK, OK, j'insiste pas, c'est quoi ta promesse ?

— Arrête d'être si pessimiste ! Et puis si tu as le bac avec mention, tu me laisses t'occuper de ton look !

— Quoi mon look ?

— Bien avec un look pareil, tu risques de ne pas passer inaperçu au Danemark. Maintenant il faut qu'on se montre plus discret…

— Il est très bien mon look… bougonna-t-il, tout en tirant sur son polo.

— Non ! Non ! Non ! Il ne va pas du tout ton look et ça fait des années que c'est comme ça, en plus !

Éric ne savait pas s'il devait être plus inquiet à l'idée de changer de style que de savoir que Mia allait se charger de lui. Il la connaissait déjà un peu fo-folle sur la question de son propre style vestimentaire alors qu'elle se charge du sien… De toute façon, il ne l'aurait pas la mention, pensa-t-il en grimpant dans le bus qui les ramènerait vers la place Victor Hugo.

— Non aucune chance !

Chapitre 8

Il n'y avait rien à dire ! Mia avait réussi avec brio l'examen parental pour négocier un périple danois. Primo, personne n'aurait pu trouver de motif valable pour l'empêcher de retourner sur sa terre natale. Deuxio, Niels avait pris ses vacances de sorte que cela coïncide avec leur voyage, en plus il pouvait les héberger, ou s'était organisé pour. De toute façon cela faisait des années que Niels proposait à Éric et Mia de venir en vacances chez lui. Tertio, comment dans ces conditions Véra et Phil se seraient opposés à ce que ce voyage se fasse ? Quant à Éric, il manifestait depuis quelques temps, une subite envie de découvrir ce « merveilleux pays de ses ancêtres » ! Décidément, sa cousine était d'une efficacité redoutable. Au fur et à mesure qu'il sentait les mèches tomber une à une sous les coups de ciseaux, Éric se demandait si à l'avenir il ne devait pas quand même se méfier d'elle... Il n'osait pas ouvrir les yeux.

— Passable ! Ce n'est pas une mention ça ! pestait-il.

— Désolé, une parole est une parole ! Je t'accorde quand même qu'entre une mention « passable » et pas de mention du tout, je préfère ne rien avoir ! Mais je t'assure que ça te va franchement bien cette coupe ! ricanait Mia derrière lui

— Oui, ça vous met le visage franchement plus en valeur, votre regard va être plus lumineux, plus ouvert! rajouta la coiffeuse en appliquant doucement du bout des doigts le gel parfumé le long de ses tempes.

— Et puis tu sais, Paul McCartney en est revenu de la coupe au bol!

— Voilà c'est fini! Vous pouvez ouvrir les yeux!

Éric n'ouvrait toujours pas les yeux. Sans doute le choc serait trop grand pour lui pensait-il. Presque vingt années de tradition Beatles avaient été balayées, saccagées à grands coups de ciseaux.

— Allez Éric! fait pas ta chochotte!

Il finit par ouvrir un œil puis deux… À présent il pouvait voir dans le miroir un visage qui ne lui était pas inconnu mais qui n'était pas mal du tout. La frange de quelques centimètres était un peu ébouriffée mais pas trop et légèrement mise sur le côté. Les oreilles avaient été largement dégagées et les cheveux avaient été rabattus et plaqués vers l'arrière. Il avait l'impression que la couleur de ses cheveux châtains avait éclaircie. C'était moderne, simple, frais! Mais pourquoi n'avait-il pas écouté Mia plus tôt? Son large sourire trahissait sa satisfaction…

— Maintenant occupons-nous de ton look!

Finalement ce ne serait pas si terrible une séance de shopping avec Mia et peut-être même salutaire pensait-il. Après tout, l'épreuve du coiffeur ne s'était pas si mal passée.

— OK c'est parti! Mais attention Mia, il faudra se réserver du temps pour faire les bagages et puis se prendre de la lecture ou des cassettes, parce que 23 heures de train ça va être dur-dur !

Mia et Éric sortirent du salon de coiffure après avoir payé et s'engouffrèrent dans l'allée marchande du Géant Casino. Mia avait eu l'intelligence de traîner son cousin jusque dans la zone commerciale des Montagnes. Elle avait sans doute trouvé plus judicieux d'avoir tout sous la main, coiffeurs et boutiques. Éric se prêta volontiers aux essayages et abandonna, non sans regret, son sempiternel jean bleu, au profit d'un autre jean mais noir ! Mia avait réussi à le persuader que le « tout-jean-bleu » faisait très quelconque, et que maintenant il fallait changer, avancer. C'est ainsi qu'elle avait opté pour un style plus citadin : pantalon sombre et veste noire droite qu'il pourrait mettre avec ses polos et les quelques T-shirt haut de gamme, c'est-à-dire autre chose que des motifs d'Iron Maiden, qu'elle avait réussit à lui faire acheter. Bien sûr les baskets avaient été mises au rancard au profit de Converses gris moyen, plus passe-partout. Il avait l'air très chic tout en étant assez décontracté. Pour une fois Éric était dans le coup, et ça lui plaisait !

Finalement avant de rentrer, ils s'étaient octroyés une petite pause dans le salon de thé de la galerie marchande. Mia avait craqué pour une tartelette à la fraise et un thé à la menthe tandis qu'Éric s'était contenté d'un pain au chocolat, la chocolatine comme on dit ici, et d'un café.

— Mia j'ai un cadeau pour toi !
— Pour moi ? C'est quoi ?

Éric glissa sur la table un petit paquet soigneusement enveloppé dans du papier rouge.

— Oh, c'est pas grand chose mais ça peut être utile !

Mia déballa rapidement le petit paquet et l'ouvrit.

— Un canif !

— Oui tu aurais préféré un bracelet…

— Non, non, c'est très sympa, j'ai toujours pensé qu'il m'en faudrait un ! C'est super ! Merci Éric !

Mia essaya d'ouvrir les lames mais c'était assez dur, ce qui arrive souvent avec les canifs quand ils sont neufs ou qu'ils ne sont pas souvent employés.

— Attention pas comme ça, tu vas te …

Éric n'eut pas le temps de finir sa phrase que l'index de Mia dégoulinait de sang.

— Mince c'est une bonne entaille !

— Ah oui ! Et pourtant je n'ai rien senti !

Éric prit sa serviette en papier qu'il n'avait pas encore utilisée et commença à vouloir éponger le doigt de sa cousine. Mais à peine s'approcha-t-il de la plaie que sa main s'entoura d'un halo lumineux et bleu. La lumière semblait attirée par la plaie, un peu comme un aimant, et s'y déversait à la grande stupéfaction des deux jeunes. À l'œil nu, il pouvait voir la blessure se refermer au fur et à mesure que les tissus se construisaient. La peau semblait se fabriquer en un clin d'œil et au bout de quelques secondes, la blessure était totalement refermée, comme si elle n'avait jamais existé ! Aucune trace de coupure, et la lumière disparut tout net.

— Éric ! Comment as-tu fait ?

— Mais je n'en sais rien, je voulais seulement te soigner, je… j'étais tellement désolé que tu sois blessée par ma faute !

— Tes yeux !

— Quoi mes yeux ?

— Ils sont bleus ! Mais c'est en train de s'estomper, ils sont en train de redevenir noisette.

— Arrête ! Tu me charries !

— Non je t'assure !

Le visage de Mia était suffisamment grave pour qu'il ne s'agisse pas d'une plaisanterie. En plus tous les deux avaient bien étaient témoins de quelque chose d'incroyable.

— Montre-moi ta blessure !

Éric comprit immédiatement ce à quoi pensait Mia et s'exécuta dans l'instant en dégrafant son polo.

— Mince… il n'y a plus de bleu, c'est maintenant un vrai tatouage.

Le dessin sur l'épaule d'Éric était maintenant très précis. Le symbole inconnu était très bien dessiné au milieu de deux cercles qui contenaient tout autour en plus petit les 24 runes de l'alphabet scandinave. Le tatouage faisait environ 5 à 6 centimètres de circonférence et seul le symbole au milieu était coloré de bleu.

— Il n'était pas comme ça lorsque j'ai pris ma douche ce matin.

— Vivement qu'on aille voir ce Matt dans son musée… je suis sûre qu'il pourra nous en dire plus !

— Oui s'il le veut! Parce que dans cette histoire il y a vraiment des choses anormales! Et je ne suis pas sûr qu'on veuille nous aider.

— Tu crois que tu pourrais le refaire?

— De quoi?

— De soigner une blessure!

— Mais je n'en sais rien, Mia! Je ne sais même pas comment s'est arrivé.

— Hum, en tout cas c'est G.E.N.I.A.L!

— T'emballe pas, je ne crois pas pouvoir marcher sur l'eau!

— Idiot! Je ne sais pas ce que c'est que cette pièce que mon frère t'a rapportée mais je suis sûre et certaine que ça a un rapport avec ça et qu'il ne nous a pas tout dit!

— Quoi tu penses que Niels nous aurait fait une crasse?

— Non, pas lui c'est sûr! Il est médecin en plus! Non je pense seulement qu'il ne nous a pas tout dit, peut-être de peur de nous effrayer?

— C'est possible, pourquoi pas!

— En tout cas j'espère que personne ne nous a vus!

Mia et Éric venaient de réaliser qu'ils étaient au beau milieu d'un espace public qui grouillait de gens. C'est sûr que quelqu'un avait dû remarquer ce qu'il s'était passé. Ils inspectèrent rapidement du regard l'intérieur du salon de thé. Au fond il y avait bien deux petites vieilles qui sirotaient leur thé mais elle paraissaient tellement passionnées par leur discussion, que le plafond leur serait tombé dessus qu'elles n'auraient rien vu. Sur la gauche la vendeuse s'affairait à nettoyer la machine à expresso et à coup sûr elle n'avait rien vu elle aussi. Seul un badaud dans l'allée marchande derrière Éric aurait pu apercevoir quelque chose. Mais dans ce cas soit il serait encore scotché à la vitre du salon de thé, soit il aurait rameuté les foules ou bien il aurait décampé en hurlant. Cependant tout semblait normal, aucune agitation ne se faisait voir.

— Allons-nous-en, lança Mia en se levant, dans trois heures il faut être à la gare.

— 21h28 c'est ça?

En deux temps, trois mouvements, les deux jeunes étaient dans le bus en direction de la maison et continuaient leur discussion sans se soucier des autres passagers.

— Oui! Arrivée à Aarhus à 20h01. Ça ne nous laisse pas beaucoup de temps pour tout préparer.

— Tu ne devais pas appeler Niels?

— Si j'oubliais! Il faut qu'il vienne nous chercher à l'heure, je nous vois mal essayer de rejoindre son appartement en déambulant dans les rues d'Aarhus! Je n'y suis jamais allée et en plus je ne connais pas cette ville.

— Deux heures à tuer à Paris, fichu correspondance, ça me gave!

— Oui et une heure à Hambourg! Révise ton allemand!

— Très drôle, à deux heures du matin, je ne vais pas croiser beaucoup d'allemands!

— Bon... résumons, tu emballes la pièce et tu la glisses au fond de ton sac à dos. Tu n'oublies pas de prendre un cahier dans lequel tu vas mettre le dessin que tu as fait.

— Ok, je consigne ce qui s'est passé tout à l'heure ?

— Oui, tu notes l'heure, le lieu, les circonstances, tout peut être important !

— On pourrait prendre une photo de mon tatouage, comme ça on pourrait voir si ça évolue encore ?

— Oui très bonne idée, Éric ! Tu colles tout ça dedans, comme ça on aura une sorte de journal de bord.

— Ok par contre après c'est toi qui le mets dans ton sac à dos, autant séparer les choses, on ne sait jamais !

— Oui tu as raison, d'ailleurs on fera une copie de tout ça et on l'enverra à nous-mêmes sur Angoulême.

— Bon on va demander à ta mère qu'elle nous prépare de quoi manger, quelques sandwichs pour tenir la distance, parce qu'il est hors de question pour moi de manger un sandwich SNCF, le dernier a fini dans les toilettes et c'est tant mieux !

— HAHAHAH ! Oui c'est vrai je me rappelle, c'est vrai qu'il était immonde !

— Ah oui aussi, pense à prendre l'appareil photo et prends des vêtements pratiques et faciles à laver, j'ai comme l'impression qu'on va beaucoup trotter.

Les deux jeunes gens étaient arrivés à la place Victor Hugo. Quelques caisses vides étaient encore empilées de-ci delà, témoignages du marché du matin. L'air s'était un peu rafraîchi. En poussant la porte de la maison, Éric pensa qu'il ne serait pas vain de prendre un pull ou un sweat avec lui et que son K-Way ne lui ferait pas défaut non plus. Après tout, le Danemark, c'est au nord et il y fait plus froid !

— Hello M'man ! On est rentré !

— Ah ! Les enfants ! Je vous ai fait plusieurs sandwichs pour le voyage et je vous ai mis des bouteilles d'eau à emporter sur la table, dit Véra du fond de sa cuisine.

— Merci tante Véra !

— Merci M'man ! Décidément, tu penses à tout !

— J'espère que tu ne seras pas vexé, Éric !

— Euh de quoi ?

— Bien, nous sommes samedi !

— Et alors ? fit Éric décontenancé.

— Eh bien j'ai fait les spaghettis bolognaises du mercredi…

— GÉNIAL ! lâcha Éric.

Le voyage ne pouvait pas mieux commencer, pensait-il en montant quatre à quatre les marches de l'escalier.

Chapitre 9

— Bonjour… *god dag* ou *hej*, Au revoir… *farvel*, Pardon… *undskyld*, merci… *tak*…
— Que fais-tu Éric ?
— Bien je m'entraîne un peu… On arrive bientôt !
— À quoi faire ?
— Bien, à parler danois, Mia ! J'ai acheté à Hambourg un petit dictionnaire Danois-Français et il est bourré de petites phrases bien utiles…
— Le plus utile pour toi c'est *Jeg taler ikke dansk !*
— Euh ça veut dire quoi ?
— Je ne parle pas danois ! Gros nigaud !
— Pff… Donne-moi plutôt quelque chose de plus utile !
— D'accord, alors mémorise : *Jeg taler fransk og engelsk og jeg vil gerne have en øl !*
— C'est-à-dire ?
— Je parle français et anglais et je veux une bière !
— Hihihi ! D'accord, celle-là je veux bien ! Tu ne sembles pas rouillée on dirait.
— Détrompe-toi, mais je pense que ça va me revenir très vite, après tout c'est ma langue maternelle !
— Oui c'est sûr…

Le haut-parleur du train cracha un son inaudible, mélange de voix nasillarde et d'intonations inconnues pour Éric. Les autres voyageurs semblaient comprendre puisqu'ils commençaient à s'agiter dans les autres compartiments.

— On est arrivé ?

— Oui, le contrôleur, vient de demander de vérifier à ne rien oublier dans le train.

À ce moment un son strident se fit entendre, il s'agissait des freins qui avaient été actionnés et qui faisaient un tel vacarme que le son aurait pu fendre en deux n'importe quel miroir.

— Niels nous a dit qu'il attendrait à l'extérieur devant l'entrée et j'ai hâte de sortir de cette boîte de conserve.

— Oui moi aussi, allez Éric, on y va !

Les deux jeunes récupérèrent leur sac à dos qu'ils avaient eu du mal à hisser dans les étagères prévues à cet effet au-dessus de leur tête. Une fois sur les épaules, ils se dirigèrent vers le couloir central puis la sortie. Il n'y avait pas foule sur le quai à cette heure. Il n'était pourtant pas trop tard, à peine 20 heures ou plutôt 20h14 précisément… juste quelques minutes de retard sur l'horaire prévu ! Pour un voyage d'une telle durée c'était très inhabituel. En descendant les quelques marches du perron de la gare, Éric fut immédiatement saisi par un dépaysement total. La gare était bâtie en briques jaunes et donnait sur une grande artère. En face sur la gauche, un long bâtiment de 4 ou 5 étages en briques lui aussi. Éric se retourna pour regarder la gare.

Au-dessus du perron, trônait une pendule encastrée dans un toit soutenu par deux colonnes de pierres à la manière de l'architecture grecque, et au milieu trônaient trois grandes fenêtres blanches à petits carreaux d'au moins quatre mètres de haut. Devant, une batterie de vélos ! Tous étaient sagement garés dans les emplacements qui leur étaient dédiés. En face, il pouvait voir le début d'une grande rue pavée qui s'enfonçait tout droit vers une église de briques roses, on aurait dit une allée piétonne dont le premier magasin le fit sourire « Rue de femme » ! Sur la gauche, l'artère de bitume s'enfonçait au milieu de petits bâtiments en briques rouges couverts de grandes fenêtres dénuées de volets. Ce paysage urbain lui plaisait d'autant que le soleil couchant donnait des lueurs particulières à cette rue. À droite, vers l'Est donc, la rue se prolongeait tout droit, entourée de bâtiments de la même architecture mais moins charmants à son goût. Juste devant lui un petit parking où quelques voitures semblaient avoir échoué là sans raison. Il aperçut Niels, un grand sourire aux lèvres, presque stupide, les mains dans les poches ! Avec un tel sourire, nul doute que Niels avait déjà reçu la volée de bisous de sa sœur. D'ailleurs Mia se tenait près de lui, la tête contre son épaule et lui serrait le bras.

— Hej Éric !

— Hej Niels… mais on va continuer en français veux-tu…

— Hahaha, pas question, maintenant compte sur moi pour te donner des cours accélérés !

— Penses-tu Niels, il connaît déjà les rudiments ! Surenchérit Mia ironiquement.

— Ah oui ? Et qu'est-ce qu'il sait dire ?

— *Jeg taler fransk og engelsk og jeg vil gerne have en øl !* dit fièrement Éric.

— Hahaha ! Un vrai viking, Éric ! À propos, vous avez faim ?

— Euh oui, les sandwichs de tante Véra sont maintenant bien loin !

— OK ! Je vous emmène à Hollywood !

— Hollywood ?

— Oui c'est une brasserie, qui fait café, ou bar c'est selon. C'est à deux pas d'ici et c'est assez sympa… mais pas très danois ! De toute façon c'est sur la route, ma voiture est au parking d'à côté.

— Alors va pour un steak frites ! fit Éric, rassuré de ne pas avoir un menu spécial danois bourré de harengs !

— Bon, alors suivez-moi ! Au fait, Éric, super ta coupe… T'as l'air moins coincé maintenant…

— Pff, merci, souffla Éric en levant les yeux au ciel.

Niels traversa l'artère et tourna vers la droite. Un bus jaune paille les croisa silencieusement suivi de deux ou trois vélos. Décidément, on se croirait en Hollande avec tous ces vélos, pensa Éric. Au bout d'une cinquantaine de mètres, Niels leur fit signe qu'ils étaient arrivés. Le Hollywood était situé au rez-de-chaussée d'un petit immeuble en briques roses. Toute la partie basse du restaurant avait été crépie en marron. Ils n'auraient pas pu se tromper tant le volume de la musique qui jaillissait de la porte d'entrée, était fort. Il était disposé quelques petites tables de café le long du trottoir mais celles-ci étaient désertées. Tous les trois entrèrent. Sur une rangée de tables très quelconques sur la gauche étaient posés des écrans d'ordinateur. Les unités centrales étaient encore emballées dans leurs cartons posés sur les tables. Les murs avaient été lambrissés de rouge et une série de photos noir et blanc de vedettes des années quarante ou cinquante étaient fixées à intervalles réguliers. Au plafond pendaient des espèces de lampes tempête dont la lumière jaune donnait des teintes sépia aux photos.

— C'est quoi tous ces ordinateurs ? demanda Éric à Niels.

— Oh ça ! C'est la dernière marotte du patron ! Il veut en faire un cyber café ou tout au moins il veut proposer ce service.

— Ah et tu penses que ça peut marcher ?

— Moi je suis sceptique, il serait plus utile du côté de l'université, tout le monde n'a pas les moyens d'accéder à Internet et c'est là qu'on en a le plus besoin.

Niels s'adressa en danois à la jeune femme qui se tenait derrière le comptoir en bois laqué rouge. Elle lui répliqua quelques phrases qui semblaient satisfaire Niels. Puis elle lui offrit un large sourire et indiqua d'un geste la salle de droite. A priori, ils devaient se connaître.

— Allons nous installer, fit Niels en s'adressant à Éric.

Mia les avait devancés et avait posé son sac à dos dans un coin au fond de la salle. Celle-ci était aussi désertée que les tables à l'extérieur.

— C'est toujours aussi vide ? demanda Éric, qui commençait à se sentir mal à l'aise.

— Non, rassure-toi, mais il est trop tôt ! Normalement le dimanche soir, ils ne font que bar. Et comme le patron voulait installer ses ordinateurs, il a signalé sur l'affichette de la porte d'entrée qu'il ouvrait plus tard ! Mais d'ici une heure ça va se remplir.

— Oui, il y a de la bonne musique et de la bonne bière, tu m'en avais parlé, répliqua Mia qui commençait à battre le tempo au rythme de la musique qui se jouait dans le haut-parleur.

— Mais alors on ne va pas pouvoir manger ! s'inquiéta Éric

— Mais non, je connais la femme, c'est la fille du patron, elle s'appelle Else, elle est en fac. Elle veut bien nous faire un steak frite chacun, exceptionnellement, et apporter trois *Fanø Vestkyst* !

— C'est quoi tes *Faneuh* machins choses ?

— T'inquiète pas Éric, tu vas aimer, moi j'adore, fit Mia en se léchant les babines.

— Oui c'est une bière sympa aux arômes d'agrumes et de pêches, c'est très désaltérant tu verras !

Éric qui avait trouvé judicieux de déposer son sac à côté de celui de Mia s'était assis à côté d'elle, avec vue sur le comptoir. Ils étaient maintenant tous les trois assis autour d'une table marron, tout à fait quelconque. La jeune femme du comptoir, Else, arriva avec trois grands verres de bière qu'elle déposa sur la table et bredouilla quelques mots à Niels. Éric comprit ce qu'elle venait de dire et lui adressa la parole en danois :

— Merci beaucoup, cinq minutes c'est parfait ! Comme cuisson c'est possible saignant ?

En entendant son cousin parler danois, Mia faillit avaler sa bière de travers.

— Oui pas de problème, pour tout le monde saignant ? répondit Else.

Niels et Mia répondirent par l'affirmative mais Mia ouvrait ses grands yeux verts et faisait une tête d'ahuri qui n'échappa pas à Niels.

— Eh bien tu as pris des cours Éric ? Ton accent est impeccable quoi qu'un peu islandais ! fit Niels à Éric en danois.

— Quel accent ? répondit Éric qui ne s'était pas rendu compte que la discussion se prolongeait en danois !

— Tu… tu parles danois, Éric ! Intervint Mia.

— En tout cas, Mia, bravo ! Tu es une super prof !

— Tu n'y es pas, Niels, il y a encore un quart d'heure il ne connaissait que trois mots et encore !

— Oui c'est ça, et moi je m'appelle Béatrice !

— Non je t'assure… Niels !

— Mais de quoi vous parlez tous les deux ? interrogea Éric qui se sentit perdu au milieu de cette conversation.

— Tu parles danois ! Et tu continues à parler en danois sans t'en rendre compte ! articula Mia comme pour mieux lui faire comprendre.

— Je parle danois ! Mais ce n'est pas possible !

— Je suis sûr que vous me faites une blague tous les deux, vous voulez me faire croire qu'il a appris le danois en 10 minutes ?

— Oui c'est ça Niels !

Niels interpella Else qui était retournée à son comptoir. Else se rapprocha de la table et Niels se leva pour lui murmurer quelque chose à l'oreille. Celle-ci parut tout d'abord étonnée puis acquiesça en affichant un sourire malin. Elle s'adressa ensuite à Éric dans une autre langue :

— Si tu parles danois en dix minutes, combien de temps te faut-il pour apprendre une autre langue et comprendre ce que je te dis en vieux norrois ? Si tu me comprends les bières sont offertes par la maison !

— Euh je ne sais pas ce que c'est que le vieux norrois, mais je veux bien une autre bière gratuite, répondit Éric dans la même langue.

— Bien mince alors ! s'exclama la jeune femme en danois. Ça court pas les rues les gens qui étudient le norrois et encore moins ceux qui le parlent ! Ça vaut bien une bière !

— Mais c'est quoi le norrois, je n'en ai jamais entendu parlé ?

— Mais tu le parles pourtant ! Peut-être que chez toi ça s'appelle autrement mais ici c'est la langue originelle des langues scandinaves, comme le suédois et le norvégien ou encore le danois. Seuls les islandais ont une langue très peu modifiée du norrois original du fait de leur éloignement. En fait c'est un peu comme le latin pour vous les français !

— D'où connais-tu le norrois ?

— Eh bien je l'étudiais à l'université d'Aarhus ! C'est là que j'ai connu Niels car c'est son père qui donnait les cours dans le cadre du module « Histoire ancienne nordique ».

— Alors c'est vrai ! s'étonna Niels en regardant fixement Éric…

— C'est tout nouveau, reprit Éric tout étonné, je viens de l'apprendre à l'instant, Niels !

Le téléphone sonna et Else les quitta en s'excusant pour s'empresser de répondre. Mia prit alors le relais et se mit à raconter à son frère, en français de crainte que quelqu'un n'entende, l'épisode du salon de thé et la capacité d'Éric à soigner sa plaie au doigt. En racontant son histoire, elle remarqua que son frère ne montrait aucun signe d'étonnement, un peu comme s'il s'attendait à quelque chose du même genre.

— Niels, d'où vient cette pièce en réalité ? interrompit Éric, qui avait lui aussi remarqué l'impassibilité anormale de Niels.

— Oui, nous pensons, Éric et moi, que tu ne nous as pas tout dit !

Niels blêmit. Il jeta quelques regards à droite et à gauche pour vérifier que personne ne pouvait l'entendre mais le restaurant était toujours désert. Puis il se mit à murmurer en français bien que la musique était très forte de sorte qu'on avait de la peine à le comprendre.

— J'ai eu peur que vous me preniez pour un fou ou un drogué ou je ne sais quoi d'autre.

— M'enfin Niels, on te connaît, on sait qui tu es et on a confiance en toi et tu… tu es mon frère! dit Mia en lui prenant la main.

— Écoute, je n'ai pas tout compris moi-même à cette histoire, et je ne sais pas si j'ai rêvé ou pas, mais ce que je vous ai dit est vrai… sauf…

— Sauf que tu as arrangé l'histoire à ta sauce!

Niels semblait se faire de plus en plus petit sur sa chaise et acquiesça de la tête. S'il avait pu filer dans un trou de souris, il l'aurait fait. Cependant aucun trou de souris n'était disponible dans les parages et d'ailleurs il y a fort à parier que ses un mètre quatre-vingt auraient eût du mal à passer. Niels leur raconta alors la véritable histoire dans son intégralité sans omettre aucun détail.

— Je ne sais pas de quel type d'engin cela provient mais je suis sûr que c'est quelque chose qui n'est pas dangereux!

— Ah oui et qu'est-ce qui te fait dire ça, Niels?

— L'engin nous a tous protégé quand il s'est désintégré! Tu connais beaucoup d'engins de mort qui protègent les gens?

— Il a raison, Mia! Cela expliquerait alors la disparition de ma tumeur.

— Quelle disparition de tumeur? sourcilla Niels qui n'était pas non plus au courant de la maladie d'Éric.

— Raconte lui, Éric.

Éric lui parla de sa maladie ce qui attrista Niels bien qu'il comprenait parfaitement le désir d'Éric de la cacher afin de vivre le plus normalement possible. Puis il raconta son rêve, le mystérieux homme barbu, les fausses radios, la disparition de sa tumeur et l'apparition de cet énigmatique symbole…

— Effectivement c'est louche. En fait, vous n'êtes pas là pour faire du tourisme !

— Non c'est clair !

— Qu'est ce que vous voulez faire, alors ? Demanda Niels.

— Aller à Roskilde, je suis sûre qu'on aura des réponses.

— Pourquoi Roskilde ? Mis à part le festival rock, et en plus il est terminé… Pas mal d'ailleurs cette année avec Iggy Pop et Iron Maiden… euh bref, je ne vois pas ce qui est intéressant là-bas !

— Le musée Viking, le directeur était un collègue de papa, je pense qu'il pourrait nous aider !

— Mais avant ça il faudrait t'examiner Éric, pour comprendre ce qui t'arrive et comprendre tout ça ! Tu te rends compte des possibilités pour la médecine moderne ?

— Ah oui ? Pour devenir un cobaye de laboratoire ? fit remarquer Éric.

— Réfléchis Niels ! Si on examine Éric, crois-tu sincèrement que tout va bien se passer ? Crois-tu que certains ne vont pas vouloir tester toutes ses capacités, se les accaparer… et à quelles fins, quels usages, médicaux ? Militaires ?

— Oui je suis désolé, je n'avais pas vu les choses sous cet angle ! Vous avez raison, il faut que ça reste entre nous !

— Oui et il faudrait aussi comprendre pourquoi c'est arrivé à Éric et pas à toi ! Car c'est toi qui as été en contact avec ce truc en premier.

— Oui c'est vraiment curieux. Donc demain c'est direction Roskilde !

— Oui si c'est possible, c'est loin d'ici ?

— Eh bien ça dépend…

— Comment ça ?

— C'est sur l'île de *Sjælland*, enfin *Seeland*, qui mène vers la Suède, 50 à 60 km de ferry via la baie du *Kattegat*. Après il y a bien une cinquantaine de kilomètres de route… Je pense qu'il nous faudra la journée. Enfin il y a aussi la route du sud, il y a moins de bateau mais c'est plus long.

— Qu'en penses-tu Éric ?

— Moi je dis que je veux savoir ce qui m'arrive et d'où ça vient le plus rapidement possible ! Je ne sais pas ce qui peut encore m'arriver ! Je n'ai pas envie de me voir pousser des nageoires, une queue ou ressembler à E.T. en hurlant « retourne maison » !

— Bon, bon, je m'occupe de tout, fit Niels, je vais organiser ça demain matin et je pense qu'on pourra partir vers 10h00 ou plus tôt, c'est à voir.

— Comme tu veux, c'est toi qui connais la ville…

La jeune femme du bar arriva à cet instant avec trois assiettes garnies de frites à tel point qu'on ne distinguait même pas les steaks, s'il y en avait! Un jeune couple était entré et s'accoudait au comptoir. Dans l'autre salle un homme d'âge mûr déballait les cartons des ordinateurs et n'arrêtait pas de pester contre ces machines. Sur les tables proches des fenêtres un groupe de jeunes discutait en parlant très fort et en sirotant leur bière. Le bar allait se remplir.

— Je vous rapporte trois autres bières dit-elle à Éric, en norrois, une parole est une parole, par Odin!

— Une parole est une parole, foi de viking! reprit Éric dans la même langue.

Chapitre 10

En guise de traversée, ils avaient été servis ! Voilà plus de trois heures qu'ils naviguaient. Et encore, il ne fallait pas se plaindre le voyage aurait pu durer près de cinq heures s'ils avaient dû voyager avec l'autre compagnie. Il faut dire aussi que Niels s'était relativement bien débrouillé pour une fois. Ils avaient pu prendre le ferry de 9h00 ce qui pronostiquait une arrivée vers midi et demie auquel il fallait encore ajouter le temps pour débarquement de la vieille Golf de Niels ! Après ça, il faudrait encore une soixantaine de kilomètres avant d'arriver au musée... Malgré tout la traversée avait été agréable avec cette mer d'huile et cette légère brise. Il ne faisait pas trop chaud nonobstant un soleil omniprésent dans un ciel abandonné par les nuages. Le ferry qui jusque là avançait à une allure régulière dans la baie de *Kattegatt* commençait à ralentir pour préparer son approche. Les vibrations des moteurs remontaient jusque dans le bastingage et se faisaient de plus en plus forte au fur et à mesure que le navire ralentissait. Les sensations qu'elles procuraient étaient très proches de la fraise du dentiste, pas la petite qui tourne vite, l'autre, la grosse boule qui tourne lentement et qui vous met les os du crâne en vrac. Éric, appuyé à la balustrade du pont supérieur, scrutait la côte en espérant que tout cela ne dure pas très longtemps.

— Encore vingt minutes à souffrir et ils seraient sur la terre ferme pensait Éric. Et puis quelle idée d'avoir appelé cette baie le « trou de souris » !

— Ne te retourne pas Éric ! fit une voix grave derrière lui.

Éric sentit l'appui d'une main forte qui le plaquait contre la balustrade et qui lui interdisait de s'enfuir. Et puis d'ailleurs s'enfuir pour où ? C'est impossible sur un bateau !

— Qui êtes-vous et comment connaissez vous mon nom ? dit timidement Éric qui n'osait pas bouger.

— Il est trop tôt pour ça ! Mais sache que je ne te veux aucun mal.

Cette voix, il l'avait déjà entendue, avec ce même accent, mais où ? Il ne lui fallut pas longtemps pour comprendre.

— Vous êtes l'homme que j'ai vu à Angoulême chez le docteur, le barbu, c'est ça ?

— Tu as une bonne mémoire Éric ! Mais ne cherche pas à en savoir davantage, pour l'instant, tu as d'autres préoccupations.

— Comment ça ?

— Tu es trop imprudent avec tes cousins !

— Vous connaissez aussi Niels et Mia ?

— Comme je te l'ai déjà dit, il est trop tôt pour ça ! Écoute-moi attentivement maintenant.

Éric sentit la pression de la main de l'homme se relâcher sans pour autant disparaître. L'homme continua.

— D'abord, remets ta veste et couvre ton tatouage.

Éric s'exécuta immédiatement sans trop comprendre pourquoi. Pour une fois qu'il portait un T-shirt sans manche, on lui disait de cacher ses épaules.

— Tu ne sais pas à quel point il te met en danger.

— Mais pourquoi ? Ce n'est qu'un tatouage !

— Non, bien sûr que non et tu le sais bien !

— Alors qu'a-t-il de particulier ?

— Rien ! Mais il peut représenter beaucoup pour certaines personnes !

— Mais ça ne veut rien dire ça !

— Éric, ne me prends pas pour un imbécile ! Tu sais très bien qu'il y a autre chose derrière tout ça.

— Bon et après ?

— Soyez prudent tous les trois, d'autres personnes sont à la recherche des mêmes réponses que vous et sont prêtes à faire n'importe quoi pour les obtenir !

— Vous voulez dire que nous sommes en danger ?

— Je veux seulement te dire de ne faire confiance à personne.

— Ah oui ? Et vous alors ? On peut vous faire confiance peut-être ?

Éric se retourna d'un coup mais l'homme avait déjà disparu sans laisser de trace.

— Éric ! Éric ! criait Mia qui se pressait sur le pont. Où étais-tu passé ? On t'attend pour débarquer !

— Euh… je regardais la mer et je…

— Eh bien dépêche toi, sinon nous allons bloquer tout le monde pour la descente !

— Je discutais avec le barbu !

— Quoi ?

— Le barbu, il est ici !

— Il est ici ? Où ça ?

— Sur le bateau bien sûr ! Il nous a suivi, c'est sûr !

— Quand je t'avais dit qu'on nous surveillait !

— Oui mais justement, il dit que nous sommes en danger.

— En danger ? Quel danger ?

— Je ne sais pas, il n'a pas été clair là-dessus mais il a l'air de savoir quelque chose.

— De quoi ? Enfin Éric soit plus clair !

— Je ne sais pas quoi te dire, Mia ! Il n'a pas été très explicite. J'ai l'impression qu'il est au courant pour moi, ça ne fait aucun doute et il m'a dit de ne pas montrer mon tatouage.

— Pourquoi ?

— Il a dit que pour certaines personnes, il pouvait signifier quelque chose d'important, mais quoi ? Mystère !

— Je suis sûr qu'il sait des choses, mais je ne comprends pas pourquoi il se tient à distance alors qu'il prend contact de temps en temps…

— Écoute, a priori jusqu'à présent il n'est intervenu que pour nous aider !

— Qu'est-ce qui te fait dire ça ?

— Eh bien, là par exemple, il m'aborde uniquement pour me dire que mon tatouage me met en danger et pour nous prévenir.

— Oui pourquoi pas, mais à ta place je continuerais à me méfier de lui tant qu'on en sait pas plus à son sujet.

— Oui bien sûr, tu as raison, nous n'allons pas tenter le diable…

Tout en discutant les deux jeunes gens rejoignirent Niels sur le pont inférieur qui s'impatientait dans la voiture.

Il leur fallut encore une bonne vingtaine de minutes pour sortir du ferry et à présent ils filaient sur la route 21. Niels avait adopté une conduite de type « balade cool » mais roulait quand même à une allure tout à fait correcte sur cette 2 fois 2 voies. Le paysage glissait le long de la fenêtre de la voiture. Aucune montagne ni forêt à l'horizon ! Juste un flot continuel de champs identiques les uns aux autres qui se déroulaient sur un terrain plat, désespérément plat. C'était très curieux, pour Éric. Ils étaient sur une île de Scandinavie et il s'attendait plutôt à voir des routes sinueuses entourées de forêts de conifères comme sur les photos des fjords de Norvège dans les magazines. Non décidément, tout ce paysage ne faisait que lui rappeler le bassin parisien, tout plat lui aussi, royaume incontournable de la culture céréalière. Une petite chose était pourtant différente. De temps en temps au milieu de ces étendues, des petits groupes d'arbres semblaient avoir été jetés un peu au hasard.

Au bout d'une heure, les champs commencèrent à céder leur place à des habitations de plus en plus nombreuses, enfin ils approchèrent de Roskilde ! Sur la droite, une grande carrière de sable ou quelque chose de similaire, dénaturait le paysage tandis qu'à gauche, des séries de petits lacs tout bleus venaient rappeler la présence de la nature. Ils arrivaient maintenant dans la périphérie de la ville, reconnaissable comme partout avec ses quartiers sociaux implantés en périphérie. À droite et à gauche s'élevaient des blocs de 3 ou 4 étages tout au plus. On était loin des grandes barres bétonnées. Ces grandes bâtisses étaient constituées de briques beiges, ce qui les rendait bien plus sympathiques que les traditionnels blocs de béton insipides qu'il connaissait à Angoulême. Éric s'attendait aussi à voir des toits couverts d'ardoises comme c'est le cas dans les régions du nord, mais au lieu de ça, les toits étaient à quatre pentes assez raides et couverts de tuiles rouges.

Niels s'était à présent engagé sur le « ring » qui, comme son nom l'indique, faisait tout le tour de Roskilde. Le musée se trouvait au Nord de la ville, en bord de mer. Il entra ensuite dans un grand parking bordé de quelques étendues de pelouse bien grasse et qui offrait une vue imprenable sur une mer d'un bleu profond.

— Ça y est ! Nous y sommes, le musée des vikings ! lança Niels en coupant le moteur.

En face du parking on aurait dit un port de plaisance adossé à un village en bois. Une passerelle, elle aussi en bois, enjambait un petit bras de mer d'à peine 5 mètres de large et permettait d'accéder au village. Des baraques en bois sombre s'étendaient sur plusieurs centaines de mètres et on aurait pu croire à des hangars à bateaux. Un peu à droite et à gauche, des petites cabanes en bois étaient plantées là sans véritable organisation. Avec leur couleur rouge on aurait dit des amanites phalloïdes sorties de terre, et elles tranchaient radicalement avec le bardage marron foncé des autres bâtiments. Néanmoins, elles avaient un air de ressemblance avec les petites maisons de briques rouges qui jouxtaient la route du parking. Sur la gauche un peu plus loin, s'étendait un grand bâtiment en bois marron qui comportait un seul étage. Il était très simple et très moderne. Une grande ouverture carrée le traversait de part en part en le divisant en deux parties distinctes. La première partie, du côté terre, était entièrement recouverte d'un bardage de bois cendré. La partie côté mer, était quant à elle, constituée de grandes plaques en verre très design et sur l'une d'entre elles on pouvait facilement lire «Restaurant». La grande ouverture carrée était un passage vers ce qui devait être une sorte de cour ou une autre partie du port puisqu'on pouvait voir au loin les mâts des bateaux de plaisance.

— Vous avez faim? demanda Niels qui avait repéré la pancarte du restaurant.

— Oui! Oui! répondirent en cœur Mia et Éric.

— Je doute qu'à trois heures de l'après-midi ils nous servent encore quelque chose! Objecta Éric.

— Oui, c'est pas faux! Maintenant on peut aussi voir à l'intérieur du village s'il n'y a pas des sandwiches, dit Mia.

— OK! Alors allons voir… et puis ça nous dégourdira les jambes de toute manière, j'en ai un peu assez de conduire.

Décidément, Niels n'était pas fait pour les voyages. Toujours à se plaindre de telle ou telle chose, le bruit du moteur, la durée du voyage, la chaleur, etc. Les trois jeunes descendirent de voiture et après s'être un peu étirés, ils empruntèrent la passerelle pour se diriger tout droit vers ce qui ressemblait à une petite guérite et qui servait de guichet. Niels paya les billets et saisit un petit guide sur le musée qu'il avait pris dans le présentoir et qu'il distribua à chacun. Il fit bien attention cependant de ne donner à Éric que la version finlandaise du dépliant, histoire de voir s'il pouvait comprendre une autre langue étrangère que le danois ou le norrois qui étaient à tout bien considéré des langues assez voisines. Éric feuilleta sa brochure et au bout de deux minutes, déclara :

— Bon, il y a un snack à droite qui est ouvert jusqu'à 20h00. Il y a même des petites tables où on pourra s'asseoir. En plus c'est juste derrière l'enclos qui sert à la construction des drakkars!

— Ouais bon arrête veux-tu! fit Niels dépité en lui arrachant le papier des mains.

— Quoi qu'est ce que j'ai dit?

— Rien tu m'écœures!

— Mais qu'est-ce que j'ai fait ?

— Pff... et en plus tu ne t'en rends même pas compte ! Ça me dégoûte de te voir comprendre le finlandais avec une telle désinvolture !

— Où ça du finlandais ?

— Ton dépliant, voyons ! Je t'ai fait une blague en te glissant celui en finlandais mais ça n'a pas l'air de te gêner, j'aurais dû prendre celle en japonais ! J'aurais peut-être eu une petite chance que tu ne la comprennes pas.

— Ah mais c'est génial ça ! fit Mia. En fait, tu n'es pas obligé d'entendre quelqu'un parler pour le comprendre. Il suffit que tu lises un peu dans une langue que tu ne connais pas et hop c'est dans la tête !

— Euh, a priori, certainement... Mais je n'ai pas l'impression de parler une langue étrangère, ça sort tout seul.

— Bah peu importe, mais c'est bien pratique ! fit Niels en accélérant le pas vers le snack. La faim devait lui tirailler les entrailles, c'est sûr !

En arrivant au snack, Mia choisit d'aller s'asseoir à une table extérieure avec une vue sur l'enclos du chantier naval tandis que les garçons allèrent commander. Cependant, il n'y avait rien à voir. Pas l'ombre du moindre petit drakkar, la place était déserte. Pourtant à droite un préau regorgeait de planches de bois, dont certaines étaient taillées manifestement pour aller se fixer sur un navire. Toutes ces planches trahissaient une activité de construction marine récente. Au milieu de l'enclos à la place des drakkars, un petit groupe de gens en costumes vikings venaient d'arriver et faisaient des grands moulinets avec les bras. Ils portaient tous un petit casque en métal gris qui leur couvrait les yeux. Curieusement aucun d'entre eux ne portait de casque ailé. Pourtant dans le vieux livre d'école primaire d'Éric que jadis Mia avait feuilleté, tous les dessins sur la période des invasions vikings représentaient les guerriers portant des casques avec des ailes. Maintenant le petit groupe s'était armé d'épées et continuaient leurs mouvements de bras. Ça allait certainement bientôt commencer. Au milieu du groupe un grand gaillard d'au moins un mètre quatre-vingt-dix faisait de grands gestes avec une hache qui devait peser son poids. Il tenait dans la main gauche un bouclier en bois coloré sur lequel il cognait régulièrement sa hache, sans doute un rituel pour impressionner l'adversaire. Il était déjà bien assez impressionnant sans ça et les autres membres du groupe ne l'étaient pas moins avec leur bon mètre quatre-vingt, tout en muscles. Ils auraient tous pu jouer dans l'équipe de rugby locale sans pâlir. Ils étaient habillés soit d'un gilet en cuir marron soit d'un gilet en fourrure blanche sur des pantalons bleus ou rouges. Ils portaient aussi des sortes de sandales couvertes qui leur montaient jusqu'au genou. Un des guerriers du groupe était nettement plus fin et plus petit que les autres. C'était d'ailleurs le plus petit du groupe et de loin, il était ridicule au milieu de ces grands gaillards. Il portait un gilet à fourrure blanche au-dessus d'un t-shirt noir très apprêté et un pantacourt, noir lui aussi. Il n'était manifestement pas taillé pour la bagarre. Néanmoins, il semblait quand même plein d'énergie et bien que du snack on ne pouvait pas vraiment entendre ce qu'il se disait, il paraissait donner des ordres ou des explications aux autres. Il ne portait pas d'épée et faisait tourner de temps en temps un bâton qui ressemblait plus à un manche à balais qu'à une arme. On avait dû juger qu'il aurait pu se blesser avec une vraie arme. Son casque était identique à ceux des autres à ceci près qu'il était cabossé sur le dessus et semblait avoir bien vécu. L'espèce de lunette qui couvrait les yeux était faite avec un métal doré et brillant qui lançait des petits reflets dès que le soleil le chatouillait. La protection des autres était plus quelconque, d'un gris pâle et mat.

— Alors c'est intéressant les bateaux Mia ? demanda Éric en s'asseyant sur le banc en bois en face d'elle après avoir posé son plateau sur la table.

— Bien, il n'y a pas de bateau mais j'ai l'impression qu'on va assister à une petite bataille historique !

— Ah oui ? J'ai hâte de voir ça ! Tiens, je t'ai commandé des frites, un hot-dog et un jus d'orange. Pour le dessert on verra après !

— Ah super merci ! Tu as pris quoi Niels ?

Niels tentait maladroitement de se faufiler entre le banc et la table pour aller s'asseoir à côté d'Éric.

— Oh moi, euh une part de pizza…

— Tu appelles ça une part de pizza ? C'est une pizza entière oui !

— Quoi ? J'avais faim !

Éric esquissa un sourire, il avait bien été tenté par la pizza lui aussi mais il s'était ravisé au dernier moment pour se rabattre sur un classique hot-dog comme pour Mia.

— Eh! Regardez! Ça commence!

Deux guerriers un peu mous commençaient effectivement à échanger des coups sous la directive du petit guerrier au bâton. Le bruit des épées était d'une mollesse insoutenable. Le petit guerrier s'interposa alors entre les deux vikings et commença à leur donner des coups de bâton sur leurs épées afin qu'ils se défendent et qu'ils accélérèrent le mouvement. Le rythme effectivement s'accéléra davantage et les deux guerriers appuyèrent plus franchement leurs coups. Lorsque le rythme fut à son maximum, on aurait vraiment dit un vrai combat. Les deux guerriers se révélaient très efficaces et étaient tout sauf mous, comme ils nous l'avaient fait croire au début. Le petit guerrier au bâton criait des ordres d'une voix aiguë et les engageait à mettre plus de conviction et de rapidité tout en parant leurs coups puis attaquant à son tour. Les mouvements se firent alors encore plus rapides, et encore plus fort de telle sorte que Mia commença à s'inquiéter pour le petit guerrier au bâton qui faisait plus d'une tête de moins que ses deux adversaires, ce qui le désavantageait. La force et la rudesse des coups qu'il recevait lui faisaient faire à chaque fois ou presque un bond en arrière. Le combat était manifestement déséquilibré, deux contre un, épées contre bâton, colosses contre chétif…

— Il va y avoir un malheur ! Vous avez vu comment ils tapent dessus !

— Oui, oui, mais le petit guerrier au bâton assure grave tout fluet qu'il est !

— Mais quand même, il ne va pas tenir…

À ce moment, une des épées rata son objectif et alla frotter la barrière de l'enclos. Le choc fut suffisamment fort pour entailler la poutre sur au moins trente centimètres.

— La vache, tu as raison, ce ne sont pas des armes factices ça ! Ils y vont trop fort, ça devient vraiment dangereux ! dit Niels qui s'attendait à devoir intervenir en tant que médecin.

Le guerrier au bâton évitait ou parait les coups à une vitesse incroyable. Il bougeait vite, très vite même. Il parvenait aussi à repousser deux attaques simultanées avec une aisance stupéfiante et on se demandait où il pouvait puiser la force de faire de telles prouesses. Au bout d'un quart d'heure de combat, les deux attaquants commençaient à montrer des signes de faiblesse et la fréquence des coups se ralentit un peu. Les quelques visiteurs qu'il y avait dans les parages n'osaient plus bouger devant ce spectacle et retenaient même leur souffle comme s'ils pressentaient, eux aussi, une catastrophe. Le visage des deux assaillants était écarlate et dégoulinait de sueur. À un moment et profitant de la fatigue de ses deux adversaires, le petit viking au casque doré planta son bâton dans le sol et s'en servit pour se soulever dans les airs. Il accrocha les jambes autour du cou du premier guerrier qui déséquilibré vacilla en arrière et tomba d'un trait sur le dos. Le petit viking roula alors au sol et sans avoir lâché son bâton, il le fit tournoyer au-dessus de la tête et alla frapper l'arrière des genoux du deuxième guerrier qui s'effondra lui aussi brutalement. Puis il se remit en garde avec son bâton. Les deux vikings restaient à terre et ne bougeaient plus. Niels s'approcha de l'enclos afin de voir de plus près si on n'avait pas besoin de lui. Mais finalement les deux guerriers se relevèrent sans problème. Le viking au casque doré les salua et leur tapa sur l'épaule pour les féliciter sous les applaudissements des spectateurs. Il y avait de quoi d'ailleurs, car si au début on aurait cru à un simulacre de combat, au final on avait assisté à une superbe démonstration et à une chorégraphie parfaite, ce qui rassura nos trois amis, mais pas pour très longtemps.

Le grand gaillard qui s'agitait depuis le début, n'arrêtait pas de taper sur son bouclier avec sa hache. Il était manifestement agacé et paraissait de plus en plus menaçant ou impatient. Le guerrier au casque doré, posa son bâton et enfila une côte de maille qui lui arriva jusqu'aux genoux. Il prit un bouclier en bois et une épée courte. À peine eut-il empoigné son épée que le grand viking fonça sur lui en mettant son bouclier en avant tel un bulldozer, la hache en arrière près à frapper. Le petit guerrier au casque doré contre toute attente se mit à foncer droit dessus puis d'un coup, sauta à pieds joints sur le bouclier du géant pour se propulser au-dessus de la tête de son ennemi. Il effectua un saut périlleux vrillé qui le fit atterrir directement derrière lui. Dans une fraction de seconde il en profita pour lui donner un petit coup sur les fesses du plat de l'épée. Ce qui fit rire les quelques personnes présentes au snack-bar. Quelle souplesse ! Le viking au casque doré s'approcha de la barrière en bois, planta son épée à l'extérieur de l'enclos et posa son bouclier. Il prit alors une hache un peu plus petite que celle de son adversaire. Le grand viking avait gardé son bouclier et commençait à se mettre en garde. Cette fois le viking au casque doré avança en effectuant des moulinets avec sa hache. Le géant esquissa quelques coups et para les autres avec son bouclier qui faisait un bruit sourd à chaque choc. Puis soudain le bouclier fit un bruit bizarre et se fendit en deux. Immédiatement les deux guerriers s'arrêtèrent. Éric s'était déjà rapproché et avait sauté par-dessus la barrière pour porter secours pensant que le géant avait dû être blessé. Le guerrier au casque doré l'aperçut et lui fit signe de reculer. Le géant jeta alors ce qui restait de son bouclier puis se remit en garde avec sa seule hache. Cette fois les deux guerriers étaient à armes égales… Les haches semblaient bien réelles et même si les lames ne coupaient certainement pas, elles étaient néanmoins en métal et pouvaient faire des dégâts terribles. On s'en était déjà rendu compte avec les épées du premier combat.

Il y eut un échange de coups très rapides, les haches s'entrechoquaient et servaient tout autant à attaquer qu'à parer les coups. C'était très impressionnant. Il était rare de voir des combats d'une telle qualité même dans les productions hollywoodiennes. Soudain, le guerrier au casque doré réussit à coincer l'arme du géant avec la lame de sa hache de telle sorte qu'il lui tordit le poignet ce qui eut pour résultat de lui faire lâcher l'arme. Mais, non satisfait du désarmement de son adversaire, en deux temps trois mouvements il prit le bras du viking et le propulsa à terre comme pour une prise de judo. Le géant s'étala de tout son long mais il n'eut pas le temps de se relever, immédiatement le guerrier au casque doré était sur lui, à califourchon sur le thorax, la lame de sa hache sur la gorge. Toute l'assemblée des personnes présentes applaudit, même les autres guerriers qui n'avaient pas pris part aux combats. Éric, Mia et Niels étaient soulagés, il n'y avait pas eu de bobos. Le viking au casque doré se releva et tendit la main au vaincu qui la saisit pour se lever lui aussi. Le champion donna encore quelques ordres tout en ôtant son épaisse côte de maille. Les guerriers se mirent alors deux par deux et reprirent leur entraînement à l'épée et au bouclier en réalisant des enchaînements d'attaques et de défense. Ensuite le petit viking se dirigea vers nos trois cousins qui étaient maintenant tous accoudés à la barrière. Le viking retira son casque. Les trois jeunes gens furent stupéfaits, le viking était en fait « une » viking! Une viking avec de magnifiques yeux verts et une grande chevelure noire qui subjugua Éric. Son visage était clair et doux, et ses lèvres étaient d'un rouge sombre et brillant comme une cerise qu'on aurait bien volontiers goûtée.

— Bonjour, je suis Anna! Vous avez vraiment eu peur tout à l'heure? leur demanda-t-elle en regardant fixement Éric avec un petit sourire charmant.

Mia et Niels ne savaient pas trop quoi répondre…

— Quelle chorégraphie! Nous n'avions jamais vu ça en France!

— Ah? Vous êtes français? dit-elle sans quitter Éric du regard.

Éric se sentait tout chose. Pourtant il savait que la question était pour lui mais il n'arrivait pas à ouvrir la bouche. Il avait déjà été épaté par les prouesses de ce viking mais maintenant il se sentait totalement envouté par le regard de jade d'Anna. Celle-ci s'en rendit compte et sans doute pour ne pas le troubler davantage reprit avec un plus large sourire en s'adressant aussi aux autres…

— On a rarement des français ici! Je vous offre à boire, c'est le musée qui invite, suivez-moi!

Anna se dirigea vers la cuisine du snack tout en enlevant son épais gilet blanc qui masquait un justaucorps et révélait ainsi davantage de sa féminité. Elle était magnifique. Comment une aussi belle jeune femme pouvait s'adonner à des jeux aussi guerriers? Et quel guerrier redoutable! Les trois cousins n'avaient pas brillé par leur élocution mais c'était bien Éric qui se sentait le plus bête des trois. Ils décidèrent d'aller se rasseoir à leur table, gageant qu'Anna les y rejoindrait.

Au bout d'un bon quart d'heure, Anna revint avec sur un plateau quatre petits verres et une bouteille en grès qui arborait un bouchon enroulé de cire rouge.

— Vous permettez que je m'assoie à côté de vous ?

— Bien sûr voyons ! eut le courage de dire Éric en se poussant sur le banc.

— Ah mais tu as une langue ! Vous êtes tous aussi timides en France ?

Niels et Mia pouffèrent dans leur coin. Ils avaient parfaitement compris la raison du malaise d'Éric et celui-ci se mit à rougir.

— Qu'est-ce que c'est ce que tu nous apportes ? s'engaillardit Éric.

— Le breuvage des dieux !

— Le breuvage des dieux ? C'est quoi ça ? Une sorte de potion magique ?

— Hihihi ! On n'est pas dans un petit village gaulois ici ! Nous les vikings nous avons bien meilleur que votre potion magique, nous, nous avons l'hydromel !

— Ouiiii ! Dans « *Astérix chez les Normands* » c'est la boisson qui vous rend insensible à la peur ?

— Décidément vous les français, vous êtes impayables, vous croyez tout ce qu'on vous dit ?

— Ben euh…

— Je te charrie ! L'hydromel c'est ni plus ni moins que de l'alcool à base de miel, d'ailleurs les premières traces remontent à 7000 ans avant Jésus-Christ et c'est Aristote qui nous a ramené la première recette écrite !

Elle avait débouché la bouteille et se mit à servir le mystérieux élixir doré dans les petits verres.

— Vous m'en direz des nouvelles ! C'est une recette spéciale avec de la cannelle et des framboises… et des choses plus inavouables… Il paraît même que ça rend fou ! Et oui, ça nous enlève aussi la peur ! dit-elle en rigolant.

— Eh bien tu es non seulement une redoutable amazone mais en plus tu es incollable en histoire ! amorça Niels.

— Il n'y a pas d'amazone chez les vikings ! Seulement des *skjaldmö* ou des valkyries…

— Des skjaldmmmm quoi ? répondit Niels.

— Des *skjaldmö*, elle a dit ! Ça veut dire « jeune guerrière au bouclier » dit Éric qui sirotait son verre.

— Tu m'impressionnes toi ! Non seulement tu es le seul français que je connaisse qui parle sans accent le danois, mais en plus tu connais le norrois, tu es en fac d'histoire ?

— Euh, merci mais en fait ma mère est danoise et puis on ne s'est même pas présenté d'ailleurs !

Mia n'arrêtait pas d'observer Anna tout en faisant tourner le petit verre entre ses mains. Manifestement elle lui disait quelque chose, et elle essayait de se remémorer les endroits où elle avait bien pu la croiser, c'était obsédant. Anna devait bien avoir le même âge qu'elle. Mais où avait-elle bien pu la rencontrer ?

— Bien, en réalité je suis le seul français ici, je m'appelle Éric Davier, et eux sont mes cousins Niels et Mia Christiansen !

— Christiansen ? Vous êtes parents avec le professeur Allan Christiansen ?

— Oui c'était mon père ! dit Mia qui jusqu'à présent n'avait pas ouvert la bouche trop absorbée par ses pensées.

— Tu es Mia Christiansen !

— Oui pourquoi ? Elle écarquillait ses grands yeux verts comme elle avait l'habitude de le faire lorsqu'elle était surprise. Comment Anna pouvait se souvenir d'elle ?

— Eh bien on s'est déjà rencontré une fois ! J'étais venue chez vous dîner il y a quelques années et on avait passé une bonne soirée !

— Oui… je me rappelle maintenant, je savais bien que je te connaissais, tu travaillais un peu pour mon père c'est ça ?

— Travailler ? Ce n'est pas le mot que j'utiliserais ! C'était plutôt un vrai plaisir. Plus jeune, je traînais dans le musée à chaque fois que j'en avais l'occasion, c'était un peu ma maison. Quand on n'a pas de chez soi, ça fait du bien ! Du coup ton père m'a remarquée et m'a montré beaucoup de choses. On a beaucoup discuté sur le musée et il a même appliqué certaines de mes idées, comme les ateliers pour enfants ou les démonstrations de batailles…

— Oui, oui…je me souviens. À la maison, il parlait de toi en disant qu'après maman, il avait trouvé la meilleure élève de ses cours et que tu n'avais pas ton pareil pour te servir de l'ordinateur et réaliser ses diaporamas!

— Oui… Il était super ton père. Ça m'a fait vraiment mal quand ils ont disparu tous les deux, c'était un peu ma famille aussi!

La sincérité d'Anna était touchante. Ses yeux s'étaient remplis de larmes qui amplifiaient la lumière de ses yeux et la rendait encore plus attendrissante auprès d'Éric. Puis elle se reprit :

— Mais qu'est-ce qui vous amènent ici? Vous êtes venus récupérer des affaires? Ou voler la recette de mon hydromel?

Niels et Éric en étaient arrivés à lécher le fond de leur verre. L'hydromel d'Anna était très sucré comme les bonbons au miel mais le parfum était différent et très agréable, très particulier, on ne sentait pas l'alcool.

— Franchement, nous n'avions pas pensé à récupérer des affaires! On est juste venu pour éclaircir un petit mystère avec des runes, explique lui Éric!

— En fait, continua Éric, nous avons trouvé une pièce avec des inscriptions runiques dessus et on aimerait bien savoir ce que ça veut dire.

Éric préférait rester prudent. Il savait au fond de lui qu'il pouvait faire confiance à Anna mais il préférait distiller les informations, pour la sécurité de tous, Anna comprise.

— Je peux voir, peut-être que je peux aider!

— Oui je pense…

Éric sortit le papier de sa veste qu'il s'empressa de défroisser sur la table…

— Regarde, je les ai recopiées là-dessus.

— Hum, on reconnaît parfaitement *Perþō* ici, *Gebō* là, et les deux derniers ce sont *Algiz* et *Ōthalan*. Quant à celle du milieu, je ne connais pas, ça ressemble à *Ingwaz* mais il y a cette marque en trop ! dit-elle en montrant du doigt sur la feuille les runes au fur et à mesure. Par contre ça ne veut rien dire !

À leurs mines défaites, les trois cousins semblaient déçus de la réponse d'Anna qui se dépêcha de rajouter :

— Hé ! Ce n'est pas parce que ça ne veut rien dire pour moi, que c'est le cas ! C'est sûr que ton père aurait su quoi dire !

— Et tu connais quelqu'un qui pourrait nous en dire d'avantage ? demanda Mia.

— Bien sûr ! Il y a forcément le docteur Matthaeus Vogter, le directeur, dans les derniers temps il travaillait beaucoup avec le professeur sur quelque chose de nouveau, une prophétie je crois.

— Et tu penses qu'il voudrait bien nous expliquer la signification de cette rune ?

— Oui, je ne vois pas pourquoi il en serait autrement. Il était quand même le plus proche collaborateur du professeur et il était au courant de tout.

— On peut le voir maintenant ?

— Oui ce doit être possible, il est en réunion toute l'après-midi mais à partir de 17h00, il est disponible.

Elle regarda rapidement au-dessus de l'épaule de Niels, la petite pendule accrochée au-dessus du snack.

— On a encore une bonne demi-heure! Ça nous laisse le temps de reprendre un coup d'hydromel? N'est-ce pas Éric?

En disant cela elle resservit généreusement ses trois invités. Éric la regardait du coin de l'œil le plus discrètement possible, mais Anna le remarqua et lui retourna un large sourire, ce qui eut pour effet de lui faire monter quelques rougeurs aux joues.

— Allez à Odin! fit elle en levant son verre pour porter un toast. Pour affronter le directeur sans connaître la peur! ajouta-t-elle. Et elle éclata de rire...

— À Odin! reprirent-il tous, le verre à la main.

Chapitre 11

La petite armée d'Anna avait rendu les armes et ses guerriers vikings étaient passés au snack lui dire au revoir. Il était maintenant aux alentours de 17h30 et les quatre jeunes gens avaient bien discuté. L'hydromel aidant, ils avaient aussi bien rigolé. Soudain Anna se leva :

— Oh! Il faudrait nous dépêcher les amis! Le docteur Matthaeus Vogter n'est pas homme à s'éterniser dans les parages. Ce serait dommage de le rater!

— Oui effectivement, je n'ai pas une semaine de vacances extensible, moi! En plus, on ne sait même pas où on va dormir ce soir.

— Ne t'inquiète pas Niels! Je suis peut-être une redoutable amazone comme tu dis, mais mon système D est tout aussi redoutable. J'en fais mon affaire.

Les quatre amis quittèrent la table du snack. Anna, suivit de la petite troupe, se dirigea alors vers le grand bâtiment de l'entrée dont une partie tenait lieu de restaurant. Dans l'autre partie, toute l'administration du musée y avait élu domicile. Anna s'arrêta sous le grand porche et poussa la porte de gauche, côté bureau. Celle-ci donnait sur un couloir bordé d'une enfilade de petits box vitrés, chacun fermé par une porte. Sur chacune d'elles, une petite plaque indiquait la fonction et le nom de son occupant. Au fur et à mesure que les quatre jeunes gens avançaient, ils constataient que les bureaux étaient vides.

— Le bureau du directeur est au fond, dit Anna.
— C'est toujours aussi désert, ici ? s'étonna Éric.
— Hihihi ! C'est bien normal, les bureaux ferment à 17h00, seul le directeur reste jusqu'à 18h00. Et encore pas tous les jours !

Anna s'arrêta en face de l'avant dernière porte dont la plaque indiquait « Matthaeus Vogter, Directeur ». Sur la dernière porte, il était inscrit « Salle de réunion ». Elle frappa à la porte et au bout d'un petit moment on entendit une voix qui invitait à entrer. Avant de pousser la porte, Anna nous murmura avec un petit sourire narquois accroché au coin des lèvres.

— Il fait exprès de nous faire attendre, c'est pour nous faire croire qu'il est débordé de travail... Il fait ça avec tout le monde mais personne n'est dupe !

Le bureau de Matthaeus Vogter ne ressemblait pas aux autres bureaux du couloir. D'abord il ne se trouvait pas dans un box vitré, ensuite il était au moins trois fois plus grand que les autres et donnait sur la salle de réunion dont il était séparé par une espèce de rideau rigide qui servait de cloison mobile. La décoration avait été calquée sur celle des yachts en acajou du XVIIIe et XIXe siècle. Les murs étaient lambrissés à la façon des ponts de navires de cette époque avec un interstice coloré plus foncé entre les planches. Un gros baromètre en laiton était accroché dans un coin et renforçait l'aspect maritime de la pièce. Partout étaient fixées des étagères sur lesquelles reposaient des livres en tous genres, sur toutes les matières et de toutes les époques, un vrai capharnaüm littéraire : astronomie, géographie, mathématiques, monde arabe, histoire du monde et histoire scandinave se côtoyaient allègrement. Plus surprenant, un traité sur les hiéroglyphes venait caresser des livres de gestion entrelacés d'ouvrages sur la gastronomie. Mais ce qui intriguait le plus Éric, c'était le gros livre blanc posé sur le bureau dont le titre à lui seul était provocateur « Soyez riches et décomplexés ». L'ouvrage n'était vraiment pas à sa place ici, aussi il pensait que ce devait être un de ces cadeaux que l'on vous fait sur le ton de la plaisanterie mais dont il est impossible de se débarrasser pour ne pas vexer.

Au fond de la pièce, un homme était assis derrière un grand bureau en verre, très design, et écrivait quelque chose dans un parapheur. Ce devait être Matthaeus Vogter. Bien qu'assis, on devinait qu'il ne devait pas être très grand. Son visage était tout rond et la blancheur de la chemise qu'il portait faisait encore plus ressortir la rougeur de son visage. Sans être chauve, il arborait une nette calvitie et les cheveux qui subsistaient étaient courts et gris dans l'ensemble, mais quelques touffes d'une couleur indéfinie trahissaient la rousseur d'une capillarité ancienne. Debout à côté de lui se tenait, immobile, un grand type très sec d'une quarantaine d'années. Il était d'une certaine élégance et portait un costume d'un gris moyen sur une chemise blanche à col ouvert. Ses chaussures vernies étaient impeccables et aussi rouges que l'acajou des boiseries. Par contre, son visage n'était pas particulièrement avenant avec ses petits yeux noisette, les traits tirés et ses lèvres pincées. Lui aussi présentait une calvitie avancée mais sa coupe de cheveux à 2 millimètres était impeccable, au contraire du directeur, et lui donnait des airs d'ancien militaire. Il semblait si sérieux qu'on aurait dit que sourire lui était quelque chose d'étranger. On l'aurait bien vu comme surveillant d'étude dans un collège, il y a deux siècles. Il avait croisé les mains par devant et jouait à faire tourner sa chevalière sur son annulaire, exactement ce genre de chevalière qu'on pouvait rencontrer jadis, mais celle-ci était très simple, presque grossière et d'une couleur grise qu'on aurait dit qu'elle avait été forgée au début de l'âge de fer. Elle montrait qu'une seule décoration sur sa face, difficile à voir, mais qui pouvait être une lettre grecque ou encore une rune ou un autre symbole. De toute manière, tant qu'il jouerait avec, il serait impossible de déterminer de quel symbole il s'agissait.

La personne assise déposa son stylo sur le bureau, ferma le parapheur et leva la tête en affichant une mine affable.

— Bonsoir Anna, nous amènes-tu de nouveaux apprentis vikings ?

— Bonsoir monsieur, non pas vraiment, ce sont les enfants du professeur Christiansen, qui sont venus spécialement de France pour nous voir.

Le directeur se leva et frotta ses mains sur le pantalon dans une sorte de réflexe inconscient et frénétique puis se dirigea vers la petite troupe en tendant la main vers Niels.

— Bonjour, bonjour et bienvenue au Musée Viking de Roskilde, je suis Matthaeus Vogter, le directeur, mais vous pouvez m'appeler Matt! Voici Douglas Miller, mon assistant qui vient de Londres et tu es sans doute Niels?

— Oui c'est ça, et voici Mia, ma sœur et Éric mon cousin français, dit-il en lui serrant la main.

— Bonjour Mia, bonjour Éric! Je suis désolé, dit-il en se tournant vers Éric, mais mon français n'est pas extraordinaire. « *Voulez-vous un peu de vin ?* » définit toute l'étendue de mon vocabulaire, baragouina-t-il dans un français dont l'accent était réellement calamiteux.

Éric se cru obligé de lui rendre la politesse en lui répondant dans un danois naturellement impeccable :

— Mais vous connaissez la seule phrase qu'il est nécessaire de savoir en France!

— Eh bien! Par contre ton danois est sans reproche Éric! Félicitation! Les langues étrangères et surtout la nôtre ne sont généralement pas le fort des français.

— Oh vous savez ma mère est danoise et mon oncle aussi, ça facilite les choses!

— Naturellement, naturellement…

Matthaeus Vogter se remit à se frotter les mains sur le pantalon et se rapprocha de son bureau et de son assistant qui n'avait pas décroché la mâchoire et restait aussi impassible qu'une statue de cire.

— Que nous vaut l'honneur de votre visite ici, jeunes gens ?

Niels reprit la parole.

— En fait, nous sommes en vacances pour une petite semaine et c'est un peu un retour aux sources pour nous.

— Bien sûr, bien sûr…

Matthaeus était maintenant appuyé sur le rebord de son bureau et visiblement semblait attendre la suite.

— Et en fait, poursuivit Niels, nous nous demandions si vous pouviez nous aider à élucider un petit mystère.

— Un mystère ? Grand dieux, mais quel est-il ?

— Oh ce n'est pas grand chose, on voudrait savoir si le symbole que nous avons trouvé est une rune scandinave.

— Oui et comme vous avez travaillé avec mon père, continua Mia, on s'est dit que ce serait une bonne chose de vous rencontrer.

L'assistant et le directeur se regardèrent un instant comme pour se concerter puis Matthaeus reprit.

— Oh c'est beaucoup dire, je ne suis pas un grand spécialiste des runes et puis c'est votre père le grand spécialiste de ce genre de choses, euh enfin c'était, pardon. Mais je veux bien essayer de vous aider…

Éric fouilla dans sa poche et tendit le papier qu'il déplia par la même occasion. Anna, un peu plus en avant, ne bougeait pas et Éric sentait bien que l'amazone était contrariée. Il pouvait le voir rien qu'à ses mains qui n'arrêtaient pas de serrer et de desserrer les poings et qu'elle dissimulait derrière le dos.

Matthaeus prit le papier et commença à l'examiner ce qui paru intéresser son assistant qui pencha la tête pour mieux voir. Puis Matthaeus se rassit à son bureau et prit une loupe qui se trouvait en face de lui. Il regarda plus attentivement et sous toutes les coutures le papier d'Éric comme si celui-ci avait pu receler une information cachée. Au bout d'un petit moment dans un silence monacal qui parut une éternité, Matthaeus releva le nez.

— Où avez-vous eu ça, jeune homme ?

— Euh en fait c'est un brouillon d'une épreuve du baccalauréat…

— Non je ne parle pas de ça ! Manifestement vous avez reproduit ces symboles à partir de quelque chose. Qu'est-ce que c'est ?

Le ton de Matthaeus était plus sec et nettement moins sympathique que ce qu'il avait été jusqu'alors. L'assistant anglais avait ouvert le grand livre blanc qui trônait sur le bureau et qui intriguait Éric depuis le début. D'ailleurs à sa grande surprise, en fait d'ouvrage, il s'agissait d'un coffret dissimulé sous la forme d'un livre. L'assistant farfouillait dedans et on entendait des objets s'entrechoquer à l'intérieur sans les voir. Puis il se mit à parler très bas en s'adressant au directeur et en faisant en sorte de lui montrer quelque chose à l'intérieur, ensuite il referma le couvercle du livre blanc.

— Oui, enfin, non, je l'ai reproduit à partir d'un gribouillis que j'ai vu sur un livre de la bibliothèque d'Angoulême !

Éric sentait bien que son explication ne le convainquait pas mais c'est tout ce qu'il avait trouvé dans l'immédiat pour ne pas en dire trop. C'est alors qu'Anna prit la parole.

— Monsieur, j'ai examiné le papier tout à l'heure et il semblerait que c'est le symbole du milieu qui pose problème et…

Elle n'eut pas le temps de continuer que Matthaeus l'interrompit sèchement.

— Anna ! Contentez-vous de faire votre travail, ici ! Si le professeur Christiansen tolérait vos écarts, il n'en est pas de même pour moi, comprenez-vous !

— Mais je…

— Il suffit Anna ! Ou je saurais me passer de vos services !

Anna ne dit plus rien et baissa la tête. Elle serrait les poings si fort que ses mains en tremblaient. À un moment, Éric crut même qu'elle allait lui sauter dessus comme il l'avait vu faire tout à l'heure, et il ne l'aurait pas volé ! Le changement d'attitude de Matthaeus était totalement incompréhensible. Qu'avait pu faire ou dire Anna qui le contrarierait ainsi ? Malgré tout Éric avait compris qu'Anna était très attachée au musée. Cela aurait été certainement un véritable crève-cœur pour elle si elle avait été amenée à le quitter. Puis subitement Matthaeus se radoucit à en devenir presque mielleux et rendit le papier à Éric.

— Ce n'est rien d'important, juste une suite de quatre lettres et cela ne veut rien dire… Quand à la cinquième il s'agit sans aucun doute d'un gribouillis de potache…

— Pourtant j'aurai cru que cela pouvait signifier quelque chose.

— Non jeune homme ! Souvent les runes ne sont que des lettres… Votre oncle y voyait plus que cela mais j'ai bien peur que ses recherches n'étaient pas très concluantes en la matière, mais bon ! Pour ce que j'en sais… À vrai dire je n'avais pas connaissance de ses travaux et d'ailleurs il ne disait rien de ce qu'il faisait.

Puis il ajouta de manière presque joviale.

— Sinon vous restez longtemps par ici ?

Niels reprit la parole.

— À vrai dire nous n'avons pas encore établi où nous allons coucher ce soir et il est vrai que nous devrions y penser rapidement.

— Non, non, vous êtes mes invités, vous séjournerez dans l'auberge de jeunesse qui se trouve sur le site, c'est bien naturel !

Il s'adressa à Anna de la même manière.

— D'ailleurs, Anna, y habite de manière permanente ou presque, elle vous servira de guide, n'est-ce pas Anna !

— Oui, oui naturellement… répondit timidement Anna.

Matthaeus alla fouiller dans les tiroirs du meuble qui se trouvait juste derrière lui et en sortit un lot de cartes plastifiées accrochées à des rubans de couleurs variées à suspendre autour du cou.

— D'ailleurs, à ce propos voici des accréditations qui vous permettront d'aller et venir dans tout le musée et d'avoir accès à la bibliothèque si ça vous amuse de continuer vos recherches! dit-il en les donnant à Niels.

— Vraiment je ne sais pas quoi répondre, monsieur Vogter, c'est vraiment très gentil de votre part.

— Je vous en prie, c'est le moins que je puisse faire pour les enfants d'un de mes meilleurs collaborateurs, voyons!

— Monsieur Vogter…

— Matt, appelle-moi Matt, s'il te plaît, Mia!

— Euh oui, Matt, j'aurai une petite faveur à demander…

— Une petite faveur?

— Oh pas grande chose, je voudrais juste jeter un coup d'œil aux affaires de nos parents.

— Oh, naturellement, je comprends… Cependant je ne dois pas m'attarder ce soir, je suis attendu, mais Anna va vous montrer. Vous pouvez rester toute la nuit ici si vous voulez, Anna fermera.

Le ton de Matthaeus était si mielleux et suave qu'il en était écœurant. Il se forçait à être le plus aimable possible mais on sentait bien qu'il y avait quelque chose de louche là-dessous. Pourtant, il les invitait à séjourner ici en leur offrant toutes les commodités, c'était très bizarre, ou bien c'était sa manière d'être. La petite troupe avait bien compris qu'il les mettait gentiment et poliment dehors mais après tout ils étaient venus le déranger à l'heure où il quitte son travail. Il avait certainement des choses à faire.

Ils le saluèrent donc et tout en le remerciant encore, ils sortirent du bureau. Au lieu de reprendre le couloir, Anna sortit un trousseau de clef de sa poche et s'en servit pour ouvrir la salle de réunion. Puis elle se retourna et mit le doigt sur la bouche d'Éric qui s'apprêtait à dire quelque chose.

— Chut... Les murs sont très fins ici et on entend tout, dit-elle tout bas.

Elle actionna l'interrupteur sur sa droite et la lumière des néons au plafond gicla dans toute la pièce pour venir s'écraser sur les murs blancs. Au milieu, des tables étaient disposées en « U » et au fond un grand écran blanc couvrait le mur dans toute sa largueur. Le long du mur de gauche on pouvait voir une enfilade d'armoires métalliques beiges. Anna ouvrit la première et s'accroupit pour attraper une grosse boîte archive en carton fort. Sur le côté était noté au marqueur « Christiansen – Personnel ».

— Voilà une partie des affaires du professeur. Elle ne concerne que les derniers dossiers qu'il a traités et il y a aussi quelques babioles plus personnelles. Mais on va voir ça ailleurs...

Elle fit un signe de la tête qui désignait la cloison amovible donnant sur le bureau de Matthaeus et confia la boîte archive à Niels.

— Je vais vous trouver une place à l'auberge et vous pourrez regarder ça tranquillement !

Elle referma la porte de la salle de réunion et remit son trousseau de clés dans la poche. On entendait encore la voix de Matthaeus à travers la porte de son bureau sans vraiment comprendre ce qu'il disait. Ils sortirent alors du bâtiment et Anna respira un bon coup.

— Mais quel salaud celui-là !

— Euh, je ne sais pas mais il n'a pas été très tendre avec toi en tout cas, dit Niels.

— Oui d'ailleurs je n'ai pas très bien saisi pourquoi d'un coup il a changé comme ça, renchérit Éric.

— Moi je trouve qu'il n'a pas joué franc jeu et il a été assez incohérent.

— Peux-tu préciser Mia ? Demanda Éric.

— Déjà, il dit que papa était un de ses meilleurs collaborateurs et avant il nous dit qu'il ne connaît rien de ce qu'il fait et même il va jusqu'à dénigrer son travail… C'est pas cohérent !

— Il vous a tout bonnement menti ! C'est un sale menteur !

— Explique-nous, Anna, s'il te plaît ? pria Éric.

— Pas ici, pas dehors, je n'ai pas envie d'être obligé de le croiser à nouveau. On va aller à l'auberge, et puis il faut vous trouver un coin pour rester quelque temps, répondit-elle en affichant un grand sourire assorti d'un clin d'œil en direction de Mia.

La petite troupe traversa donc le grand porche puis la petite esplanade qui suivait pour rejoindre le premier des trois bâtiments qui terminaient la place sur toute sa longueur. Elle les invita à entrer en ouvrant la petite porte garnie d'un hublot qu'elle tint pour Niels, embarrassé par son carton. Ils arrivèrent ainsi dans un petit salon aux murs blancs dont les fauteuils aux couleurs vives invitaient à la causerie. Au milieu se tenait une table basse en bois clair, toute simple. Au fond du salon, un bar du même bois servait de comptoir. Derrière, sur un petit meuble très étroit, il y avait une cafetière accolée à un distributeur de jus de fruits. Au mur, on avait accroché un grand tableau bleu portant des numéros et en dessous desquels on y avait accroché les clés des chambres disponibles sur des petits crochets blancs. Tout à gauche un grand frigo blanc fermait l'angle de la pièce. Sur la porte un petit écriteau tenu par des magnettes disait « notez vos affaires et respectez celles des autres ». Quelques cadres marins finissaient la décoration de la pièce. Tout à droite de la pièce, une porte bleu marine devait donner sur un couloir menant aux chambres.

— Pose donc ta boîte sur la table basse, Niels ! Je vais voir les disponibilités pour les chambres !

Anna attrapa le grand livre posé sur le comptoir et le feuilleta lentement en examinant soigneusement les pages.

— Ah super ! Il y a une chambre disponible, ça c'est la bonne nouvelle !

— Ah et la mauvaise ? demanda Mia en fronçant les sourcils.

— Eh bien il n'y a que deux lits dans la chambre ! Par contre, si ça ne te dérange pas, Mia, je peux te prêter la moitié de ma chambre.

— Parfait, pas de souci Anna, on pourra se dire des trucs de filles…

— Génial ! Je vais vous montrer les chambres et vous donner les clefs puis après je vous propose de récupérer vos affaires et de vous installer pendant que je vous fais des pâtes ? Ça vous va ?

— Oh c'est parfait Anna, mais on ne veut pas te déranger ! répondit Niels.

— Me déranger ? Allons ! À moins que vous n'aimiez pas les pâtes ?

— Hihihi ! Pour ça ne t'inquiète pas, éclata Mia, demande à Éric, il est presque italien, quant à Niels, c'est le seul plat qu'il sait faire !

— C'est sûr ? Je peux rajouter de la sauce aussi ?

— Vraiment ne t'inquiète pas Anna, c'est très bien !

— Oui, oui c'est parfait ! répondirent les garçons.

Anna poussa la porte de droite et la coinça avec une cale qu'elle bricola avec un bout de papier trouvé dans la corbeille derrière le comptoir. Elle engagea nos trois compères à la suivre.

— Ici, c'est le couloir qui mène aux chambres, la mienne est juste là et tout de suite après c'est la vôtre. Par contre, vous êtes juste à côté de la cuisine. Des fois c'est assez bruyant, mais pendant quelques jours on sera tranquille.

— Comment ça ? demanda Éric.

— Eh bien, il n'y a personne dans notre bloc, car ils sont tous partis à un séminaire à Copenhague, donc ça va être calme !

Elle avança encore un peu et leur montra une salle de bain commune avec douche jouxtant la cuisine.

— L'escalier au bout mène à l'étage, c'est pareil qu'en bas mais ils n'ont pas de cuisine.

Anna sorti à nouveau son trousseau de clef et en décrocha une pour la donner à Mia.

— Voici un double de la clef de ma chambre, je vais vous chercher les clefs pour votre chambre les garçons.

— On peut peut-être ramener nos affaires en attendant ? demanda Niels

— Oui, bien sûr ! Allez-y, je m'occupe du reste. Vous retrouverez le chemin ? Dit-elle en clignant de l'œil.

— Oui, oui, pas de crainte Anna, lui répondit Mia.

Les trois compères partirent récupérer les sacs dans la voiture, tandis qu'Anna entreprit de faire cuire des pâtes. Malheureusement, après avoir fouillé dans tous les placards de la cuisine, elle ne trouva rien pour fabriquer une sauce digne de ce nom. Elle arriva seulement à mettre la main sur une boîte de petits lardons et trois oignons qu'elle fit revenir. Une fois que la petite troupe eût terminé de s'installer, ils prirent leur repas dans le salon. Anna trouvait que c'était plus sympathique au salon que dans la cuisine, malgré l'inconfort de la table basse. Quand ils eurent terminé, et débarrassé, Anna rapporta des verres propres et son fameux hydromel.

— Tu ne crois pas qu'on va finir sous la table avec ton nectar des Dieux ?

— Niels, pour une fois que j'ai des invités ! Ramène-nous plutôt ta boîte sur la table.

Niels s'exécuta et commença à sortir les objets qui s'y trouvaient pour les déposer sur la table. Il était surtout question de préparations de cours pour l'université. Il y avait aussi un agenda, quelques stylos billes sans intérêt, un caillou qui devait servir de presse papier, un bloc de papier, une carte de Norvège, une ou deux factures chiffonnées et d'autres papiers administratifs insignifiants. Mia se mit à parcourir l'agenda tandis qu'Anna attrapa le dossier d'un exposé.

— Ah ça ! C'est le dernier exposé que votre père a fait ! dit-elle en tenant à pleine main le dossier.

— Ah oui comment le sais-tu ? demanda Mia.

— Parce que c'est moi qui lui ai frappé ! J'étais là, lorsqu'il a fait sa présentation.

— Tu lui donnais un coup de main alors ?

— Oh de temps en temps, lorsque ta mère était débordée il me confiait des petites choses à faire, il savait que ça m'intéressait. Depuis le temps que je traîne dans le musée, il me connaît !

Elle fouilla dans le dossier et en ressortit une petite carte de visite sur laquelle on pouvait lire « *Hotel Prindsen, Roskilde* ».

— Oui… C'est à cet hôtel qu'on s'est vu la dernière fois, et juste après il est parti pour Bryggen.

— Bryggen ? C'est où ?

Anna ne répondit pas à Niels, elle avait plongé le nez dans le dossier en carton et semblait chercher quelque chose.

— Il manque quelque chose, Anna ?

— Oui, je cherche le carnet…

— Le carnet ? Tu veux dire l'agenda ? C'est moi qui l'ai ! dit Mia.

— Non pas l'agenda, le carnet, le carnet noir…

— De quel carnet parles-tu ?

— Quand il a donné sa dernière conférence à l'hôtel, il avait un petit carnet dans lequel il notait des choses de temps en temps, comme un pense-bête, pour ses recherches… Il l'avait toujours sur lui…

— Eh bien justement il a dû être perdu lors de l'accident, reprit Mia.

— Non, je me suis souvenue qu'il l'a confié à la réception de l'hôtel pour le mettre au coffre, et d'ailleurs j'avais trouvé ça étrange.

— Étrange ? Pourquoi ça ?

— Il ne se séparait jamais ou presque de ce carnet ! Aussi je n'ai pas compris pourquoi il avait décidé de le mettre au coffre et pourquoi ce jour là ?

— Je suppose que peut-être il ne voulait pas risquer de le perdre durant son voyage du lendemain !

— Non ! Et non ! Dans ce cas, il me le confiait à moi ou à Lenna pour aller le ranger dans son bureau. D'ailleurs il ne le donnait qu'à ta mère ou moi.

— Oui c'est vrai qu'il n'aimait pas que son travail passe entre les mains d'inconnus, et c'est sûr qu'il ne faisait confiance qu'à maman pour ce genre de chose. Mais peut-être que la police l'a récupéré suite à l'accident pour les besoins de l'enquête ?

— Oui, ou peut-être que ce sale menteur de Matthaeus l'a conservé pour lui seul !

— Tiens à propos, tu devais nous raconter, pourquoi dis-tu que c'est un sale menteur ?

— Tout simplement parce qu'il vous a menti !

— Sur quoi exactement ?

— Sur à peu près tout ! Il nous a dit tout à l'heure que votre père ne parlait pas de ses recherches, c'est archifaux ! Il y a quelque temps, il lui a parlé d'une hypothèse ou je ne sais pas quoi, mais ça a drôlement intéressé Matthaeus. Il a même insisté pour l'aider dans son travail et il l'a accompagné, lui et son assistant, à Bryggen juste avant sa disparition ! En plus, tu sais pourquoi il se fait appeler « Docteur » ?

— Parce qu'il a passé un doctorat bien évidemment !

— Oui un doctorat sur la mythologie scandinave… Alors excuse-moi, mais quand il dit qu'il n'est pas spécialiste en runes c'est un sale menteur ! Et il sait très bien que je le sais !

— Oui… Hum ! C'est pour ça qu'il t'a aussi mal parlé tout à l'heure.

— Bin tiens ! J'avais qu'une envie c'est de lui sauter dessus !

— J'ai bien cru que tu allais le faire… et ça lui aurait fait le plus grand bien ! dit Éric.

— En tout cas, ça m'aurait fait du bien à moi, sur le moment, et j'aurais perdu mon boulot ici.

— Mais pourquoi disait-il que l'oncle Allan était très conciliant avec toi ?

— C'est du n'importe quoi ça encore ! La première fois que je suis venue ici, c'était pendant une visite avec l'orphelinat, j'avais douze ans et je me suis, plus ou moins perdue…

— Comment ça plus ou moins ? Tu as fait exprès de te perdre ?

— Bien… J'en avais assez d'être toujours surveillée, j'en avais marre de cet orphelinat de malheur alors j'ai fait plusieurs fugues. Et ce jour là, j'ai bien essayé encore, mais je suis tombée sur le professeur ! Lorsqu'il m'a trouvée, j'étais en train de me cacher et on était déjà à ma recherche, il a immédiatement compris que j'étais en cavale… Alors là, il a été super cool ! Il est allé voir les surveillants pour leur dire que j'étais avec lui et qu'il m'avait demandé de l'aide, qu'il ne fallait pas s'inquiéter, qu'il s'excusait… Bref il a baratiné. Après il est revenu, et il m'a dit que c'était arrangé mais que j'avais une dette envers lui !

— Une dette ?

— Oui c'était un truc à lui… En fait, il me dit que pour m'acquitter de cette dette, il fallait que je vienne l'aider tous les soirs après l'école, entre une demi-heure et une heure. Alors vous pensez, j'ai pas hésité un seul instant !

— Et tu faisais quoi ?

— Rien ! Au départ, il contrôlait mes devoirs et même il m'aidait à comprendre. Après il m'a confié des choses à faire pour lui ou pour ta mère. Plus tard lorsqu'il a vu que je m'intéressais à ce qu'ils faisaient tous les deux, il m'a trouvé un job d'animateur ici et mon chez moi à l'auberge... Et c'est comme ça que j'en suis arrivée à lui préparer ses conférences.

— En fait il t'a sortie de l'orphelinat !

— Oui c'est sûr, je lui dois beaucoup ! Beaucoup plus qu'il ne le pensait.

— Ne t'inquiète pas pour ça, Anna, il t'appréciait c'est certain et il savait que c'était réciproque. Je pense que c'était aussi sa manière à lui de se faire pardonner de ne pas être plus présent pour ses propres enfants.

— C'est possible, il ne parlait pas beaucoup de vous mais quand il en parlait je voyais bien qu'il était troublé ! Je pense qu'il regrettait de ne pas être là pour vous ! En tout cas Matthaeus n'a jamais vraiment digéré d'avoir réussi à imposer ma présence au conseil d'administration.

— Je suppose que papa n'étant plus là, il doit jouer les dictateurs avec toi !

— En fait non, enfin pas vraiment, mais des fois ça se passe comme tout à l'heure, il se fait menaçant et antipathique. Mais moi je me méfie plus de son soi-disant assistant anglais, ce Douglas machin !

— C'est vrai qu'il n'a franchement pas une bonne tête, et en plus il n'a absolument rien dit !

— Il ne parle à personne, seulement à Matthaeus. D'ailleurs il est arrivé ici, juste avant Bryggen !

— Mais qu'est-ce qu'il y a de spécial à Bryggen ?

— Je ne sais pas trop, c'est un quartier de Bergen en Norvège... Je sais qu'il y a un musée là bas et qu'ils ont demandé de l'aide à ton père... Si seulement on avait ce carnet on pourrait peut-être en savoir davantage !

— Pour le carnet, il n'y a que quatre hypothèses, Anna ! Soit c'est la police qui l'a, soit il est encore à l'hôtel, soit c'est Matthaeus qui le possède et dans le pire des cas il est perdu !

Éric et Niels avaient été très sages jusque là et avaient très religieusement écouté la discussion des deux filles tout en sirotant le nectar des dieux. L'hydromel d'Anna avait beaucoup de vertus dont celle de calmer les esprits et au sixième verre, il est certain que les garçons avaient pu en découvrir toutes les subtilités. Néanmoins, Niels eut un sursaut de lucidité.

— Je propose que Mia et moi allions voir la police demain et pendant ce temps vous pourrez faire un tour à l'hôtel tous les deux ?

— Oui c'est une excellente idée ! se réjouit Éric, trop ravi de pouvoir passer un peu de temps seul avec Anna qui piqua un fard et baissa le nez dans son verre d'hydromel pour le dissimuler.

Les filles acquiescèrent et Niels se leva en rajoutant :

— Je pense qu'il est grand temps d'aller se coucher, on y verra plus clair demain matin !

— Oui c'est sûr, dit Anna qui éclata de rire, vous dormirez avec les dieux ce soir, les garçons !

— N'empêche qu'il est excellent ton breuvage ! Et je suis sûr qu'il peut faire du bien après une longue garde à l'hôpital...

— C'est ça grand nigaud, dit Mia en se levant elle aussi, ça va faire joli dans la salle de garde ça!

— Non mais pour après, se crut bon d'ajouter Éric pour la défense de son cousin tout en essayant lui aussi de se lever pour la deuxième fois.

— Eh Niels! Ramasse ton cousin ou il va rester dormir dans le salon!

Tant bien que mal, Éric réussit à se lever tout seul et rejoignit son cousin en direction des chambres. Anna avait rangé ce qui restait de sa bouteille et ramené les verres dans la cuisine avant de s'éclipser la première dans la salle de bain. Mia en attendant avait rangé toutes les affaires dans la boîte à archive et s'apprêtait à se mettre en pyjama lorsqu'elle entendit le ronflement de Niels. Les garçons avaient dû s'effondrer dans le lit, tout habillés! Décidément l'hydromel d'Anna avait beaucoup de qualités!

Chapitre 12

Anna avait décidé qu'il était plus pratique de prendre le bus avec Éric pour se rendre à l'hôtel, en plein centre ville. Niels avait pourtant proposé de les déposer en voiture mais il aurait fallu qu'il traverse toute la ville qu'il ne connaissait pas et ça l'inquiétait un peu. Le poste de police, quant à lui, se trouvait au sud de la ville à proximité du « ring ». Il était donc assez facile pour Niels de prendre la couronne sur quelques kilomètres puis de bifurquer jusqu'au poste.

D'ailleurs il n'eut aucune peine à trouver le poste de police, « *Midt- og Vestsjællands Politi* » comme il était écrit sur le petit muret de pierre sèche qui ornait l'entrée du parking. Le bâtiment était très moderne, très carré, et totalement revêtu de pierres sèches gris clair. C'était une alternance de bandes de pierre et de rangées de fenêtres noires en métal dont les vitres étaient fumées. Il devait comporter trois étages sous forme de strates mais on devinait que sur le toit, il devait y avoir un étage plus étroit et totalement vitré. Tout autour, un vaste espace de pelouse invitait à s'allonger et à passer du temps à flemmarder au soleil. On aurait dit un bâtiment administratif moderne ou une annexe de fac mais certainement pas un poste de police. Seules quelques voitures portant les caractéristiques des véhicules de police garées sur l'avant du bâtiment trahissaient la fonction de celui-ci.

Niels et Mia montèrent les quelques marches du parvis et arrivèrent dans un hall immense. Au milieu, un panneau d'information indiquait les services présents dans le bâtiment et donnait les numéros des bureaux, leur étage et le nom des fonctionnaires.

— Ah, par là, Niels! Il y a un guichet d'accueil, on va aller demander!

— Ah oui je vois!

Les deux jeunes gens s'approchèrent du guichet sur la gauche. Derrière celui-ci un jeune homme blond en uniforme était en train de consulter l'ordinateur posé à côté de lui tout en buvant tranquillement un café. Il ne semblait pas être bousculé aussi Mia se risqua à l'interpeller :

— Excusez-moi, fit Mia, pourriez-vous nous aider?

— Un instant, s'il vous plaît, dit-il sans lever le nez de son écran.

Au bout de plusieurs minutes, Mia avait l'impression que le jeune policier les avait oubliés. Elle se décida donc à l'interpeller à nouveau.

— C'est juste une information au sujet de la disparition de Allan et Lenna Christiansen!

— Hum...vous êtes?

Le jeune homme ne semblait toujours pas pressé de s'occuper d'eux et ne daignait toujours pas lever la tête de son écran ce qui irrita Mia qui lui répondit le plus sérieusement du monde.

— Mia Christiansen, en mission spéciale au service de sa majesté Margrethe !

En l'entendant, le jeune homme faillit s'étrangler et renversa tout le contenu de sa tasse sur le guichet. Aucun document présent ne put échapper à la marée noire qui commençait à gagner dangereusement la proximité du clavier. Mia regretta un moment ses paroles mais la scène était tellement cocasse qu'elle y trouvait malgré tout un certain plaisir. Le visage de Niels était, quant à lui, totalement décomposé devant le culot de sa sœur ! C'est alors qu'un homme d'une cinquantaine d'années et de forte corpulence dans un costume passé à l'essorage s'approcha d'eux avec un grand sourire tandis que Niels était certain de voir venir à lui un gros paquet d'embêtement !

— Veuillez nous excuser, Mademoiselle Christiansen, bienvenue, nous avons été prévenus de votre arrivée assez tardivement. Aussi, si vous voulez bien me suivre, nous allons pouvoir vous satisfaire. Je vous en prie, prenons l'ascenseur…

Mia resta bouche bée, tout comme son frère d'ailleurs, tandis que le jeune policier, tout en essayant vainement d'éponger les papiers, se confondait en mille excuses, toutes plus stupides les unes que les autres, ce qui le ridiculisait davantage.

L'homme pressait le pas et une fois les portes de l'ascenseur refermées il explosa de rire, un de ses rires bien gras, bien résonnant, à tel point qu'il devint tout rouge et même qu'il en pleura. Il sortit un mouchoir de sa poche et s'essuya le front tout en essayant de reprendre ses esprits. Il semblait transpirer beaucoup dans sa chemise blanche sous son costume gris et il empestait l'after-shave bon marché. Sa cravate était assortie à la couleur du costume mais le nœud était très desserré ce qui accentuait davantage l'aspect froissé du personnage, une sorte d'inspecteur Colombo en plus chic, le sempiternel imperméable en moins...

— Ah celle-là tombait à point, je vous jure !

— Pardon ?

— Oh excusez-moi ! Je suis le commissaire Anders... et vous l'avez bien mouché le morveux !

— Euh, je suis désolé...

— Non, surtout pas ! C'est un petit morveux doublé d'un incapable. Sous prétexte que son père travaille au ministère, il fait n'importe quoi ou plus exactement il ne fiche rien ! Nous l'avons mis à l'accueil en pensant qu'il se tiendrait bien, mais, même là il est incapable de faire les choses correctement ! On souhaite tous ici qu'il fasse une demande de mutation... et vous allez nous aider.

— Je ne comprends pas ?

— Eh bien ce n'est pas tous les jours qu'une envoyée spéciale de sa gracieuse majesté, en visite chez nous, nous dit ne pas apprécier notre accueil, non ?

— Mais ... Je ne suis pas une env...

— Oh je le sais bien vous êtes la fille de Allan et Lenna Christiansen !

— Comment savez-vous ?

— L'instinct du flic, mademoiselle !

— Hein ?

— Je plaisante, dit-il en essuyant à nouveau le front avec son mouchoir. Excusez-moi, je sors d'une nuit de surveillance un peu agitée et je ne suis pas très présentable. Mais l'accueil du morveux a bien été pitoyable, n'est-ce pas ?

— Bien, disons qu'il n'était pas pressé de nous renseigner et peut-être que je me suis emporté trop vite…

— Non, non, si vous ne l'aviez pas fait, il vous aurait fait poireauter une bonne demi-heure, le temps de finir sa partie.

— Je suis…

Niels voulu se présenter mais le commissaire l'interrompit.

— Niels Christiansen, le futur ou presque médecin, je ne sais plus très bien où vous en êtes.

Mia et Niels étaient scotchés ! Comment pouvait-il savoir ? À moins que comme il avait dit tout à l'heure, il avait été averti ? L'ascenseur ouvrit les portes et le commissaire les engagea à le suivre dans le couloir jusqu'à son bureau.

— C'est moi qui aie dirigé l'affaire concernant vos parents en coordination avec les autorités norvégiennes, dit-il en franchissant la porte d'un bureau vitré dont les stores masquaient l'intérieur.

Il referma la porte et les invita à s'asseoir pendant qu'il rejoignit son siège.

— Lorsque je vous ai entendu prononcer les noms de Allan et Lenna Christiansen je me suis douté que c'était vous! Je suppose que vous souhaitez faire le point sur l'enquête, n'est-ce pas?

— Oui, oui, tout à fait commissaire!

— Bon, je ne vais pas tourner autour du pot avec vous mais je suis désolé de vous le dire, l'enquête n'avance pas beaucoup. Cependant nous n'avons pas refermé le dossier pour autant. C'est un dossier très curieux, d'ailleurs…

— Comment ça curieux? interrogea Niels.

— Parce que vous n'avez pas retrouvé nos parents? demanda à son tour Mia.

— Bien, en fait, nous avons fait expertiser la voiture de location qu'avaient empruntée vos parents et il s'avère que celle-ci avait été sabotée!

— Vous voulez dire que…

— Pas obligatoirement! Ce qui est certain c'est qu'elle a été sabotée et qu'à un moment elle aurait quitté la route. De là à dire que ce sont vos parents qui étaient visés, ce n'est pas aussi évident.

— Je ne comprends pas! dit Mia.

— Je m'explique, il s'agissait d'une voiture de location et du coup il est possible que le sabotage ait été effectué à l'encontre de l'occupant précédent. Mais nous n'y croyons pas!

— Alors là je ne vous suis plus du tout, dit Niels, et je pense que ma sœur non plus!

— Oui, oui pardon, je n'ai plus trop les yeux en face des trous, je vais être plus clair. Rien n'indique pourquoi on aurait saboté la voiture de vos parents. Comme il s'agissait d'une voiture de location, une piste aurait été celle d'un sabotage mal fait à l'encontre de la personne qui a utilisé cette voiture juste avant vos parents, et, comble de malchance, la pièce sabotée aurait lâchée à ce moment là. Une malheureuse fatalité en somme ! Mais cette piste, je l'ai abandonnée car la voiture n'avait pas été utilisée depuis une semaine, elle sortait de révision puis était passée au nettoyage. En plus, c'est un commerçant qui s'en est servi le dernier, une personne sans histoire, elle aussi.

— Donc quelqu'un voulait la disparition de nos parents ! Mais pourquoi ? demanda Mia.

— À vrai dire, c'est ce que je pense, mais je n'ai aucun élément qui permette de le prouver. Sans vouloir vous vexer, votre père est quelqu'un de très ordinaire, sans histoire, tout comme votre mère. De plus, vous n'êtes pas non plus fortunés, et vous ne possédez rien qui pourrait intéresser quelqu'un de mal intentionné.

— Oui, c'est certain ! Nous sommes plutôt des gens très ordinaires comme vous dites, reprit Niels.

— Pour vous dire nous avons même poussé l'enquête du côté du trafic d'arts, des faussaires et du grand banditisme français.

— Le grand banditisme français ? Mais pourquoi ?

Mia était très surprise et avait écarquillé ses grands yeux verts comme ça lui arrivait dans ces cas-là tandis que

Niels n'arrêtait pas de se caresser la joue, à la recherche d'une barbe mal rasée.

— Oui, vous avez de la famille de ce côté là, je crois me souvenir. Vous faisiez de fréquents allers-retours du côté du sud de la France sur Anglaine, il me semble !

— Angoulême, monsieur le commissaire, c'est là qu'habite ma tante…

— Oui c'est ça Angoulême, votre tante, oui… mais non rien du côté français !

— Mais alors pourquoi aurait-on voulu la disparition de nos parents ?

— À vrai dire c'est un mystère ! En outre, dans l'accident nous n'avons pas retrouvé les papiers de vos parents et bien sûr nous n'avons jamais trouvé les corps, malgré l'envoi très rapide sur place d'un hélicoptère AW 101 Merlin de l'escadrille 722 spécialisé dans le sauvetage en mer.

Le commissaire Anders avait allumé son ordinateur portable et semblait consulter le dossier en ligne.

— Je crois savoir aussi que vos parents étaient très appréciés de tous leurs collègues, amis… bref, de tout le monde !

— Eh bien nous ne leur connaissions aucun ennemi ni aucun désaccord d'importance avec quelqu'un… si c'est ce que vous voulez savoir ! Et pour nous aussi, comme vous avez dit, nous sommes des gens très ordinaires.

— Et au musée ? Le directeur nous avait dit qu'il connaissait très peu le professeur et qu'il ne savait rien de son travail. Il disait aussi que ses recherches n'intéressaient personne.

— Oui c'est ce qu'il nous a dit aussi, c'est surprenant !

— Oui c'est curieux en effet qu'un directeur ne sache rien du travail de ses collaborateurs, mais vous l'avez donc rencontré ?

— Oui, nous sommes allés au musée hier et nous avons un peu discuté avec lui. D'ailleurs, il s'est montré très généreux en nous offrant l'hospitalité à l'auberge de jeunesse.

— Ah ? C'est très généreux en effet. Mais, vous devez donc avoir rencontré Anna et son hydromel je suppose !

— Euh oui, oui, nous connaissons Anna.

Mia et Niels se regardaient du coin de l'œil avec les mêmes interrogations en tête, pourquoi Anna était-elle connue des services de police ? Et avaient-ils eu raison de dire qu'ils la connaissaient ? Le commissaire en vieux briscard rompu aux interrogatoires, avait immédiatement perçu leurs craintes et prit les devants.

— Elle est impressionnante n'est-ce pas ?

— Euh oui ! Très impressionnante !

— Vous a-t-elle dit qu'elle avait appris ses techniques de combat chez nous ? Judo, karaté, self défense et j'en passe !

Les deux jeunes gens étaient soulagés, ils auraient été quand même très étonnés qu'Anna ait eu des démêlés avec la police, à moins que durant ses années d'orphelinat, quelques broutilles ne viennent remonter à la surface…

— Elle est géniale cette fille, poursuivit le commissaire, on l'a connue à sa première fugue ! Elle vous a dit, non ? Quand je l'ai interrogée la première fois, elle avait 10 ans, tout au plus, et vous savez ce qu'elle m'a dit ? Non ? Elle m'a dit qu'elle était partie pour revenir et sauver tout le monde. Hahaha !

Le commissaire Anders venait de refermer le couvercle de l'ordinateur et sortit du tiroir de son bureau un paquet de bonbons à la menthe. Il en prit un et en proposa aux deux jeunes gens qui refusèrent poliment.

— Vraiment une chic fille ! Sur le coup elle nous avait cloué sur place, et mon chef à l'époque lui a glissé à l'oreille que la prochaine fois qu'elle voudrait sauver tout le monde, il fallait qu'elle nous appelle avant, et qu'on viendrait la chercher ! Et vous savez quoi ? Elle l'a fait ! Et nous, on l'a ramenée ici, pour prendre un chocolat, à chaque fois ! À croire qu'elle se plaisait ici !

— Vraiment ?

— Oui je vous dis ! Elle a traîné ici quelques temps. Après c'est le professeur Christiansen qui l'a prise sous son aile, mais elle est toujours revenue nous rendre visite et nous l'invitons de temps en temps à participer à nos stages. Elle est très forte vous savez !

— Oui, on l'a vue à l'œuvre ! D'ailleurs à ce propos, elle nous a dit que notre père avait toujours sur lui un carnet noir sur lequel il couchait ses notes personnelles, vous ne l'auriez pas par hasard ?

— Un carnet noir, dites-vous jeune fille ? Non il n'y a aucune chance ! Nous n'avons trouvé aucune affaire personnelle dans l'accident. Quant aux affaires saisies au musée, nous les avons toutes restituées. Mais ce carnet noir ne me dit rien. De quoi s'agit-il exactement ?

— En fait d'après Anna, mon père notait tout ce qui lui passait par la tête dans ce carnet. Il y avait ses notes de recherche et ses hypothèses de travail et il rajoutait tout ce qui lui passait par la tête. Ce carnet serait plutôt un journal. Anna pense que grâce à lui on aurait pu savoir la raison de leur voyage à Bryggen.

— Oui c'est intéressant ce que vous dites là !

— Malheureusement, personne ne sait où est passé ce carnet. En tout cas, merci monsieur Anders !

— Je vous en prie jeunes gens, voici ma carte, si vous avez d'autres questions ou si vous avez des éléments supplémentaires à m'apporter, n'hésitez pas à m'appeler, vraiment j'insiste, même s'il fait nuit ! Comme vous avez remarqué, j'ai l'habitude.

Le commissaire Anders avait l'air d'être un brave homme très futé, et il en imposait par sa carrure de rugbyman. À coup sûr, il devait être assez frustré de ne pas avoir pu résoudre cette affaire, d'autant qu'a priori, ça touchait aussi une personne qui lui était proche, Anna.

— Bien, je vais vous raccompagner en bas... Allons porter le coup de grâce !

— Pardon ?

En guise de réponse, ils n'obtinrent qu'un clin d'œil très appuyé. Le commissaire appela l'ascenseur et pendant la descente, il réajusta sa cravate, sans un mot.

La porte s'ouvrit sur le hall, à quelque pas du guichet d'accueil et il se mit à parler relativement fort.

— Bien c'est entendu, mademoiselle Christiansen, sa gracieuse majesté pourra être satisfaite, nous allons améliorer tout ça et il va sans dire que les personnes responsables seront sanctionnées !

Mia se cru obligée d'entrer dans le jeu du commissaire pour lui rendre service mais il fallait avouer aussi que ça l'amusait follement.

— Très bien, commissaire Anders ! dit-elle en prenant un ton hautain et en jetant un regard noir sur le jeune policier de l'accueil. Sa majesté ne supporte absolument pas qu'on puisse nous traiter de la sorte !

Puis ils sortirent promptement du poste de police alors que le commissaire resta sur le perron un moment. Niels glissa une phrase entre les dents.

— Crois-tu vraiment que les envoyés de sa majesté roulent en Golf pourrie ?

Ils éclatèrent de rire.

— Je crois surtout, vu la tête déconfite du policier de l'accueil, qu'il va demander une mutation rapidement, hihihi !

— J'espère qu'Éric et Anna auront plus de chance que nous !

— Oui, mais au moins, on sait que ni la police, ni Matthaeus n'ont ce carnet noir.

Les deux jeunes gens reprirent la route du musée comme il avait été convenu pour attendre le reste de l'équipe à l'auberge de jeunesse. Mia voulu quand même s'arrêter avant, pour faire des courses pour le repas du soir dans le magasin qu'elle avait repéré sur la route.

Éric et Anna avaient été déposés par le bus dans la rue *Stændertorvet* qui faisait le tour complet d'une grande place qui devait servir de place du marché lorsqu'elle ne servait plus de parking. Au fond, Éric pouvait distinguer deux longs bâtiments de briques rouges. Le premier était manifestement une église tandis que le deuxième dans l'enfilade ressemblait plus à un collège ou un établissement scolaire peut-être, mais de la même architecture et certainement de la même époque. Éric put lire vaguement sur un panneau plus loin l'inscription « *Museet f… Samtidskunst* » qu'il interpréta comme « Musée d'Art contemporain ».

Derrière lui, il pouvait voir un long mur jaune vif qui prolongeait une maison à colombage du même jaune. Entre les deux il apercevait une curieuse statue représentant deux personnages nus, certainement en bronze, dont un s'apprêtait à sortir une épée d'un fourreau, du moins c'est ce qui lui semblait voir depuis sa position à une trentaine de mètres.

Anna bifurqua sur la gauche et traversa la route pour pénétrer dans une large rue piétonne qui portait le nom d'*Algade*. C'était une rue commerçante toute droite, les pavés au sol dessinaient des motifs en forme d'arcades et venaient border une piste en béton délavé très assorti aux pavés. Il n'y avait aucun trottoir. À droite et à gauche il avait été prévu des petits parkings à bicyclettes et de chaque côté de la rue, un marquage au sol indiquait le sens de circulation des vélos. De temps en temps, un îlot central composé de quelques bancs et d'un peu de verdure, venait casser l'aspect rectiligne et aseptique de la rue. Quelques rares voitures, étaient garées à des emplacements prévus le long des maisons. Celles-ci étaient une alternance de style moderne et ancien, de couleurs vives puis ternes, de briques puis de crépis… C'était un véritable petit échantillon de l'architecture de Roskilde rassemblé en un seul endroit. Finalement, cet ensemble hétéroclite de maisons si différentes les unes des autres, donnait un petit air jovial à la rue. Les vitrines des magasins défilaient les unes après les autres et certaines arboraient des marques bien connues en France.

— L'hôtel est au numéro 13, Éric !
— Pardon ?
— L'hôtel *Prindsen* est au numéro 13 !
— Ah oui, d'accord…

Au bout d'une cinquantaine de mètres, tout au plus une centaine, Éric fit remarquer à Anna :

— Regarde la maison grise à droite, regarde son nom !
— Restaurant Bar *Bryggergarden* ?
— Oui cela ressemble beaucoup à Bryggen !
— Oui c'est vrai mais ça veut dire le jardin du brasseur ! dit-elle en souriant.
— Euh, je ne sais pas… c'est seulement que je trouvais le nom très en rapport avec nos affaires.
— Je te l'accorde !

L'hôtel *Prindsen* se tenait à l'angle d'une ruelle. Il ressemblait un peu au palais de l'Élysée en France avec son bâtiment central à deux étages affublé de deux ailes à un seul étage. Le toit était en ardoise ce qui tranchait un peu avec ceux des maisons voisines qui étaient en tuiles. La façade paraissait de style Napoléon III ou tout au moins y ressemblait à cause de la pierre de taille blanche qui la composait et comme un peu partout dans les pays nordiques on ne voyait pas de volets aux fenêtres. Curieusement, le rez-de-chaussée de l'aile gauche tenait lieu de vitrine pour un magasin de vêtements féminins. Les quelques affichettes commerciales venaient gâcher un peu le rendu princier de la façade. Au rez-de-chaussée de l'aile droite se tenait une espèce de terrasse entourée d'une barrière en bois peinte en blanc et bleu et qui débordait sur la rue. Ce devait être le salon de thé de l'hôtel. Pile au milieu du bâtiment principal, on pouvait voir un porche qui donnait sur une grande cour intérieure. Anna obliqua du côté de la terrasse et en s'approchant un peu on pouvait voir que l'entrée se trouvait sur le côté, masquée par les parasols qui avaient été déployés.

Les deux amis entrèrent et se trouvèrent dans un grand hall à l'aspect à la fois moderne et royal. Le plafond était tout blanc et quadrillé par des moulures ouvragées qui formaient des rectangles au milieu desquels il avait été placé un médaillon en plâtre. Au milieu du plafond un grand lustre moderne pendait et illuminait la pièce de ses quarante ampoules, tout au moins, c'est ce qu'Éric avait estimé. Les murs étaient simplement tapissés d'un papier peint qui imitait un crépi jaune orangé. En face un comptoir en bois rouge y était encastré. L'accueil ressemblait plus à un comptoir de bar chic qu'à un bureau d'accueil, sauf qu'il n'y avait aucun client. Seule une jeune femme brune et assez mince dans une petite robe noir semblait animer la pièce en remplissant un formulaire. Anna s'adressa alors à la jeune femme.

— Bonjour, pourrais-je avoir un renseignement s'il vous plaît ?

La jeune femme releva la tête et avec un grand sourire répondit :

— Bonjour, mais certainement…

— Voilà, je m'appelle *Hanne Thorsen*, je travaillais avec le professeur Christiansen et celui-ci avant sa disparition vous a laissé au coffre un petit carnet noir.

— Oui, je me souviens du professeur Christiansen et je me souviens aussi vous avoir vue avec lui lors de ses conférences, mademoiselle Thorsen. Sa tragique disparition nous a beaucoup peiné.

— Oui c'est tragique ! Savez-vous si vous possédez encore ce carnet ?

— Je, je ne sais pas, je n'ai pas accès au coffre.

— Pourriez-vous essayer de trouver quelqu'un qui puisse nous aider ?

— Oui, oui, je vais voir, répondit-elle en décrochant son téléphone.

La jeune femme expliqua brièvement à son interlocuteur les motifs de la visite des deux jeunes gens, puis elle raccrocha.

— Monsieur Kitterling arrive, il pourra vous aider ! En attendant vous pouvez vous asseoir leur dit-elle en désignant le petit salon sur sa gauche.

Anna et Éric n'eurent pas le temps de profiter du petit salon qu'un grand homme très bien habillé en costume de majordome se présenta à eux.

— Bonjour, je suis monsieur Kitterling, est-ce ceci que vous êtes venu chercher ?

Le majordome leur tendit un carnet noir sur lequel était scotché la carte de visite du professeur. Sur celle-ci il avait écrit de sa main : « À ne remettre qu'à Hanne Thorsen ou l'un de mes enfants ».

Anna regarda le carnet et fut surprise de la note du professeur. Elle sonnait comme un message d'adieux, à croire que le professeur savait ce qui allait lui arriver ou qu'il se sentait menacé.

— Oui, oui c'est ça ! Merci beaucoup !

— Je vous en prie, mademoiselle Thorsen, c'est la moindre des choses. Nous regrettons tous le professeur, il était si captivant...

— Merci, merci, continua à dire Anna, au revoir !

— Au revoir mademoiselle Thorsen, j'espère que cela vous sera utile.

— Je l'espère monsieur Kitterling, je l'espère...

Les deux jeunes gens sortirent mais Éric brûlait d'impatience de lire le fameux carnet et tout en marchant en direction de la place pour reprendre le bus, il demanda:

— Ce serait intéressant de le lire! Tu ne crois pas, Anna?

— Oui mais cela ne serait pas correct!

— Que veux-tu dire Anna? demanda Éric.

— Réfléchis! Ce sont les derniers mots du professeur et en plus, c'est à nous seuls qu'il a confié ce carnet. Il doit donc avoir beaucoup d'importance, tu ne crois pas? Il renferme peut-être des choses très personnelles. Aussi je pense que la primeur du carnet revient à Niels et Mia, non?

— Oui… oui, tu as totalement raison.

Anna rangea alors le carnet dans son sac à main. Une fois arrivés sur la place, ils n'eurent pas besoin d'attendre très longtemps pour voir arriver un bus. Les deux jeunes gens s'installèrent au fond et prirent la route du parc. Anna avait promis à Éric de lui faire visiter quelques endroits intéressants avant de rentrer. Le parc lui paraissait être un bon commencement.

Chapitre 13

Mia voulait vraiment cuisiner quelque chose de spécial ce soir pour remercier Anna de sa gentillesse. Un plat français lui paraissait être une bonne idée. Elle s'était mise en tête de réaliser des escalopes de dinde à la normande aussi avait-elle réussi à trouver des escalopes de dinde, des champignons de Paris et de la crème fraîche dans cette épicerie sur le chemin du musée. Pour l'occasion, elle avait missionné Niels pour trouver un vin français acceptable dans le grand magasin qu'elle avait repéré tout à l'heure. Celui-ci n'avait pas râlé comme il le faisait d'habitude et il avait décidé d'y mettre du sien. Fort heureusement, les petits gueuletons d'Angoulême étaient formateurs, un grand merci à l'oncle Phil, au passage, pour ses petites découvertes vinicoles. Niels avait donc réussi sa délicate mission en ramenant un pinot gris qui irait parfaitement avec le plat de Mia, un coup de chance sans doute!

Le repas à l'auberge de jeunesse s'était déroulé dans la bonne humeur et ils avaient pu échanger leurs informations. Arriva alors le dessert, des framboises sur crème anglaise et meringue, servies chaudes. Celui-ci ne fit pas un pli, et les garçons n'avaient pas été raisonnables comme toujours. Éric avait été jusqu'à lécher le plat mais Anna ne s'était pas fait prier, elle aussi : elle l'avait imité en léchant sa coupelle. Ils étaient très assortis tous les deux avec leur nez couvert de crème. Plus sérieusement, une fois son nez essuyé, Anna sortit le carnet noir qu'elle donna à Mia.

— Je pense qu'on va vous laisser tranquille moi et Éric.

— Merci Anna, merci…

Mia tenait le carnet contre elle et sa main caressait doucement la couverture tandis qu'une larme roula le long de sa joue.

Anna entraîna Éric vers l'extérieur.

— Viens on va faire un tour du côté de l'atelier !

Éric ne se fit pas prier. Il savait que c'était un moment particulier pour Mia et Niels et qu'il était nécessaire de les laisser tranquilles avec leurs émotions. Et puis il était aussi rudement content d'avoir un prétexte pour rester seul avec Anna. Dehors, la nuit était chaude et on entendait le cliquetis des cordes cognant sur les mâts des bateaux de plaisance chahutées par une brise tiède. Toutes les étoiles s'étaient donné rendez-vous et aucun nuage ne venait gâcher leur soirée. Les lampadaires du site diffusaient une lumière jaune orange juste suffisante pour y voir quelque chose. L'endroit prenait alors un petit air mystérieux qui invitait à la balade romantique. On pouvait même entendre le doux clapotis des vagues contre le ponton qui rappelait la proximité de la mer. Malgré tout, il n'y avait personne, aucun promeneur, pas même un chien ne s'était aventuré sur le plateau, sauf eux.

Ils arrivèrent bientôt au niveau du snack et retrouvèrent la barrière qui entourait le chantier naval ou plutôt le terrain de jeux d'Anna.

— Alors comme ça tu t'entraînes avec la police ? se risqua Éric pour lancer la conversation.

— Oui, ils sont sympas, ils disent que je suis une coriace !

— Une coriace ? Je ne trouve pas moi !

— Hihihi ! Une coriace sur le tatami, Éric !

— Ah oui alors là c'est certain ! Je n'y connais rien, moi, à toutes ces techniques de combat.

— Tu sais ce n'est pas très compliqué ! Des fois, quelques mouvements suffisent à maîtriser un adversaire.

— Peut-être mais tes combats à l'épée sont très impressionnants !

— C'est pareil, c'est juste une chorégraphie, les mouvements ont été répétés des centaines de fois sur la base d'un scénario qu'on a élaboré très méticuleusement. Il y a des gestes de base, je suis d'accord, mais le reste n'est qu'histoire d'enchaînements, c'est facile…

— Oh lala ! Je ne sais pas si j'arriverais à faire quelque chose, dégourdi comme je suis !

Anna était passée sous la barrière et invitait Éric à la rejoindre.

— Allez viens ! Je vais te montrer !

Éric avait très envie de lui faire plaisir bien qu'il ne se sentait pas très à l'aise dans le rôle du combattant viking. Bien sûr, quand il était petit, il s'était bien pris quelque temps pour Robin des bois ou le Chevalier noir avec son petit voisin et des épées en plastique, mais tenir une vraie épée et croiser le fer avec une redoutable pro, c'était autre chose !

Anna s'était dirigée vers ce qui tenait lieu de hangar ouvert et où tout le bois du chantier était stocké. Là, au fond, une grande armoire en bois, presque une petite remise, était cachée par des panneaux qui n'avaient rien à faire ici.

— Mince alors, ils ont encore stocké les panneaux n'importe comment, ragea Anna, en les dégageant sur le côté.

Une fois la porte de la petite remise accessible, elle sortit son trousseau de clefs de la poche de son jean et l'ouvrit. Tout un arsenal y était entreposé : des ceintures, des gilets en cuir, des casques de toutes formes, des boucliers de décorations très diverses, des haches et des épées dans leur fourreau étaient suspendues à des patères comme on y aurait accroché des manteaux. Anna prit un bouclier orné d'une tête de serpent qu'elle donna à Éric.

— Tiens prends celui-ci, il est pas mal. Tu glisses ta main gauche dans les anses en cuir à l'intérieur, tu vois ? Comme ça, le long de la mousse et tu le tiens par la dernière anse !

Elle prit une des épées suspendues et passa la lanière du fourreau autour du cou d'Éric de sorte qu'il le porta en bandoulière.

— Tu flippes, hein ? lui dit-elle en esquissant un petit sourire.

— Noon ! Pas du tout !

Mais Éric appréhendait le moment où il devrait faire quelques échanges, il avait tellement peur d'être ridicule aux yeux d'Anna.

— Je vais t'apprendre quelques techniques de base comme parer et frapper et après tu verras ça ira tout seul.

Anne prit un bouclier jaune cerclé de fer et décoré d'une croix puis son épée fétiche. Elle était la seule à être ornée d'un pommeau doré, certainement en cuivre. Les épées devaient bien peser plus d'un kilo et Éric comprit immédiatement pourquoi certains des vikings de l'armée d'Anna portaient des bracelets en cuir. Ce n'était pas que pour le folklore ! Elle sortit son épée du fourreau et invita Éric à tirer la sienne.

— Dis donc elles pèsent leur poids ces épées !

— Oui, le forgeron qui nous les fabrique a fait en sorte qu'elles pèsent le même poids que les vraies.

— Donc ce sont de vraies répliques alors ?

— Oui, sauf pour le métal, c'est de l'inoxydable, sinon il faudrait les refaire tous les ans, vu comment on les maltraite !

Anna plaça Éric dans la position de la garde.

— Mets-toi de profil, légèrement… comme ça… oui ! Le bouclier, tu le tiens face à toi et tu le lèves vers mon épée lorsque je frappe… ou tu mets ton épée comme ça pour t'opposer à la mienne.

Anna avait appuyé son épée contre celle d'Éric en lui prenant la main pour mieux lui faire comprendre la façon de parer, en haut, en bas et sur les côtés.

— Alors tu es prêt... je te montre... en garde !

Elle leva son épée et tout doucement elle l'abaissa vers la tête d'Éric qui lui barra le chemin de la sienne...

— Très bien, maintenant je te transperce le ventre et tu pares au bouclier, soit de côté, soit de face...

Son partenaire s'exécuta et dévia l'épée qui arrivait dans un mouvement circulaire ce qui le mit en position latérale par rapport à Anna, la rendant ainsi vulnérable à ses coups. Il saisit d'ailleurs l'occasion en essayant de frapper son épaule.

— Bon je vois que tu as compris l'essentiel, à toi d'attaquer maintenant !

— D'accord mais je fais tout doucement comme toi ?

— Fais comme tu veux...

Éric essaya assez mollement de porter un coup haut qui fut immédiatement paré. Il enchaîna alors tranquillement un coup bas et de côté, façon coup de Jarnac qu'Anna n'eut aucun mal à éviter.

— Bien ! Tu prends de l'assurance, tu vas attaquer mais cette fois tu vas plus vite et tu n'hésites pas à porter les coups... je ne suis pas en sucre tu sais !

Éric commençait à se prendre au jeu et les heures de pratique de Robin des Bois qu'il avait eues avec le petit voisin remontaient dans son esprit. Il assura donc mieux ses coups, les rendit plus forts et plus rapides comme elle lui avait demandé. Au fur et à mesure qu'il frappait, il fut surpris de trouver son épée de plus en plus légère.

— Oui Éric, c'est pas mal… fit-elle en lui offrant un magnifique sourire. Je pense que tu peux y aller franchement maintenant, tu te débrouilles bien…

Le sourire d'Anna avait suffit à Éric pour prendre totalement confiance en lui. Après tout, il n'était pas si ridicule. Les coups s'enchaînèrent et se firent de plus en plus forts et de plus en plus rapides. Éric arrivait de mieux en mieux à parer les coups d'Anna. Il devenait de plus en plus rapide et précis, à tel point qu'on aurait pu oublier qu'Éric n'avait jamais tenu d'épée dans ses mains. La séance devenait rude car Éric y mettait plus de rage et Anna commença pour la première fois de sa vie à se sentir en difficulté.

— Dis donc Éric ! Es-tu sûr de n'avoir jamais tenu d'épée ?

— Absolument ! Jamais de ma vie ! Dit-il en assénant un coup d'une force inouïe qui ne put être totalement paré et qui vint cogner sur le bouclier d'Anna en lui faisant faire un bond en arrière…

— Éric ce n'est pas possible…

Mais Éric semblait ne pas entendre et chaque coup qu'il donnait faisait reculer Anna de plus d'un mètre…

— Éric… Arrête ! Arrête je t'en prie, c'est trop fort ! Oh ! Éric, tes yeux…

Malheureusement pour elle, Éric ne l'entendait pas, il frappait toujours de plus en plus fort et ses yeux s'étaient mis à briller d'une lueur bleue. Quand, soudain, un coup d'une puissance incroyable fendit le bouclier d'Anna en deux et la propulsa à une quinzaine de mètres. Éric lâcha ses armes et se précipita sur Anna.

— Anna, Anna, je suis désolé… Je ne savais pas…

Anna ne se relevait pas et gémissait sur le sol.

— Éric, tu es complètement fou… Tes yeux, ils brillent, ils sont… bleus…

Éric regarda Anna. Son visage était tuméfié, son arcade sourcilière était ouverte et sa joue était immaculée de sang. Une grande entaille se dessinait le long de son bras et faisait jaillir des flots de sang. De grosses échardes provenant sans doute du bouclier qui avait été projeté plus loin y étaient profondément plantées. Ce n'était franchement pas beau à voir. Le sang jaillissait de la plaie et venait inonder son bras et son t-shirt. Manifestement une veine ou une artère devait être sectionnée. En regardant sa jambe il s'aperçut que celle-ci avait une position anormale, et il était sûr qu'elle était cassée. Qu'avait-il fait ? Comment était-ce possible ?

— Anna… je ne sais pas quoi te dire.

Il la prit contre lui et lui caressa doucement la joue. Elle ne le rejeta pas mais son visage était grimaçant de douleurs. Il ne savait pas quoi faire. Lui qui pensait la décevoir, il l'avait presque tuée et ça le bouleversait. Sa main se mit alors à luire de la même lueur bleue que ses yeux. Anna ne bougeait plus, elle était tétanisée. Devait-elle avoir peur ? Elle n'en croyait pas ses yeux. Mais qui était Éric, ou plutôt qu'est-ce qu'il était ? Éric se souvint alors de ce qu'il avait pu faire pour Mia. Mais là, il ne s'agissait pas d'une simple entaille de canif. Éric caressa avec beaucoup de douceur le bras d'Anna et survola la plaie sans la toucher afin de ne pas lui faire plus de mal. La lueur bleue s'intensifia à l'approche de l'entaille, le sang s'arrêta instantanément de couler et les grosses échardes disparurent comme par enchantement. La plaie se mit alors à se refermer progressivement jusqu'à ce qu'on ne put plus deviner où elle se trouvait. Ensuite, Éric prit la jambe d'Anna. Il avait en tête une ancienne discussion avec Niels à propos des fractures et comment il fallait replacer les os avant d'immobiliser le membre. Il tira alors légèrement sur la jambe d'Anna tout en appuyant à l'endroit où l'os était cassé. Là encore la lueur s'amplifia jusqu'à se communiquer à la jambe d'Anna toute entière. Elle ne ressentait rien ou plutôt elle n'avait plus mal ! La jambe se redressa d'elle même et retrouva une forme normale. C'était miraculeux. Éric porta alors la main sur le front de la jeune femme et l'arcade reprit son aspect d'origine tout comme son visage qui n'était plus du tout gonflé. Anna ne le quittait pas du regard. Elle le fixait droit dans ses yeux bleus et phosphorescents, comme s'il lui était impossible de se détourner de cette lumière qu'il dégageait. Il approcha son visage encore plus près, effleura la joue et lui murmura à l'oreille tout en douceur.

— Je suis désolé, Anna, vraiment désolé…

Le bras d'Anna vint lui entourer le cou et ses lèvres vinrent toucher délicatement la bouche d'Éric. Il lui donna un baiser d'une telle douceur qu'il eut l'impression qu'il provenait de tout son être. Anna lui rendit son baiser et l'enlaça... Les yeux d'Éric ne brillaient plus mais une petite flammèche bleue continuait à crépiter au fond de ses pupilles.

— Mais qui es-tu Éric ?

— C'est compliqué, Anna !

— Tu es un extraterrestre ? Avec des supers pouvoirs ?

— Non, non, pas du tout...

Éric commença à lui raconter les événements qu'avait vécus Niels, la pièce qu'il avait ramenée, sa tumeur disparue, les symboles, la possibilité qu'il avait de comprendre ou de parler des langues qu'il n'avait jamais entendues. Il lui révéla tous les petits détails en long et en large.

— Je comprends mieux votre intérêt pour les symboles du *Futhark* maintenant.

— Oui, nous voulons comprendre tout ça, et moi je veux vraiment savoir jusqu'où ça va aller !

Elle l'embrassa à nouveau et lui glissa à l'oreille.

— Moi je ne te quitte plus... Ce n'est pas tous les jours que je suis vaincue à l'épée par « E.T. » !

Éric la serra très fort dans les bras.

— Je suis tellement désolé, je n'étais plus moi-même.

— Ne le sois pas ! Après tout, regarde tout est réparé comme si de rien n'était, et même mieux !

Elle se releva et tourna sur elle-même en levant les bras au ciel comme pour mieux montrer qu'elle n'avait rien. Son t-shirt était lacéré et entièrement couvert de sang. Son jean était lui aussi immaculé de sang et on ne distinguait que quelques rares taches de bleu par-ci par-là. Quant à son visage, même s'il n'était plus tuméfié, il nécessitait néanmoins un bon nettoyage.

— Hum, je pense quand même qu'il vaut mieux qu'on ne te voie pas comme ça ! dit Éric.

Anna éclata de rire.

— C'est sûr qu'on risque de me prendre pour le fantôme du musée ou je ne sais quel Jack l'Éventreur !

Elle lui sauta dessus et l'embrassa maintes et maintes fois un peu partout sur le visage. Puis elle ria à nouveau.

— Et voilà maintenant tu es tout rouge toi aussi… Il y a deux fantômes !

Les deux amoureux allèrent s'asseoir sur un des bancs du snack, le bras d'Éric lui entourait la taille tandis qu'Anna s'amusait à passer ses doigts sur la nuque d'Éric et jouait avec ses cheveux. Ils restèrent un bon moment à savourer cet instant en regardant le ciel et en guettant la moindre étoile filante. On ne sait jamais, un vœu pourrait se réaliser ?

— C'est marrant quand même.

— Quoi donc Éric ?

— Les étoiles dans le ciel, elles forment des dessins comme pour la Grande Ours, tu vois la casserole là-bas ! Enfin je ne connais que celle-là !

— Tu sais que l'alphabet viking se rapporte aussi aux constellations ?

— Que veux-tu dire ?

— Eh bien l'alphabet viking, enfin le *Futhark* ancien, contient 24 symboles qui sont les représentations des 24 constellations visibles par eux à l'époque. Et chaque rune symbolise en quelque sorte la forme d'une constellation.

— Attends, si je te suis bien, tu dis que chaque rune est le dessin d'une constellation !

— Oui c'est à peu près ça, en plus d'avoir une signification phonétique et être en rapport avec les Dieux…

— Mais alors, est-ce que le symbole que nous avons sur la pièce ne serait pas, lui aussi, une constellation ? Il tira de sa poche le dessin des runes qu'il avait griffonnées et qui ne le quittait pas.

Anna regarda à nouveau la feuille de papier froissée.

— C'est vrai qu'il ressemble à la rune *Ingwaz* mais il a en plus cette sorte de queue qui monte. Je pense qu'il faudrait trouver une constellation qui a cette forme.

— Oui tout s'éclaire ! L'objet d'où vient la pièce est tombé du ciel. Peut-être que la pièce est un morceau d'une grande carte céleste ?

— Euh que veux-tu dire, Éric ?

— Et, admettons que le *Furthark*, l'alphabet des vikings, soit la carte du ciel. C'est un puzzle de 24 pièces, où chaque pièce a sa place comme sur un plan. Par exemple à côté de la Grande Ourse on trouve une autre constellation, puis à côté de celle-ci, il y en a une autre, puis une autre, et elles sont placées comme là-haut !

Éric leva les mains au ciel et fit des grands signes pour désigner des groupes d'étoiles les uns à côté des autres.

— Si on identifie les constellations des deux premières runes, puis celle des deux dernières, forcément la constellation qui sera au milieu sera celle de la rune inconnue, la pièce manquante quoi!

— Oui c'est une bonne hypothèse de travail, mais il faut vérifier que sur ton dessin les constellations représentées par les runes que l'on connaît sont bien côte à côte dans la réalité.

— Sais-tu où l'on pourrait trouver un livre sur les constellations et la mythologie scandinave par ici?

— Oui, je ne connais qu'un seul endroit!

— Lequel?

— Le bureau de Matthaeus!

— Ah zut alors! Comment lui demander sans éveiller ses soupçons?

Anna agita son trousseau de clefs sous le nez d'Éric.

— Fais confiance à ton amazone préférée!

— Je ne sais pas si c'est une très bonne idée ça, Anna!

— Écoute Éric, Matthaeus n'est pas clair, en plus, toute cette histoire nous dépasse! Je pense qu'il faut y mettre les moyens pour y comprendre quelque chose, il n'y a pas d'autre solution! Et puis je n'aimerais vraiment pas te voir disparaître dans un petit nuage bleu!

— Oui tu as sans doute raison, Anna.

— Bien tu vois! Viens, allons retrouver les autres… De toute façon avant j'ai une douche à prendre et il faut que je me change vu l'état de mes fringues. Je ne peux pas circuler comme ça, dit-elle en montrant son t-shirt tout déchiqueté.

Anna l'embrassa à nouveau et le tira par la main pour qu'il se lève. Le couple se dirigea alors rapidement vers l'auberge de jeunesse et une fois arrivés devant la porte, Éric passa devant Anna.

— Laisse-moi passer devant, s'ils te voient comme ça, ils risquent de paniquer!

— Oui, oui tu as raison, répondit-elle en reculant un peu, mais…

Anna n'eut pas le temps de finir sa phrase qu'Éric poussa la porte en obstruant le passage pour masquer Anna.

— Euh, Niels! Mia! Je dois vous dire qu'Anna va entrer couverte de sang mais elle n'est pas du tout blessée.

— Mais toi? répondit Niels, tu es plein de sang…

Effectivement, Éric n'avait eu d'yeux que pour Anna et avait complètement perdu de vue qu'il avait été badigeonné de sang lorsqu'il l'avait prise contre lui.

— Ah euh, ça? C'est le sang d'Anna… euh… quand elle m'a embrassée elle était déjà plein de sang et je…

Niels et Mia s'étaient levés d'un coup, comme des automates, et leur mine déconfite ne laissait aucun doute sur les idées sombres qui défilaient dans leur cerveau. Ils ne comprenaient absolument rien au charabia d'Éric.

— Éric, laisse-moi leur montrer, fit Anna en le poussant sur le côté pour se faufiler.

Éric finit d'entrer dans la pièce laissant le passage libre à Anna.

— Mon dieu, Anna, tu vas bien? éclata Mia en se précipitant sur Anna.

— Oui, oui, je ne suis plus blessée…

Niels examinait Anna de long en large :

— On dirait que tu as combattu un démon mais il n'y a aucune marque de blessure. Que s'est-il passé exactement ?

Anna raconta sa mésaventure avec Éric et comment il l'avait soignée.

— Alors ça marche aussi pour des choses plus importantes ! dit Mia en se tournant vers Éric. Mais je ne comprends pas cette histoire d'embrasser ?

— Euh, c'était après, répondit Éric un peu gêné.

— Ah ces français ! L'amour, toujours l'amour, plaisanta Niels.

— Bon, moi, je vous laisse un petit quart d'heure, le temps de prendre une petite douche, me changer et on y retourne, lança-t-elle en esquissant un petit sourire à l'attention d'Éric.

— Comment ça on y retourne ? interrogea Niels.

— Éric va vous expliquer... Je reviens vite ! Puis elle fila dans la salle de bain.

Niels voulu d'abord savoir comment Éric, qui ne connaissait absolument rien à l'art de l'épée ou à n'importe quel sport de combat avait pu mettre une pro comme Anna dans un état pareil ! Et comment pouvait-il soigner n'importe quoi ? Éric ne savait pas trop quelle explication rationnelle il pouvait lui fournir. La seule chose qui lui semblait cohérente, c'était les sentiments. Cela avait à voir avec les sentiments ! Lorsqu'il se battait avec Anna, il avait totalement oublié que c'était un petit jeu entre eux, et il s'était totalement senti envahi par la fureur de vaincre un ennemi imaginaire. Idem pour soigner Mia ou Anna, il le souhaitait au plus profond de son âme, de son cœur et il avait l'impression que son corps transmettait cette force puisée tout au fond de son être. Éric expliqua ensuite sa théorie des constellations et de la nécessité de visiter le bureau de Matthaeus lorsqu'Anna revint, toute propre. Elle avait changé de vêtements et chaussé des baskets. Le justaucorps noir très apprêté, qu'elle avait enfilé, la rendait très attirante. Elle était vraiment très belle! Elle s'était fait une queue de cheval tressée et on aurait dit la petite sœur de Lara Croft. Il ne lui manquait qu'une paire de pistolets à la ceinture en guise d'accessoires. Elle était prête à mener le combat.

— Alors? Vous êtes près à faire le cambriolage du siècle? dit-elle en riant?

— Pas tout de suite, répondit Mia, il faut qu'on vous parle du carnet avant.

— Vous avez trouvé des choses intéressantes?

— Oui écoutez plutôt. Et Mia commença à lire des extraits du carnet.

> « *Le message caché par Heidenreich n'est manifestement pas un faux [...] la prophétie est sans nul doute issue des pages manquantes de l'Edda de Snorri ...* »

— De quoi parle-t-il? Mia? demanda Éric...
— Je ne sais pas trop...

— Moi je sais, fit Anna. Il fait allusion au vol des Cornes de Gallehus en 1802 ! Un certain Niels Heidenreich avait volé ces cornes en or. Il était orfèvre mais ses affaires ne marchaient pas bien et il s'était mis en tête de voler ces cornes au musée royal de Copenhague, de les faire fondre et de récupérer l'or pour en faire des bijoux qu'il vendrait. Il a été arrêté à la suite d'une dénonciation d'un complice, certainement, mais on n'a jamais retrouvé les cornes, seulement l'or.

— Je comprends mieux, poursuivit Mia, ici il indique autre chose.

> *« [...] J'ai fait une bonne affaire en achetant ce livre de Jean-Baptiste Claude Odiot aux puces [...] le bouquiniste me l'a cédé pour à peine vingt francs sans savoir que c'était un exemplaire unique sur les techniques d'orfèvrerie de ce maître d'art [...]. En essayant de le restaurer je me suis aperçu que la couverture recelait une espèce de cachette dans laquelle j'ai trouvé la confession de Niels Heidenreicht [...] »*

— Oui, oui, il m'avait parlé un jour de ça, interrompit Anna. Il m'avait dit que les cornes de Gallehus qui étaient exposées, étaient fausses. Que personne n'avait fait de véritable plan de ces cornes et que la seule chose qui existait était une sorte de croquis sans mise à l'échelle, et quelques notes indiquant seulement le poids des objets. Deux copies avaient été faites pour remplacer les originaux avec l'or retrouvé. Mais la première s'était basée justement sur le poids en or pour en déduire la taille… et elles furent beaucoup trop grandes.

— Là ça devient encore plus intriguant continua Mia :

> « *Heidenreich avait eu la présence d'esprit de recopier les inscriptions des cornes avant de les faire fondre […] et chose surprenante les cornes portaient des inscriptions à l'intérieur, ce qui ne s'était jamais vu. […] Les signes sont très anciens et sont rédigés sous la forme de runes, je vais entreprendre de les déchiffrer […]* »

— Alors là il parle d'autres choses… Mia tournait les pages à la recherche de quelque chose de particulier. Ah oui… c'est là !

> « *[…] Voilà plusieurs mois que je tourne et retourne les inscriptions et j'arrive toujours au même résultat. Pourtant je bute toujours sur la rune Ingwaz qui est mal employée.* »

— Il continue ici et il donne la transcription des inscriptions.

> « *Ce que j'ai pris au départ pour la rune Ingwaz semble être tout autre chose. Le symbole est utilisé comme une signature ou quelque chose de supérieur. On peut la soustraire sans contrefaire le message, elle indique aussi l'ordre des choses*

comme un numéro de page ou une indexation, c'est très astucieux. Il y a peut-être un message dans le message […]. Il est possible que cette rune inconnue soit la 25ᵉ lettre de l'alphabet Futhark […], mais qu'elle ne soit jamais présente dans l'alphabet est très étrange. »

— Et voilà la transcription :

*« Telle est la dernière parole de Völuspá
nul ne doit l'entendre, ni toi Wodan,
Au lendemain du Ragnarök,
Du temps s'écoulera,
Jusqu'au jour où un fils de Lif,
Choisi par Eir,
Portera la marque céleste,
Par Gebò et Algiz,
Et par le draupnir,
marchera dans la lumière des dieux (Bifröst),
plein de richesses et de sagesse. »*

— Oh la vache ! s'exclama Anna.
— Quoi ? Tu y comprends quelque chose toi ?
— Oui c'est fascinant, ton père avait découvert les pages manquantes de l'Edda de Snorri.
— Stooop ! Pause ! Nous n'avons pas travaillé avec un professeur spécialisé dans la civilisation viking, c'était juste mon père, dit Niels.
— Oui c'est vrai, c'était son petit jardin secret ! Il n'en parlait pas à la maison sauf si on lui posait la question

mais j'avoue que nous n'étions pas très intéressés par ses histoires de vikings qui sentaient la poussière, ajouta Mia.

— J'ajouterais même qu'il nous faut un cours accéléré de rattrapage viking! Mais je crois que j'ai mis la main sur le bon prof, dit Éric en prenant la main d'Anna.

— Bon, ça va prendre un peu de temps alors… Je vais simplifier… mais là il va vous falloir un stimulant.

Elle disparut dans la cuisine et revint avec son breuvage magique et quatre verres qu'elle posa sur la petite table de la pièce. Puis elle s'assit et tout en remplissant les verres, commença son récit.

— Toute la mythologie nordique nous est parvenue grâce à un livre de poèmes, l'Edda, rédigés par Snorri Sturluson vers 1200. L'histoire des Dieux nordiques y est racontée, leurs exploits et leurs défaites. Le point de départ, c'est la prédiction faites à Odin par une sorte d'oracle qu'on appelle *Völuspá*.

— Tu veux parler de Thor et son marteau? dit Mia.

— Oui et pas seulement! Il y a Thor et son marteau, le *mjöllnir*, Odin avec ses deux corbeaux, *Hugin* et *Munin*, et son anneau *draupnir*, Freyja, Freyr, et bien d'autres. Dans la traduction de ton père, il est question de Eir, une déesse qui servait la déesse Freyja.

— Et qu'est-ce que cette prédiction a de particulier? demanda Éric.

— La prophétie de *Völuspá* indique à Odin tout ce qui va arriver et elle va lui parler de la fin des dieux, le *Ragnarök*.

— La fin des dieux ? Les dieux meurent dans cette mythologie ? Je croyais qu'ils étaient éternels ? s'étonna Éric.

— Oui c'est vrai ça ! lança Niels. D'habitude les dieux ne meurent pas… Par exemple Zeus, Mars ou tous les autres dieux grecques ou latins.

— Oui c'est une particularité très curieuse de la mythologie nordique. Certains pensent que Snorri a modifié les histoires pour être plus favorable au catholicisme qui commençait à s'implanter, mais rien n'est très sûr. Quoiqu'il en soit pendant des années et des années les Dieux et les guerriers valeureux tombés sur les champs de bataille vont s'entraîner ensemble en attendant ce combat final. Thor, Odin et les autres vont alors se battre contre les géants et Loki. À la fin il n'y aura aucun vainqueur. Le monde des Dieux, des géants et des hommes sera ravagé et seuls un des fils de Thor, un autre dieu revenu d'entre les morts, et un couple d'humain s'en seront tirés, si je me rappelle bien.

— Et ça se finit comme ça, bêtement ? demanda Éric.

— Eh bien, il manque 8 pages dans l'Edda de Snorri, mais il semble que le professeur ait découvert une partie du texte manquant.

— Et donc tu peux nous décrypter la prophétie trouvée par mon père ?

— Oui Mia, en tout cas je vais essayer.

« Telle est la dernière parole de Völuspá
nul ne doit l'entendre, ni toi Wodan, […] »

— L'oracle *Völuspá* termine sa confidence à Odin. On donne d'autres noms à Odin dont celui de Wodan ou Wotan chez les germains.

> « *Au lendemain du Ragnarök,*
> *Du temps s'écoulera,*
> *Jusqu'au jour où un fils de Lif [...]* »

— Là il est indiqué qu'une fois aura eu lieu la fin des Dieux, le *Ragnarök*, il se passera du temps avant qu'un homme ordinaire n'arrive... Lif c'est le nom donné à l'homme.

> « *Choisi par Eir,*
> *Portera la marque céleste, [...]* »

— Là ça devient plus nébuleux, l'homme aura été choisi par la déesse Eir et il portera une marque spéciale mais il n'est pas dit quel type de marque.
— Et qu'est-ce qu'elle a de spécial cette déesse ? demanda Niels.
— Eh bien, ce n'est pas une déesse importante. En fait elle est très peu citée dans l'Edda, on sait très peu de choses sur elle. On sait qu'elle sert Freyja, une déesse guerrière et symbole de la fertilité qui est plus importante.
— Et elle a des pouvoirs spéciaux, un collier magique ou un truc comme ça ?

— Maintenant que tu en parles Niels, il me semble qu'elle a la maîtrise de la magie, «*seid* », je crois, et qu'elle soigne les gens…

En disant ça, Anna se tourna vers Éric. Celui-ci se senti complètement mis à nu par trois regards qui à présent étaient braqués sur lui.

Éric tira alors le col de son T-shirt pour montrer son épaule et l'espèce de tatouage qui était apparu depuis la découverte de la fameuse pièce.

— Et crois-tu que ça, ça pourrait être la marque ?

Anna s'approcha de lui et posa la main sur son épaule. Elle dessina délicatement les contours de la marque du bout des doigts.

— C'est le même symbole que sur ton papier Éric ! Il n'y a aucun doute.

— Ça pourrait être la marque dont parle le père de Mia ?

— Je pense que oui. Et puis on sait tous ici ce dont tu es capable de faire… Je pense que tu pourrais être le fils de Lif de la prophétie !

— Et la fin de la prophétie, Anna ? Histoire que je ne finisse pas en petit nuage bleu, dit-il en lui souriant gentiment.

> « *Par Gebò et Algiz, Et par le draupnir,*
> *marchera dans la lumière des dieux (Bifröst),*
> *plein richesses et la sagesse.* »

— Là c'est encore plus bizarre. Le *draupnir* c'est l'anneau d'Odin, quant à *Gebò et Algiz*, ce sont…

— Les deux runes qui se trouvent sur la pièce, continua Mia.

— Oui mais ça ne veut pas dire grand chose, juste que ça a un rapport avec l'anneau d'Odin ! Pour le reste ton père a expliqué sa transcription en notant «*Bifröst*»… En fait *Bifröst* c'est le pont qui relie le monde des Dieux, *Midgard*, au monde des Hommes et que seul le dieu Heimdal peut ouvrir en soufflant dans sa corne. Donc tu serais capable avec l'anneau d'Odin de rejoindre le royaume des Dieux, avec richesses et sagesse…

— C'est absurde ! fit Niels. Si tous les Dieux sont morts, comment pourrait-il ouvrir le pont de ce Heimdal ?

— Bien, je pense que la clef c'est l'anneau d'Odin !

— Oui c'est bien joli ! Mais on ne sait pas du tout où se trouve cet anneau ni ce pont !

— Oui, je pense d'ailleurs que l'anneau doit agir comme une clef pour ouvrir le passage. Il faut trouver la clef et la serrure.

— Anna, c'est quoi les richesses dont il est question, un trésor ?

— Aucune idée ! C'est peut-être un trésor ou des trésors, mais c'est possible aussi que cela soit simplement des qualités humaines qui sont aussi des richesses aux yeux des Dieux, comme la sagesse… ou des pouvoirs magiques ! Pourquoi pas.

— Attendez! Vers la fin du carnet il parle des dernières choses sur cette prophétie.

Et Mia se remit à lire à haute voix :

> « Depuis que j'ai parlé de ma découverte à Matt, celui-ci s'est montré très impatient d'avoir des résultats, presque oppressant. Il veut être le premier à trouver ce trésor. Il n'arrête pas de me questionner et mène des recherches parallèles dont il ne me dit rien […]. Je ne sais pas où il a dégoté son assistant mais il me donne froid dans le dos et d'ailleurs je ne sais pas ce qu'il fait ici, il a plus un rôle d'homme de main que d'assistant. […] Depuis que le directeur du musée de Briggen m'a contacté c'est devenu invivable. Nous devons récupérer les inscriptions qu'ils ont mises de côté pour nous et qui portent la marque de la 25ème rune mais j'ai peur que Matt ne les garde pour lui seul. Il devient lunatique, bipolaire et a de plus en plus des accès de colère. Lenna me dit qu'il lui fait peur et qu'elle n'a pas confiance en lui. Je le crois capable d'un mauvais coup. »

— Après il parle de nous tous…

> « J'ai toute confiance en Anna, mais je ne voudrais pas que Matt s'en prenne à elle, ni à Niels ou Mia, il en serait capable. Je pourrais envoyer le carnet à Véra mais je ne ferais que

les mettre en danger, ils ont suffisamment de soucis avec la maladie d'Éric. Je trouverais bien quelque chose avant notre départ pour Bryggen… »

— Il n'y a plus rien ensuite. Ce sont ses dernières lignes.

— La suite on la connaît, ils partent pour Bryggen, Matthaeus s'empare des inscriptions et les garde pour lui et ni papa ni maman ne reviendront de Norvège, reprit Niels.

— Il faut en parler au commissaire Anders, Niels !

— Pour lui dire quoi, Mia ? Que Éric détient la puissance des Dieux et que Matthaeus a fait en sorte de faire disparaître nos parents pour se garder un hypothétique trésor pour lui seul ? Soit sérieuse, Mia, il va nous prendre pour des fous !

— Tu as raison mais pour ça il faudrait qu'Éric lui montre de quoi il est capable !

— Eh attendez vous deux ! D'abord je ne suis pas capable d'être lumineux à volonté ! En plus c'est dangereux, regardez Anna, on a eu de la chance ce coup-ci ! Enfin regardez ce qu'il arrive à E.T. dans le film, tous les scientifiques veulent le disséquer et l'étudier comme un animal de laboratoire. Ce n'est pas une perspective qui me réjouit beaucoup.

— Ce n'est pas faux Éric ! Il y a trop de choses curieuses, des gens pourraient être tentés de nous aider par convoitise. Je pense comme Anna… Il faut agir par nous même et reculer devant rien. Après tout nos parents ont disparu à cause de tout ça !

— Ça ce sont les paroles d'un vrai guerrier viking, Mia ! Mais on part avec un grand avantage !

— Ah oui ? Lequel, Anna ?

— Nous avons le pouvoir des Dieux avec nous ! dit-elle en regardant son amoureux.

— Tu parles d'un Dieu, toi, une microparticule de Dieu et encore débutant, oui !

— Oui et même qu'il est assez dégouttant ce Dieu !

— Quoi ?

— Moi je dis ça mais je ne dis rien, si j'étais toi je ferais quelque chose à mon apparence !

— Qu'est-ce qu'il a encore mon *look* ? Tu ne vas pas t'y mettre toi aussi !

— Hé ! Gros bêta ! Elle dit que tu devrais aller te changer ! pouffa Mia.

— Ah ? Euh oui bien sûr ! fit Éric en regardant, un peu gêné, son T-Shirt couvert de sang.

— Hihihi ! Bon, assez parlé les amis, place à l'action ! On se le fait le cambriolage du siècle ?

Chapitre 14

Il était bien 3 heures du matin lorsque le petit groupe pénétra dans l'aile administrative du musée. Anna avait pris la tête et se chargeait d'ouvrir les portes grâce à son trousseau de clefs. Niels et Éric s'occupaient d'éclairer le passage avec leurs torches électriques tandis que Mia faisait le guetteur. Ils étaient arrivés à présent dans le bureau de Matthaeus et les quatre cambrioleurs amateurs se mirent à chuchoter.

— Bien, qu'est-ce qu'on cherche exactement, Anna ?

— Il faut trouver au milieu de tous ces livres un ouvrage sur les constellations ou l'astronomie, si possible en rapport avec les vikings ?

— Ah et ça existe ça ? demanda Éric.

— Oui, ton oncle m'en avait montré un une fois, je sais qu'il est ici !

Les quatre jeunes se mirent à fouiller les étagères, c'était une tâche assez compliquée vu l'étendue de la collection qui était entreposée là. La tâche aurait été plus facile si les livres avaient eu le même format, mais non, des petits, des gros, des grands, des fins, des épais, des manuscrits… Dès qu'ils avaient pénétré dans le bureau, Anna avait eu la présence d'esprit de baisser les stores en recommandant de ne pas allumer afin de ne pas se faire repérer. Chacun avait pris un mur pour être plus efficace et balayaient les étagères de leur lampe torche. Au bout d'une bonne demi-heure Éric étouffa un cri.

— Hey les amis ! Je crois que j'ai trouvé quelque chose.

— Quoi donc ? lui fit écho Anna

— Ça ! dit-il en montrant un ouvrage un peu vieux dont la couverture était en cuir rouge.

— Non ce n'est qu'une vieille thèse… regarde le nom de l'auteur…

— Allan Christiansen ! Mince c'est la thèse de l'oncle Allan !

— Hihihi ! Ce qu'on cherche c'est un livre assez grand avec sur la couverture une image de cosmos, je me rappelle maintenant.

— Ah j'en ai un ici ! lança discrètement Mia.

— Moi aussi, fit Niels.

— Et moi aussi ! souffla Éric.

Anna leur fit signe de s'approcher du panneau amovible qui séparait le bureau du directeur de la salle de réunion et ouvrit l'accès à la pièce.

— On va les poser sur cette table ce sera plus pratique. Allons voir s'il y en a d'autres avant de rechercher dedans ce qui nous intéresse !

Le petit groupe continua à fouiller le bureau à la recherche d'autres livres sur l'astronomie ou le cosmos selon les vikings. Après une bonne vingtaine de minutes, ils avaient fait le tour des ouvrages présents dans le bureau et leur sélection se résumait à seulement cinq ouvrages qu'ils commencèrent à feuilleter. Mia avait conservé sur elle le carnet noir de son père et entreprit de prendre des notes dessus.

— Dis Anna ? interpella Éric.

— Quoi ?

— Qu'est-ce qu'il y a dans le livre-coffre de Matthaeus ?

— Je n'en ai aucune idée ? Il y met ses cigares puants, je crois.

— Moi je suis sûr qu'il y a autre chose dedans ! Souviens-toi, lorsque nous l'avions vu, son assistant a fouillé dedans et ils ont comparé mes dessins avec quelque chose qui se trouvait à l'intérieur.

— Tu as tout à fait raison, Éric, j'avais complètement oublié cette chose-là !

— Allons voir si on peut l'ouvrir. Vous deux, continuez à fouiller dans les livres et si vous trouvez quelque chose d'important, vous nous faites signe, d'accord ?

— OK pas de problème, répondit Niels alors que Mia lui fit un signe de tête en guise d'approbation.

Anna et Éric s'approchèrent du bureau et essayèrent d'ouvrir la couverture qui servait de couvercle et en lui donnant du jeu, mais le livre ne voulait rien savoir, il fallait la clef ou bien tout arracher.

— Éric, tu n'as pas de pouvoirs magiques pour ouvrir les portes ou les coffres fermés à clef ?

— Je n'en sais rien, mais ça m'étonnerait !

— Attends, je vais essayer un truc que le commissaire Anders m'a montré une fois.

Anna bouscula un peu les objets qui se trouvaient éparpillés sur le bureau à la recherche de quelque chose.

— Mais enfin, qu'est-ce que tu cherches ?

— Un truc qui peut ressembler à une carte de crédit, une sorte de carte en plastique !

— Là, c'est son passe ! Tu crois que ça peut aller ?

— On va voir donne !

Anna agrippa le passe de Matthaeus et le glissa dans la fente en essayant de pousser la gâche de la serrure.

— Je sens que ça bouge…

— Appuie plus fort !

Il y eu un petit clic et la couverture du gros livre s'ouvrit enfin. Anna posa le passe sur le bureau et se concentra sur le contenu du coffre.

— Regarde ça, dit Éric en sortant une plaquette en bois, qu'est-ce que c'est ?

— Je crois que se sont les runes de Bryggen, tu vois, il y a des inscriptions runiques.

— Qu'est-ce qu'elles ont de spécial ces runes de Bryggen ?

— En fait, vers 1955 dans la ville de Bergen en Norvège, on a trouvé dans le quartier de Bryggen un nombre très important de tablettes en bois et en os qui portaient des inscriptions runiques.

— Oui et alors ?

— Jusqu'à présent on pensait que les runes ne servaient que pour inscrire des noms ou des phrases solennelles, or les tablettes de Bryggen portent toutes sortes de messages, des petits mots doux, des titres de propriétés et en plus la plupart sont datées du XIVe siècle alors qu'on pensait l'alphabet runique disparu !

— En fait ce sont des sortes de post-it hors du temps !

Effectivement, chacune des tablettes en bois que sortit Éric, était couverte d'inscriptions runiques, mais le plus curieux était qu'elles portaient toutes la marque de la rune inconnue.

— Regarde Anna ! Le symbole n'est pas placé de la même manière sur chacun d'entre elles. Ici il fait une rotation à 90 degrés et là un demi-tour, c'est bizarre !

— Oh, il y a des tablettes en métal là, c'est très curieux, d'habitude on gravait les runes sur du bois, de l'os et sur des stèles en pierre, ou alors sur les armes mais jamais sur des tablette en métal ! dit-elle en prenant une nouvelle plaquette. D'ailleurs c'est bizarre, le métal n'est pas froid…

— Montre voir !

Éric prit la tablette dans la main et la soupesa.

— Mince alors on dirait que c'est le même métal que ma pièce.

Mais Éric n'eut pas le temps d'examiner davantage la plaquette de métal qu'un bruit de claquement de porte se fit entendre.

— Quelqu'un vient d'entrer dans le couloir ! Vite remets toutes les plaquettes dans le livre.

Éric s'exécuta immédiatement mais dans la précipitation il fit tomber une des plaquettes en bois.

— Laisse, Éric, on a plus le temps ! lui dit-elle en le tirant par le bras en direction de la salle de réunion.

— Attention, éteignez tout! Quelqu'un vient d'entrer, il faut se cacher.

Les quatre jeunes gens se jetèrent sous les tables. Fort heureusement, celles-ci avaient été recouvertes de nappes pour la réunion du conseil d'administration qui devait avoir lieu aujourd'hui et qui se finirait comme d'habitude par un apéritif. Une vraie aubaine! Les nappes se chevauchaient les unes sur les autres et laissaient paraître des fentes qui leur permettaient de glisser un œil au dehors.

— Zut le panneau! s'étouffa Anna, j'ai oublié de le remettre.

Couchée sous la table avec Éric, ils pouvaient voir ce qui se passait dans l'autre pièce et entendaient le claquement des portes qui s'ouvraient et se refermaient.

— Laisse! J'ai l'impression que quelqu'un est en train d'inspecter les bureaux un à un.

— Ah déjà! Ce doit être le gardien, il est très vieux, mais sa ronde est à 5h00 normalement.

— Il est 5h00, souffla Mia!

— C'est la cata, on a passé trop de temps ici, il faut qu'on parte rapidement.

À ce moment la porte du bureau de Matthaeus s'ouvrit et la lumière des néons au plafond inonda la pièce. D'où ils étaient, ils pouvaient voir le gardien entrer.

— Mais je ne le connais pas celui-là! dit Anna.

— Oh le barbu!

— Quoi?

— Le barbu, tu sais je t'en ai parlé, un type mystérieux qui nous a aidé un peu mais on ne sait pas s'il est avec nous ou contre nous …

— Mia ! Niels ! C'est le barbu !

— Chut, Éric…

Le gardien portait un uniforme brun et une casquette du même ton qui lui couvrait une partie du visage. On pouvait voir pendre à la lanière d'une grosse ceinture de cuir, une grosse lampe torche. Sur le côté gauche de la ceinture, un étui devait renfermer un talkie-walkie à en croire les grésillements qui s'en échappaient. Il arpentait la pièce et inspectait les étagères calmement et de façon méticuleuse.

— Mais qu'est-ce qu'il fait ?

— Je ne sais pas, il recherche peut-être un livre, comme nous.

Soudain, le gardien s'arrêta de regarder les étagères et détourna le regard vers le bureau comme s'il avait eu un pressentiment. Il remarqua la tablette qui jonchait sur le sol et la ramassa pour l'inspecter. Ses doigts suivaient le dessin des runes comme pour mieux les ressentir, c'était presque une caresse.

— Je connais ce type, je connais ce type…

— Qu'est-ce que tu dis Anna ?

— Je te dis que ton barbu je le connais. Sa façon de toucher la tablette, je l'ai déjà vu faire par quelqu'un… C'est le même geste.

— Oui moi aussi, fit la petite voix de Mia à côté. Cette façon de toucher la tablette je l'ai déjà vu faire quelque part, moi aussi.

— Si on pouvait mieux voir son visage, ça nous dirait peut-être quelque chose.

— Chut, enchaîna Niels, pour l'instant on ne sait pas s'il est avec nous où s'il joue un double jeu.

— Oui… chut…

Le gardien ouvrit le livre blanc sans difficulté et replaça la tablette à l'intérieur puis il referma la couverture en exerçant une pression plus forte au niveau de la serrure. Un clic se fit entendre indiquant que le livre était à nouveau verrouillé.

— Mais comment savait-il que la plaquette était rangée dans le livre ?

— Ben tiens parce qu'il le connaît ! Il est à la solde de Matthaeus, c'est sûr ! s'étrangla Niels.

— Mais chut à la fin, il va nous repérer…

À peine le temps de le dire que le gardien marcha vers eux. Il alluma la salle de réunion et resta un moment immobile à observer la pièce. Les quatre jeunes gens n'osaient plus rien faire et refrénaient même leur respiration de peur qu'elle ne soit perçue.

Au bout de quelques minutes, il se remit en mouvement et entreprit de prendre les livres qui étaient restés sur la table et de les replacer sur les étagères. Une fois le travail fait, il éteignit la salle de réunion et inspecta une dernière fois la pièce du regard. Puis, il éteignit le bureau et sortit en verrouillant la porte. Au bout d'une minute, les quatre jeunes gens entendirent le claquement de la porte du couloir.

— Il est parti !

— Ouf ! On a eu chaud !

— Oui, mais il faut vite sortir… Le responsable de la maintenance prend son service entre 5h30 et 6h00, puis ils vont tous arriver les uns après les autres et on ne pourra plus sortir sans être vu.

— Mais on n'a pas eu le temps de tout voir !

— Ce n'est pas important pour l'instant ! On reviendra demain mais un peu plus tôt cette fois !

— Moi j'ai réussi à prendre quelques notes sur le carnet de papa, dit Mia, on verra bien ce qu'on pourra en faire.

— OK ! Maintenant on rentre, le jour est en train de se lever, on risque de nous voir.

Anna remit en place le panneau de séparation et les fit sortir par la porte de la salle de réunion puis ils se dépêchèrent de rentrer à l'auberge de jeunesse.

En arrivant, Mia brûlait d'impatience et voulu absolument leur montrer les notes qu'elle avait prises.

— Éric montre-nous tes dessins !

Éric ressortit à nouveau le papier de sa poche et le déplia.

— Bon, alors sur les dessins d'Éric, on a dans l'ordre *Perthō*, *Gebō*, *Algiz* et *Ōthalan*, c'est ça ?

— Oui et au milieu c'est notre 25ᵉ rune !

— Alors moi j'ai trouvé que *Perthō* était donnée pour Cassiopée, *Gebō* serait la constellation du Cygne, *Algiz* représenterait Hercule et *Ōthalan* la constellation du Bouvier.

— Avec les informations qu'a trouvées Mia, moi j'ai recherché sur une carte du ciel leur emplacement, continua Niels, et la seule constellation qui se trouve au milieu c'est la constellation de la Lyre.

— Mais comment en être sûr, Niels ?

— Y'a pas photo Éric ! Regarde comment les astronomes la dessine, lui dit-il en lui montrant le dessin qu'avait réalisé Mia sur le carnet.

— Tu as raison, y'a pas photo, c'est bien elle on ne peut pas se tromper !

Effectivement en comparant la rune au dessin relevé par Mia dans le carnet, les deux formes paraissaient totalement identiques.

— Attends, Mia a ensuite recherché l'origine de leur découverte dans un autre livre.

— Oui, et toutes ces constellations ont un point commun !

— Ah oui ? Lequel ? demanda Anna.

— Elles étaient toutes connues sous l'antiquité !

— Mais alors pourquoi elle n'apparaît pas dans le *Futhark* ?

— Il peut y avoir plusieurs raisons, par exemple cette constellation était mal identifiée. En fait on ne voit bien que les trois étoiles du bas, avec en haut Véga, donc elle dessine un trait un peu tordu si on fait abstraction des deux autres étoiles. Alors au milieu des autres dessins de rune ça pouvait prêter à confusion…

— Oui c'est une idée, reprit Niels mais il y en a une autre.

— Précise Niels !

— Que tout simplement ils ne voulaient pas qu'elle apparaisse, ce qui expliquerait pourquoi personne n'avait jamais entendu parlé de cette 25e rune.

— Oui peut-être, mais si je mets bout à bout tout ce qui nous est arrivé depuis le début, tout tourne autour de cette rune. Alors moi je pencherais pour deux hypothèses : soit ils voulaient la cacher pour protéger quelque chose, soit parce qu'elle leur faisait peur !

— C'est possible !

— Moi plusieurs choses m'intriguent, dit Éric. D'abord, cette rune figure sur toute les tablettes qu'on a vues, mais pas de la même manière…

— Que veux-tu dire par là, Éric ?

— Eh bien ça me fait penser aux jeux de logique ! Tu sais, une série de formes et tu dois trouver la suivante parce qu'elle tourne d'un cran dans le sens des aiguilles d'une montre.

— Oui je vois ce que tu veux dire mais quel rapport ?

— J'ai remarqué que la position de la rune tournait de quelques degrés et donc si on les mets bout à bout et dans l'ordre logique, ça devrait donner une phrase ou quelque chose en tout cas ?

— Oui mais pour ça il faut y retourner !

— Oui et en plus je voudrais bien comparer le métal des tablettes avec celui de la pièce.

— Tu veux apporter la pièce avec toi la prochaine fois ?

— Je ne vois pas comment faire autrement ! Si je récupère une tablette et que je l'amène ici, Matthaeus va immédiatement s'en apercevoir !

— Oui tu as raison, Éric, on fait comme ça ! Mais maintenant je propose qu'on aille dormir un peu, surtout si on y retourne ce soir.

— Oui, ça nous ferait pas de mal de toute façon, mais pas d'hydromel ce soir, Anna…

— Pas de problème Niels ! Juste un bon café !

— Alors là d'accord ! Bien serré !

— Promis !

Les quatre jeunes se quittèrent pour rejoindre leurs chambres respectives, les garçons avec les garçons et les filles avec les filles !

Pendant ce temps là, Matthaeus arriva à son bureau, toujours suivit par son assistant.

— Douglas, pour le conseil d'administration, je veux absolument faire passer le projet d'arrivée des touristes au musée en drakkar. L'idée qu'a eu la gamine est terrible…

— Un instant, monsieur, interrompit Douglas, en l'empêchant d'actionner le pommeau de la porte de son bureau.

— Quoi ? Tu es paranoïaque maintenant ?

— Quelqu'un est entré dans votre bureau !

— Comment le sais-tu ?

— Je vérifie toujours que les stores soit grands ouverts avant de partir. Comme ça un cambrioleur ou quelque chose du même genre se ferait repérer avec sa lampe, ou bien il fermerait les stores pour éviter ça ! Et là vous voyez, ils sont tous fermés ! Dit-il en montrant du doigt les stores à travers la vitre de la porte.

— C'est un peu tiré par les cheveux non ? C'est peut-être le gardien, le vieux Olsen, quand il a fait sa ronde qui a voulu les fermer.

— Ce n'est pas possible, monsieur, il n'y a pas eu de ronde cette nuit, il a la grippe et son remplaçant n'arrive que demain.

— La grippe ? En plein été ? C'est possible ça ?

— Il est vieux, monsieur, ça peut arriver, mais je peux vérifier si vous le souhaitez ?

— Non, non, ce n'est pas la peine, allons plutôt voir dans le bureau.

Douglas sortit du dessous de sa veste un pistolet qu'il arma en tirant sur la culasse.

— Voyons, Douglas, est-ce bien nécessaire ?

— On ne sait jamais, monsieur, je n'aime pas les surprises !

Douglas ouvrit la porte et passa devant Matthaeus.

— Idiot ! Évidemment qu'il n'y a personne, il n'y a rien pour se cacher dans mon bureau ! Sinon on l'aurait vu par la vitre.

L'assistant ne répondit pas et continua d'inspecter la pièce. Il se dirigea alors du côté de la salle de réunion. Il alluma la pièce et se tint là quelques instants.

— Alors satisfait, Douglas ? Faut vous faire soigner mon vieux !

— Je vous l'ai dit, monsieur, je n'aime pas les surprises et je persiste à croire que quelqu'un est entré ici !

Il rangea son pistolet et rejoignit Matthaeus qui s'était assis à son bureau et commençait à sortir des dossiers. Puis subitement il se baissa pour ramasser quelque chose.

— Qu'est-ce qu'il y a encore, Douglas ?

— Vous rangez souvent votre passe par terre, monsieur ? dit-il en montrant ce qu'il venait de ramasser, sans laisser passer la moindre satisfaction sur son visage.

— Ne soit pas stupide, Douglas, tu sais bien que je le range à côté du pot à crayon, il a dû tomber voilà tout !

— Je ne pense pas, monsieur !

Douglas inspectait le passe dans tous les sens à la recherche de traces éventuelles.

— Décidément, c'est une manie chez toi !

— Regardez, monsieur, on voit ici nettement une marque rectangulaire.

— Et alors ?

— C'est une marque typique, on s'en est servi pour ouvrir quelque chose !

— Quoi le coup de la carte de crédit comme dans les films ?

— Oui tout a fait !

— Je croyais que c'était une blague !

— C'en est une, monsieur, mais pour des serrures très simples, qu'on ne trouve pas sur les portes, naturellement, ça peut fonctionner.

— Par exemple, Douglas ! Je n'aime pas quand vous parlez par énigmes !

— Un coffre, une valise, monsieur.

D'un coup comme un automate, Matthaeus se saisit de son livre-coffre et le secoua. Le bruit des tablettes qui s'entrechoquaient à l'intérieur le rassura un peu. Il prit une petite clef qui se trouvait dans la poche de son pantalon et la glissa dans la serrure du coffre qui s'ouvrit sans problème puis il déversa le contenu sur son bureau.

— Un, deux, trois… non tout est là !

— Vous permettez ?

Douglas se saisit du coffre et inspecta la serrure en faisant glisser le passe de Matthaeus pour vérifier la largeur de la marque.

— C'est ça ! C'est bien ça ! Quelqu'un a visité ce coffre, monsieur !

— Pourtant il ne manque rien, qu'est-ce qu'il voulait ?

— Je ne pense pas qu'il s'agisse d'un cambrioleur classique, monsieur, sinon il se serait attaqué à la serrure du trieur derrière vous ! Et puis, il serait parti au moins avec votre Rolex que vous oubliez systématiquement sur le bureau ! En outre, votre bureau a été manifestement dérangé. Douglas montra alors le petit désordre qui régnait sur le bureau et donna la Rolex à Matthaeus.

— Un fouineur ?

— Oui, monsieur, mais je dirais plutôt des petits fouineurs !

— Oui, bien sûr, les enfants Christiansen ! Je me doutais bien qu'il m'attireraient des ennuis ceux-là.

— Oui, monsieur, mon contact au poste de police m'a appelé hier pour me dire que le dossier Christiansen avait été ouvert !

— La poisse ! Pourquoi ne m'avoir rien dit, Douglas ?

— Je préférais en savoir plus avant de vous alerter.

— Et maintenant, en sais-tu davantage ?

— Je sais qu'ils sont passés au poste et qu'ils ont vu Anders.

— Merde, pas celui-là ! C'est un tenace et il ne m'a jamais vraiment cru.

— Je vous avais averti, monsieur. Nier avoir connaissance des recherches de Christiansen n'était pas plausible, vu votre fonction.

— Oh ça va, Douglas ! J'ai dit ça pour ne pas qu'on mette le nez dans nos affaires et qu'on passe à côté du trésor !

— Je sais, monsieur, mais la prochaine fois suivez mes conseils sinon la confrérie ne sera plus en mesure vous aider.

— La confrérie m'est redevable ! Avec tout l'argent que je lui ai donné et les informations que j'ai fournies, elle me doit protection !

Matthaeus était tout rouge et s'excitait dans tous les sens en agitant les bras et en marchant en rond au milieu de la pièce tandis que Douglas, quant à lui, restait impassible et raide à côté du bureau.

— C'est le cas, monsieur, sinon je ne serais pas là.

— Qu'est-ce qu'on fait pour Anders ?

— Rien pour l'instant, monsieur, cela attirerait les soupçons, et il faut que j'éclaircisse certaines choses.

— Quoi donc encore ?

— Je ne sais pas, mais mon contact a entendu Anders les appeler «envoyés spéciaux de sa majesté».

— Ah, il ne manquait plus que les services de la couronne se mêlent de ça. Qu'en penses-tu, Douglas?

— À vrai dire, monsieur, je suis surpris. Je ne vois pas comment les services de la couronne auraient eu vent de nos affaires. Quant à la réalité de la chose, je suis sceptique.

— Les Christiansens connaissaient Anders?

— Non je ne pense pas, monsieur. Mais comme je n'aime pas…

— Oui, oui, je sais, tu n'aimes pas les surprises alors tu veux vérifier.

— Oui mais il faut les avoir à l'œil avant tout.

— C'est ça, fais ça! Sinon penses-tu qu'ils vont revenir?

Douglas commença à triturer sa chevalière, c'était le signe qu'il réfléchissait et au bout de quelques minutes il reprit.

— Ils n'ont rien pris, soit parce qu'ils ont été dérangés, soit parce qu'ils ne savaient pas quoi prendre, soit parce qu'ils n'en ont pas eu l'occasion. Mais je suis certain qu'ils vont revenir rapidement pour finir ce qu'ils ont commencé.

— Pourquoi ça?

— Très simplement parce que maintenant ils savent que ce qu'ils ont trouvé de leur côté a un lien avec ce qu'il y a dans le coffret et ils m'ont l'air d'avoir assez de cran pour vouloir aller plus loin.

— Hum ! Avec cette tête brûlée d'Anna dans les pieds, cela va nous donner du fil à retordre.

— Ce n'est pas certain, nous avons l'avantage de posséder les tablettes et la capacité de les traduire, pas eux. Le deuxième avantage c'est qu'ils seront tous ensemble et donc plus faciles à neutraliser.

— Les traduire ? Ce sont des bouts de phrases sans queue ni tête ! Il faut trouver la clef, après seulement, il sera possible de les traduire. Pour le reste que suggères-tu Douglas ?

— Je pense que le meilleur moment pour nous rendre une petite visite nocturne c'est ce soir !

— Et pourquoi ça ?

— Il n'y aura pas de ronde, le remplaçant n'arrive que demain, ils ne seront pas dérangés, ensuite, si Anna est avec eux, elle sait pertinemment qu'il n'y aura plus personne ici après le conseil d'administration, et puis elle connaît parfaitement les lieux.

— Oui… Oui…

— Je vous propose de les surveiller ce soir en nous cachant dans le restaurant à côté, et lorsqu'ils auront fait leurs petites affaires, nous n'aurons plus qu'à les cueillir.

— Parfait ! Après l'apéritif de ce soir nous irons dans le restaurant. Bon, maintenant laisse-moi, je dois préparer ce fichu conseil d'administration si je veux récupérer quelques dotations supplémentaires.

— Bien, monsieur, je vous laisse ! Je vais en profiter pour rendre compte.

— Oui, c'est ça, va rendre compte, Douglas !

Douglas resta un instant à jouer avec sa chevalière en scrutant la pièce puis alla ouvrir les stores du bureau. Il resta un instant devant la fenêtre à réfléchir, puis fixa Matthaeus qui ne prenait plus garde à lui et continuait de farfouiller dans ses dossiers.

Il aboutonna les deux boutons de sa veste et sortit du bureau.

Chapitre 15

Les quatre amis avaient passé une grande partie de la matinée à dormir et l'après-midi était déjà bien avancé lorsqu'ils décidèrent de manger un morceau au snack du musée à l'heure du *tea time*.

Assis à la table qui était devenue leur table fétiche à présent, ils discutaient tranquillement au milieu des visiteurs en mangeant pizzas, quiches et autres sandwichs chauds. Cela pouvait apparaître un peu déplacé au milieu des gaufres et des crêpes qu'engloutissaient les autres personnes autour d'eux.

— Il y a du monde aujourd'hui, s'étonna Éric!

— Oui ça arrive, des fois c'est assez curieux, mais remarque, pour la plupart ce sont des étrangers.

— Je t'avoue que je n'arrive pas à faire la différence entre les différentes langues.

— Une vraie machine universelle à traduire, à coup sûr on va vouloir te disséquer, s'amusa Niels.

— Oh Niels, tu es incroyable! Arrête un peu de jouer les docteurs Maboule avec lui!

— Laisse Mia! Je sais qu'il plaisante, mais il est quand même un peu jaloux, hein Niels?

— Ok j'avoue! C'est quand même un super don! Non?

— Oui, mais ce qui m'embête le plus c'est de ne pas savoir s'il est permanent, ou bien si je ne vais pas tout perdre !

— Que veux-tu dire ?

— Eh bien que ma tumeur… enfin, et tout le reste…

— Je t'arrête de suite, Éric, reprit Niels, ce cadeau est définitif ! Tu m'as montré tes radios et c'est clair qu'il n'y a plus rien. En plus, je n'imagine même pas que ce don fasse l'effet inverse, je trouve plutôt qu'il te renforce.

— Oui, peut-être mais…

— Non Éric !

Cette fois ce fut Anna, qui n'avait rien dit jusqu'à présent, qui l'interrompit.

— Écoute, la déesse Eir n'avait pas pour habitude de reprendre ce qu'elle donnait. Moi je suis certaine que tu as été réellement choisi. C'est un signe ! Mais le tout est de découvrir pourquoi, et surtout pourquoi faire ? En plus, ton don, d'après ce que tu nous as dit, fonctionne avec tes sentiments et puise son énergie tout au fond de toi, mais sans que tu en sois pénalisé !

— Oui, c'est ce que je pense aussi.

— Alors, c'est quand tu as été sincère au plus profond de toi que cela a fonctionné ! Comment un don basé sur la sincérité ne serait pas sincère lui-même ?

— Oui tu as raison mais la force avec laquelle je t'ai propulsé, d'où vient-elle ?

— Du même endroit, de toi, mais à ce moment, tu t'étais pris au jeu… En fait je suis certaine que tu es capable de plein d'autres choses, il faut juste savoir lesquelles et aussi apprendre à canaliser tes émotions, tes sentiments, cette force enfouie en toi pour maîtriser ce don.

— Oui c'est évident! conclut Mia.

Quelques grosses berlines noires virent se garer sur le parking réservé à la direction et ne pouvaient pas passer inaperçues.

— Tiens regardez! Les huiles du conseil d'administration! dit Anna.

Toute la petite bande se retourna en direction du parking où elle ne pouvait pas manquer de voir la série de voitures noires garées les unes à côté des autres. Plusieurs personnes en sortirent et on aurait dit un défilé d'hommes politiques ou de mafieux, tous habillés de la même manière, costume sombre, pile poil pour assister à un enterrement! Les chauffeurs, quant à eux, étaient reconnaissables car ils étaient plus jeunes et restaient à côté de leur véhicule. Matthaeus et son assistant étaient venus à leur rencontre en affichant une mine réjouie et ils les invitaient à se joindre à eux.

— Tu les connais? demanda Mia.

— Non, pas vraiment, j'ai bien eu l'occasion d'en croiser un ou deux et même de leur serrer la main quelques fois mais c'est tout.

— On dirait un groupe de pingouins endimanchés! ironisa Éric.

— Une bande de vieux croûtons bouchés, oui! Matthaeus va encore leur demander de l'argent et leur cirer les bottes.

— Et alors ?

— Des fois je me demande où passe tout cet argent.

— Tu veux dire qu'il le détourne ?

— Je ne peux pas l'affirmer ! Les projets se réalisent mais je trouve qu'on n'en a pas pour notre argent, tout est fait chichement.

— Alors les jeunes, on a fait la fête hier ? dit une voix assez grave et posée derrière eux.

Le petit groupe, surpris, se retourna d'un coup.

— Commissaire Anders ? dit Mia, en écarquillant ses grands yeux verts.

— Salut ! Tu viens nous rendre visite ou tu es en service ? demanda Anna en l'embrassant.

— Eh bien ça dépend de quel point de vue on se place…

— Arrête de faire ton flic, veux-tu ! Et crache le morceau, je te connais trop bien !

Le commissaire Anders fit signe à Niels et Mia de se pousser un peu pour lui faire une petite place sur le banc et s'assit tout au bout. Cette fois, il avait assez bonne mine et portait un costume beige avec une chemise blanche bien fraîche, sans cravate, et qui le faisait ressembler à un homme d'affaire. Il était assez élégant, d'ailleurs !

— Vous n'auriez pas fait les imbéciles hier ? À en croire vos têtes, je pense que vos nuits ont été très courtes ?

— Que veux tu dire ?

— Rien ! Mais vous avez de sales têtes !

— Non ! Dis-moi la vérité !

— Eh bien c'est la vérité, vous avez vraiment de sales têtes ! Mais tu as raison, il s'est passé quelque chose hier soir vous concernant.

Les quatre jeunes gens ouvrirent de grands yeux et leurs regards se croisaient comme s'ils s'interrogeaient mutuellement en silence. Anne se risqua à lui demander quelques précisions.

— Arrête de nous faire languir ! Dis-nous ce que tu nous reproches à la fin !

— Moi ? Mais je ne vous reproche rien ! En fait quelqu'un s'est introduit dans mon bureau et a volé le dossier Christiansen.

— Quoi ? Au poste de police ? Faut être gonflé !

— Ou être de la maison et bien connaître les lieux…

— Et tu penses que c'est moi ?

— Pour être sincère, bien sûr que non ! Cependant je suis certain que cela vient de l'intérieur, un flic ripoux.

— Mais pourquoi justement voler ce dossier ?

— C'est la question que je me pose, cette affaire commence sérieusement à sentir le souffre. De toute façon si c'est justement maintenant que quelqu'un s'intéresse à ce dossier c'est que vos questions ont dérangé quelqu'un qui se croyait bien à l'abri jusqu'à présent.

— Écoute, nous, on veut seulement savoir ce qu'il s'est passé. C'est sûr que Matthaeus cache certaines choses et nous ment. Tu l'as dit toi même que c'était louche. Je sais que tu es de notre côté et on n'irait certainement pas te faire un coup comme ça.

— Oui, je sais ! Mais je sais aussi que tu as du sang viking et que tu es une vraie tête brûlée !

— Ça, ce n'est un secret pour personne !

— Hum... N'allez quand même pas trop loin dans vos investigations, les enfants !

Éric tenait la main d'Anna discrètement et jouait doucement avec ses doigts. Le commissaire Anders fit mine de s'apercevoir seulement maintenant de la présence d'Éric. Il prit un air austère en le dévisageant et s'adressa à lui.

— Je ne t'ai jamais vu, toi ! Tu es sans doute le cousin français ?

— Oui, moi c'est Éric, dit-il en lui tendant la main au-dessus de la table.

Anders lui serra la main et regarda Anna un instant puis fixa à nouveau Éric.

— Hum... Tu es sérieux ?

Éric s'étonna de sa question, mais de quoi parlait-il ? Anders vit qu'Éric ne comprenait pas. Il reposa alors sa question en la précisant davantage.

— C'est sérieux vous deux ?

— Vous voulez dire Anna et moi ?

— D'après toi ?

Anna s'énerva et lui répondit sèchement.

— Arrête veux-tu ! Je suis assez grande pour savoir ce que je fais ! Je te fais aussi remarquer que je n'ai plus besoin de nounou depuis longtemps ! Et puis Éric est quelqu'un de vraiment spécial !

— C'est tout ce que je voulais entendre Anna, dit-il en se déridant et en souriant même à Éric.

— Oh! Tu es incorrigible, tu te fiches de moi! Fit-elle en lui donnant une claque sur l'épaule.

Anders avait l'air très amusé d'avoir réussi à piéger Anna qui normalement connaissait bien ses trucs de flic. En fait, le commissaire devait être un sacré numéro dans le privé mais il était surtout un sacré bon limier!

— Dites, commissaire, sérieusement, il s'est passé quelque chose? interrogea Mia plus discrètement.

Le commissaire reprit une mine plus sérieuse.

— Eh bien, mise à part la disparition du dossier, et je te rassure immédiatement, Mia, j'ai plein de copies! On nous a aussi signalé des mouvements dans le coin.

— Des mouvements?

— Oui, il parle de rôdeurs, c'est du jargon de flic, n'est-ce pas Anders?

— Exact! Des plaisanciers sur leur bateau ont remarqué hier vers 4-5 heures du matin, des lueurs de lampes torches dans les bâtiments.

— Oh ce doit être le vieux Olsen qui faisait sa tournée!

— Oui c'est ce que je leur ai répondu, mais j'ai quand même vérifié, et Olsen a la grippe. Il est cloué au lit et il en a pour un bon moment.

— Alors ce devait être son remplaçant!

— Non justement! Il n'arrive que demain!

Les quatre amis essayèrent de faire bonne figure devant le commissaire et de cacher leur malaise. Mia, quant à elle, se sentait chauffer de l'intérieur. Il était certain qu'elle n'arriverait jamais à dissimuler très longtemps la rougeur qui lui montait aux joues et qui risquait fort de la trahir. Cependant, en étant à côté du commissaire elle pouvait encore se dissimuler un peu et cacher sa joue avec la main, ce qu'elle fit immédiatement.

— Mince ! Il y a des choses qui manquent ? demanda Anna en feignant la surprise.

— Non, à vrai dire le musée ne nous a rien signalé, c'est pour ça que je suis là.

— Et tu as vu le directeur ?

— Non, on m'a répondu qu'aujourd'hui ce ne serait pas possible, il y aurait un conseil d'administration ou quelque chose comme ça.

— Oui c'est vrai, je te le confirme.

— C'est une vraie anguille celui-là ! Je n'arrive jamais à le rencontrer. En tout cas, je sens qu'il n'est pas clair, ce type.

— Bien là, je ne peux rien dire, je suis comme toi, je ne le sens pas ce type, surtout depuis la disparition du professeur, il a changé et pas en bien !

— Oui… J'ai bien envie de lui coller la brigade financière, je pense que ce serait instructif et il s'attend pas à un coup comme ça.

— Et son assistant, il est clair lui ? demanda Éric.

— Douglas Miller ?

— Oui !

— Inconnu au bataillon !

— Que voulez-vous dire commissaire ?

— Eh bien, ses papiers sont en règle mais à part une immatriculation à la sécurité sociale, il n'est connu d'aucune administration anglaise.

— C'est un faux nom ?

— C'est probable, mais si c'est le cas c'est du beau travail ! Ce qui m'intrigue c'est que ce gars n'a jamais reçu de contravention, ni fait de service militaire… Une sorte de fantôme !

— Comment c'est possible ?

— En théorie, il n'y a rien d'impossible, il suffit d'avoir les bonnes entrées aux bons endroits. En tout cas comme ses papiers sont en règle on ne peut rien contre lui, sauf peut-être l'extrader, à moins, bien sûr qu'il ne commette des actes répréhensibles.

— Et le barbu ? demanda Éric.

Mia lui envoya un violent coup de pied dans le tibia pour le faire taire.

— Quel barbu ?

Anna vola au secours d'Éric qui en avait déjà trop dit.

— Éric a remarqué à plusieurs reprises qu'un individu barbu circulait aux alentours et il avait l'impression d'être suivi.

— Ah ? Tu en es sûr ou ce n'est qu'une impression ?

— Euh, je pense que c'est une impression, commissaire, et Anna m'a dit qu'il y avait pas mal de barbus parmi les vikings du coin ! dit Éric qui essayait de se rattraper tant bien que mal.

— Ahahah ! C'est vrai, ne te tracasse pas, Éric, ce doit être un autochtone. Tu sais, on confond assez facilement les gens lorsqu'ils portent une barbe.

— Oui c'est probablement ça, commissaire…

Le commissaire Anders semblait avoir gobé la supercherie. Cependant c'était quelqu'un de très subtil et personne n'avait jamais l'assurance de savoir ce qu'il pensait véritablement. Éric avait entraîné toute sa petite bande sur le terrain de jeux favori du commissaire et à présent il ne savait pas s'il en était sorti indemne.

— Vous avez quelque chose de prévu ce soir, les jeunes ?

— Euh oui, enfin non pas vraiment, on avait projeté de regarder un film sur le magnétoscope ou alors d'aller se balader un peu à Roskilde, en fait, on a pas encore décidé, répondit Anna.

Le commissaire, dans un geste assez machinal, jeta un coup d'œil à sa montre.

— Oula ! Déjà 6 heures 30, le temps file vite avec vous ! Il faut que je me sauve.

— Ah ? Tu as du boulot ce soir ?

— Non ! Mais je passerai certainement ce soir faire un tour dans le coin, histoire de rassurer les plaisanciers.

Le commissaire était déjà debout et réajustait sa veste. Il embrassa Anna et serra la main à tout le monde.

— Bon les jeunes, bon film ou bonne balade, moi je file, désolé !

— Pas de problème, lui répondit Anna en faisant un petit signe amical de la main.

Anders alla rejoindre sa voiture sur le parking d'un pas assez rapide.

— Tu crois qu'il a gobé ton histoire, Anna ? demanda Éric.

— Je suis sûre que non !

— Merde ! Il ne va pas nous lâcher alors…

Toute la petite bande tirait une figure d'enterrement à l'idée que leurs projets ne soient avortés.

— Tu peux en être certain, Éric ! Anders, c'est du bon et du lourd, c'est le meilleur flic que je connaisse, sur tous les plans d'ailleurs.

— On est tous fichu alors !

— Pas encore ! De toute façon il est de notre côté, mais il ne faut pas faire n'importe quoi avec lui.

— Que veux-tu dire ?

— Il serait assez déçu de nous si on faisait des choses pas très *clean*. En plus il ne pourrait plus nous aider à cause de son statut de flic. Par contre il nous a donné plein d'indices tu sais !

— Hein ?

— Oui, il nous a dit qu'il avait Matthaeus dans le collimateur, tout au moins il ne l'a pas dit comme ça ! Il nous a dit aussi l'heure à laquelle il allait surveiller les environs.

— Quoi ? Quelle heure ?

— 4-5 heures du matin ! C'est pour ça qu'il faut y aller plus tôt, ce sera moins risqué de toute façon.

— Tu as entendu tout ça toi ?

— Il faut savoir lire entre les lignes avec Anders, c'est un malin.

— Et vers quelle heure penses-tu que c'est plus sûr ?

— Alors... Le conseil se finit après l'apéritif généralement vers 9 heures. Ensuite toutes les huiles filent se faire un restaurant en ville et personne ne revient ici.

— On peut y aller vers 10 heures alors ?

— Non ! C'est trop tôt ! Anders va certainement faire un tour à cette heure-ci, et peut-être contrôler que nous sommes bien à l'auberge. La meilleure chose à faire est de se visionner un bon film, une soirée pop-corn et faire un bon café serré, hein Niels ?

— Une soirée pop-corn ça me tente moi !

— Et après, on pourra y aller vers minuit... Minuit, il peut y avoir encore des gens qui circulent sur le site surtout si la nuit est chaude, donc cela ne piquera pas trop la curiosité des plaisanciers.

— Et pour Matthaeus et le barbu ? Qu'est-ce qu'on fait ?

— Rien, Matthaeus sera bien occupé à fumer ses cigares en ville, quant au barbu, nous ne savons pas qui il est, ni ce qu'il fait ! Et puis si ça se trouve, il est bien loin maintenant. Donc on ne peut rien faire non plus.

— Bon il ne reste plus qu'à se choisir un film alors !

— Moi je vous propose « Danse avec les loups » avec Kevin Costner, vous l'avez vu ?

— Non c'est récent ça ?

— Oui, il est sorti en février dernier, mais il dure plus de 3 heures.

— Plus de 3 heures ? C'est vachement long !

— Oui mais ça fera un bon alibi ! dit Anna en faisant un clin d'œil. De toute façon il paraît que c'est un bon film et on a du temps devant nous.

— Et tu l'as cette cassette ?

— Oui, j'ai un pote à l'auberge qui m'a laissé quelques cassettes. Pour les pop-corn j'ai ce qu'il faut chez moi. Il faut juste vérifier les piles des lampes et prendre un couteau.

— Un couteau ? Que veux tu faire avec ça ?

— Bin pour ouvrir le coffre ! Je ne vais pas le faire avec ma carte de crédit ! En plus Matthaeus a du récupérer son passe, alors le canif me semble être un bon substitut, non ?

— C'est toi la pro du cambriolage qui forces les serrures… moi j'en sais rien !

— Pense à prendre la pièce cette fois Éric, dit Mia, moi, j'apporte le canif que tu m'as offert.

— Oui, oui, je pourrais la comparer avec les tablettes en métal.

— OK c'est vu comme ça ! Je demande à Silke en cuisine si elle peut nous faire une pizza à emporter pour ce soir… Les pop-corn, c'est pas nourrissant pour le viking ! Mais c'est assez génial avec mon breuvage magique…

— Anna qu'est-ce que j'ai dit tout à l'heure ? Pas d'hydromel ce soir ! s'excita Niels…

— C'est pas pour nous c'est pour Anders !

— Pour Anders ?

— Oui, s'il passe et qu'il ne voit pas un peu d'hydromel traîner il va se méfier de quelque chose.

— Tu penses vraiment ?

— Il sait très bien que lorsque j'ai des invités je sors mon hydromel et il sait aussi que je suis très fière de ma recette alors… s'il n'en voit pas, ça va lui mettre la puce à l'oreille.

— Il faut dire que ton hydromel est vraiment super bon, mon amour.

— Tu ne vas pas t'y mettre toi aussi, Éric ! On a dit, pas d'hydromel, que pour Anders !

— Hé ! Docteur Maboule, reste zen !

Anna se leva et se dirigea du côté de la cuisine du snack, certainement pour récupérer une pizza auprès de Silke. Niels avait pris sa tête de boudeur en voyant qu'il était le seul à être sérieux. Il entreprit alors de débarrasser la table des restes de leur grignotage pour les jeter dans la poubelle. Mia et Éric restèrent tous les deux à table un moment.

— Comment crois-tu que ça va se terminer tout ça ?

— Je n'en ai aucune idée, Mia, mais j'aimerais bien élucider la disparition de tes parents, en plus du mystère de ce qui m'arrive.

— Oui… Mais j'ai un sale pressentiment !

— Que veux-tu dire, Mia ?

— Je pense qu'on va y laisser des plumes, Douglas me fait peur, je suis sûre qu'il est capable de nous faire du mal !

— Hé ! Tu ne crains rien ! Anna est une vraie guerrière, et puis Anders est avec nous !

— Peut-être mais je t'assure, je pense que tout ça va mal se finir.

— Mais non, et puis on a un toubib dans la bande alors on est déjà sauvé !

— Peut-être que je me fais des idées…

— Peut-être, mais raison de plus pour être prudent et ne pas prendre de risques inutiles. En plus, connaissant Anders, je suis certaine qu'il ne sera pas loin, alors tu vois !

— Oui…

Anna et Niels revinrent en même temps à la table.

— Alors vous complotez ? charria Niels.

— Oui, je disais à Mia qu'il faudrait essayer de mettre du soda dans l'hydromel d'Anna, je te parie que ce serait super bon !

— Quoi ? Mais c'est pas vrai ça ! On a dit : pas d'hydromel !

— Euh, il est hors de question que vous sabotiez mon élixir vous deux !

— Hihihi ! Décidément c'est pas la peine de vous faire marcher tous les deux, aujourd'hui vous galopez tout seul !

— Pff, on est fatigué c'est tout !

— Niels, tu es vraiment mauvais joueur toi !

Niels reprit à nouveau sa tête de boudeur et parti en bougonnant.

— Bon, tant pis pour le mauvais joueur qui s'en va ! En attendant, Silke nous a fait une pizza aux fruits de mer et une royale classique au cas où certains n'aimeraient pas les fruits de mer.

— Non c'est parfait ! C'est bon les fruits de mer…

— Bien, il faudra envoyer le boudeur les chercher dans une heure, vers 7 heures, 7 heures et 30, comme ça il pourra aussi jeter un coup d'œil aux alentours en même temps.

Chapitre 16

— Encore combien de temps va-t-on devoir rester ici, Douglas ?

— Je ne sais pas, monsieur, ça dépend d'eux !

— Il n'est pas loin de minuit ! Quand je pense que je serais certainement en train de siroter un bon vieux Cognac en ville et au lieu de ça, je dois me contenter d'un vulgaire sandwich assis par terre et dans le noir.

— De quoi vous plaignez-vous ? Il y a encore les lampadaires !

— Tu ne peux pas comprendre !

— Chut… J'entends quelque chose !

— Quoi encore le flic ? Ça fait déjà deux fois qu'il passe vérifier la porte.

— Non, il est parti, je l'ai vu monter dans sa voiture il y a près d'une heure.

À ce moment, on entendit le cliquetis de la serrure de la porte d'en face, quelqu'un entrait dans les bureaux de l'administration.

— Ce sont eux ?

— Attendez, monsieur, je vais voir…

Douglas se faufila, tout en restant baissé, entre les tables du restaurant sans un bruit puis se glissa le long de la porte d'entrée. Il jeta un œil quelques secondes à travers la vitre.

— Alors ?

— Oui, la bande est au complet !

— Allons-y !

— Non ! Monsieur, si nous y allons maintenant nous n'apprendrons rien, laissons leur un peu de temps…

— Bon, bon, je veux bien attendre une demi-heure, mais pas plus.

— Une demi-heure sera très suffisant !

Douglas se faufila à nouveau entre les tables du restaurant pour rejoindre Matthaeus qui était assis le long du bar au fond et qui buvait au goulot d'une bouteille de Cognac qu'il avait certainement dénichée derrière le comptoir.

— Décidément, vous ne pouviez pas vous en empêcher !

— Les habitudes ont la vie dure, Douglas… Et puis, c'est une toute petite compensation pour tout ce que je suis en train d'endurer.

— Eh bien essayez de garder les idées claires, vous en aurez besoin dans une demi-heure !

— Comme tu dis, Douglas, une demi-heure c'est amplement suffisant pour moi pour faire connaissance avec ce magnifique breuvage… Et après, je serais riche !

Douglas ne répondit rien mais le peu d'expression qui transpirait dans son regard pouvait suffire à comprendre le dédain que lui inspirait le directeur du musée.

Pendant ce temps-là, la petite bande avait pénétré le bureau de Matthaeus.

— Vite, Mia, tire les stores !

Mia s'exécuta immédiatement. Une fois les stores baissés, elle resta en position le long du mur de la fenêtre et surveillait du coin de l'œil l'extérieur du bâtiment. Niels quant à lui, était resté près de la porte pour faire le gué, tandis qu'Anna et Éric s'affairaient au bureau de Matthaeus.

— Mia, passe-moi ton canif, s'il te plaît !

Mia sortit de sa poche de jean le canif qu'il lui avait offert. Elle quitta les fenêtres et alla rejoindre son cousin au bureau en le lui tendant.

Éric prit le canif, ouvrit la lame puis le passa à Anna.

— Merci ! Voyons si le coffre va s'ouvrir maintenant !

Elle saisit le livre-coffre sur le bureau et fit jouer la lame dans la fente de la serrure. Un fois de plus, le livre s'ouvrit sans opposer de résistance. Elle renversa alors la boîte et les tablettes se répandirent sur le bureau en verre.

— Bon, voyons ça ! Niels c'est toujours bon pour toi ?

— Oui je n'entends personne !

— Mia retourne voir à la fenêtre s'il y a du monde…

Mia retourna voir quelques instants à la fenêtre et répondit :

— Oui, il y a juste un couple de promeneur sur la jetée.

— Parfait on va pouvoir allumer et oublier les lampes torches, dit Anna en faisant un petit signe à Niels.

Celui-ci actionna le bouton de l'interrupteur et les néons illuminèrent la pièce.

— Et tu ne crois pas qu'allumer va attirer l'attention des promeneurs ? demanda Éric.

— Non, à cette heure-ci, un bureau allumé est moins suspect qu'une valse de faisceaux de lampes de poche. Et puis vers minuit, il est possible de croire que quelqu'un travaille tard… enfin… je pense.

— De toute façon un bureau allumé est moins suspect que les lampes torches qui se promènent, tu as raison, d'autant qu'à l'extérieur les lampadaires sont encore allumés.

— Peut-être mais il ne faut pas moisir ici non plus, essaie de voir ce que nous disent les tablettes.

Éric fit deux groupes de tablettes. À droite il plaça les tablettes en bois et à gauche il étala les tablettes en métal qu'il essaya d'organiser en fonction de la position du symbole.

— Alors ça t'inspire ?

— Non, j'ai l'impression que cela ne veut absolument rien dire !

— Essaye avec les tablettes en bois !

Éric aligna les tablettes mais le symbole avait la même position sur toutes les tablettes, il n'y avait donc pas a priori d'ordre logique !

— Je ne sais pas… Ça ne m'inspire vraiment pas…

— Attends ! Je crois que j'ai une idée ! Tu me laisses essayer ?

— Bien sûr je t'en prie…

Anna positionna une première ligne de 8 tablettes en bois…

— Sais-tu pourquoi on appelle l'alphabet viking le *Futhark* ?

— Euh non bien sûr !

— Moi si ! Je me rappelle, dit Mia, on l'avait lu dans le livre à la bibliothèque, ce sont les six premiers phonèmes de la première famille de runes. En fait il y a trois familles de huit runes chacune.

— Exact ! Et il faut les placer comme ça !

— Oui mais comment le sais-tu ? Sur les tablettes il y a plein de signes !

— Eh bien, tout bêtement, je regarde la première rune de chaque tablette et, remarque, chaque tablette commence par une des lettres de l'alphabet... et... il n'y a aucun doublon ! Ensuite je les range comme on le fait d'habitude, en trois familles, un peu comme une réussite aux cartes.

Sur le bureau les tablettes étaient à présent bien alignées en trois rangées de huit runes, l'une au-dessous de l'autre.

— Alors Éric, tu vois quelque chose ?

— Non ! Toujours pas !

Éric prit alors les tablettes en métal et les compara comme l'avait fait Anna. Puis il les plaça au-dessus la première rangée : elles étaient totalement identiques à celles de la première ligne. Il ne restait plus que 4 runes à placer. Sans aucune difficulté, Mia plaça 3 d'entre elles au début de chaque ligne car elles commençaient par la même rune. Qu'est-ce qu'on fait de la dernière tablette en métal ?

— Moi je ne vois qu'une seule place pour finir le tableau ! Et Niels plaça la dernière tablette à l'intersection des tablettes en métal de sorte que les tablettes en métal chapeautaient les tablettes en bois.

— Alors Éric ? Et maintenant ?

— Bien je ne sais pas, je n'y comprends rien.

— Tu parles d'un traducteur universel !

— Niels arrête veux-tu et laisse-le se concentrer.

Au bout de trois minutes d'inaction, Éric décida de prendre la pièce au fond de son sac à dos pour comparer les inscriptions. Mais dès que la pièce fut à l'air libre, les tablettes en métal se mirent à vibrer sur le bureau.

— Ça alors ? Qu'est-ce qui se passe ?

— Regardez les tablettes en bois !

Les tablettes en bois s'étaient mises à vibrer elles aussi, mais les vibrations au lieu de les faire rebondir sur le bureau, modifiaient les inscriptions, les symboles se réorganisaient tout seul sur les tablettes pour former d'autres suites de symboles.

— Mince, c'est un truc génial pour cacher un message secret, ça !

Au bout d'une trentaine de secondes, les tablettes s'arrêtèrent de vibrer et une nouvelle organisation de runes apparut.

— Vite Éric, dis-nous si ça a un sens pour toi !

Éric regarda attentivement chacune des tablettes tandis que Mia sortit le carnet de son père et recopiait scrupuleusement les nouvelles inscriptions.

— Oui ça veut dire quelque chose, mais c'est tout aussi mystérieux !

— Vas-y dis nous, Éric !

— « La pierre d'Heimdall et l'anneau d'Odin ne font qu'un sur la terre de Gaut. »

— Ça nous fait une belle jambe ! ronchonna Niels !

— T'es jamais content toi ! Tu t'attendais à quoi ?

— À quelque chose de plus clair en tout cas, c'est quoi ce charabia encore ?

— Heimdal c'est le dieux qui quand il souffle dans sa corne fait ouvrir le *bifrost* pour créer un pont entre notre monde et le monde des Dieux.

— Et l'anneau d'Odin c'est …

— C'est le bracelet que portait le grand Odin ! fit une voix en provenance de la porte d'entrée !

Les quatre jeunes gens, surpris, sursautèrent en même temps et se retournèrent.

— Le barbu !

— Quoi ? Qui êtes-vous à la fin ?

Le barbu qui était encore habillé en gardien de musée fit tomber sa casquette par terre, passa les mains derrière la nuque puis retira la perruque qu'il portait.

— Qu'est-ce que ça fait du bien de ne plus porter ce truc par cette chaleur !

Il dégrafa ensuite les premiers boutons de sa chemise et se mit à arracher sa barbe par lambeaux. Au fur et à mesure que la barbe disparaissait, on découvrait peu à peu les traits véritables de son visage. Enfin, il glissa son doigt sur chacun de ses yeux et retira les lentilles de contact. Ses yeux étaient intensément vert comme ceux de Mia.

— Professeur !
— Papa ? dirent ensemble Mia et Niels…
— Oui je suis désolé, les enfants…
— Mais… vous n'êtes pas mort ?
— Non ! Vous voyez bien ! Mais il s'en est fallu de peu, je vous raconterais tout ça mais pas ici, il faut se dépêcher, Matthaeus et Douglas ne doivent pas être loin…

Mia se précipita sur son père et se mit à pleurer dans ses bras, submergée par l'émotion.

— Oui, il va nous falloir quelques explications, papa, dit Niels.
— Oui, oui bien sûr… ce que je peux vous dire pour l'instant c'est qu'on a bien essayé de nous tuer votre mère et moi et que pour éviter qu'on s'en prenne à vous, on a préféré laisser croire à notre disparition.
— Maman est vivante elle aussi ?
— Oui, oui ne t'inquiète pas Mia, elle va bien. Lui dit-il en lui caressant doucement la tête.
— Véra est au courant ?
— Non pas exactement… mais c'est compliqué… pour l'instant nous n'avons pas le temps, il faut partir rapidement, Douglas et Matthaeus sont dangereux et imprévisibles !
— Quelle touchante réunion de famille, Allan !

Matthaeus venait d'entrer dans le bureau suivit de Douglas qui tenait un pistolet et menaçait le petit groupe.

— Matt ! Tu n'es pas en train de fumer tes cigares à Roskilde ?

— Eh non c'est une idée de Douglas ! Il a du nez finalement ce garçon !

Douglas agita son pistolet en direction du professeur pour lui faire signe de rejoindre les autres près du bureau. Masquée par le professeur qui avançait vers elle, Anna saisit l'occasion et appuya discrètement sur le bouton de prise de ligne sur le téléphone du bureau de Matthaeus. Le voyant s'alluma. Elle le cacha immédiatement avec une feuille de papier qui traînait là. Ensuite elle composa un numéro de téléphone en appuyant le plus délicatement possible sur le clavier afin que personne ne puisse percevoir le bruit des touches.

— Douglas n'hésitera pas, alors tenez-vous tranquille ! hurla Matthaeus.

— Ça ne t'as pas suffit d'essayer de nous faire disparaître, tu veux remettre ça ?

— Moi te faire disparaître ? Non je voulais seulement que tu n'arrives pas à Skjold intact !

— Et tu as trafiqué les freins de la voiture, ça te paraissait la meilleure solution ?

— HAHAHA ! Oui c'était une bonne idée hein ? Les quelques virages sur les fjords sont tellement sinueux !

— Et je suppose que ce devait être une brillante idée de Douglas !

— Je suis désolé, professeur, la confrérie n'a pas pour habitude de donner dans l'assassinat, l'idée ne venait pas de moi, si je l'avais su plus tôt je l'en aurais empêché, croyez-moi.

— C'est pour ça que vous nous braquez avec ce pistolet !

— Vraiment, professeur, je suis désolé.

— Voyons Allan, tu sais bien que Douglas est incapable de réfléchir, les idées brillantes, c'est moi qui les ai !

— Mais tu es saoul, Matt !

— Non ! Pas du tout, je suis seulement euphorique à l'idée de devenir riche !

— Matt, tu n'as toujours pas compris que la richesse pour les dieux vikings n'a rien a voir avec l'or, les diamants ou un quelconque trésor !

— Oui, oui c'est ça… le trésor est à moi, je l'ai bien mérité !

Matthaeus saisit le pistolet de Douglas et le pointa alors vers le professeur.

— Maintenant vous allez me raconter ce que ces fichues tablettes disent !

— En fait c'est plutôt étrange… commença Éric.

Cependant il n'eut pas plus tôt commencé qu'Anna s'interposa.

— Tais-toi Éric ! Ce sale type ne doit rien savoir !

— Oh ! Ce n'est pas bien jeune fille ! Sais-tu que je peux être particulièrement persuasif !

— À ces mots, Matthaeus pointa le pistolet en direction d'Anna et se fit plus menaçant.

— Enfin Matt tu es complètement fou !

— Ne dis rien Éric ! Il ne fera rien, il n'a pas le cran nécessaire !

Douglas à ce moment essaya de se saisir du pistolet mais le coup partit et Anna s'écroula de tout son poids.

— Anna, non ! Éric se jeta sur Anna et la prit dans ses bras.

Matthaeus dirigea alors le pistolet vers Douglas et lui enfonça le canon dans les côtes.

— Douglas, tu me déçois ! Je croyais que la confrérie me protégerait !

— La confrérie ne protège pas les assassins, monsieur !

— Eh bien va rejoindre toute la petite famille si tu ne veux pas être le prochain !

— Douglas s'exécuta sans sourciller et alla se placer à côté du professeur.

— Maintenant, vous allez me dire à la fin ce que ces tablettes racontent ! cria Matthaeus complètement hystérique.

— On va vous le dire, calmez-vous, fit Niels, mais laissez moi examiner Anna, vous savez bien que je suis médecin !

— Vas-y ! Mais je t'ai à l'œil !

Niels rejoignit Éric en larmes et regarda la blessure d'Anna qui restait inconsciente. La balle avait atteint le milieu du ventre et le sang qui s'écoulait abondamment était d'un rouge vraiment anormal.

— Merde, merde, merde ! Il faut appeler les secours, je crois bien que le pancréas et l'artère mésentérique sont touchés, elle est en train de se vider de son sang !

— Eh bien raison de plus pour me dire rapidement ce que signifient ces tablettes...

— Éric, tu n'as pas le choix, dit Niels à demi-mots, il faut que tu fasses quelque chose rapidement ou elle va mourir dans les minutes qui suivent !

— Dis-lui papa ! cria Mia, tu connais les runes, toi !

Le professeur fit le tour du bureau et examina les runes...

— Baisse ton arme, Matt, je vais te dire ce que je lis !

— Pas question ! Raconte d'abord !

Le professeur commença la traduction.

— Choisit par Eir... il marchera ou marcha dans la lumière des dieux... par Heimdall et Wodan sur la terre des Goths plein de richesses... et le reste est incompréhensible !

Matthaeus s'approcha du bureau pour mieux voir tout en continuant de menacer de son arme le professeur Christiansen.

Éric saisit l'occasion et profita de ce moment pour appliquer sa main droite sur la blessure d'Anna tandis que Niels se plaça de telle sorte qu'il le dissimulait aux yeux de Matthaeus tout en continuant de contrôler le pouls d'Anna.

— Reviens, mon amour, reviens, je t'aime tant, glissa Éric à l'oreille d'Anna.

Les yeux d'Éric se parèrent progressivement de la lueur bleue et toute sa main devint lumineuse. Le sang s'arrêta immédiatement de couler et la plaie se referma rapidement. La lueur demeura un instant à l'endroit où la balle était entrée puis diminua rapidement pour disparaître en moins d'une minute. Anna prit une grande inspiration puis ouvrit les yeux.

— Que s'est-il passé, Éric ?

— Matthaeus t'as tiré dessus ! souffla Éric. Mais ce n'est pas fini, continue à faire la morte, ça vaut mieux ! Niels occupe-toi d'elle comme si de rien était ! Je vais en finir avec ce sale type !

— Que vas-tu faire, Éric ?

— Je ne sais pas mais il m'a mis en fureur !

Éric se redressa, la lueur de ses yeux avait diminué suffisamment pour que l'on puisse croire que ses yeux étaient tout simplement bleus, intensément bleus.

— La traduction n'est pas tout à fait exacte ! dit Éric.

— Qu'en sais-tu, nabot ! railla Matthaeus.

Éric approcha la main vers les tablettes qui se mirent aussitôt à vibrer de la même manière que tout à l'heure et les inscriptions reprirent leur place originelle sous les yeux ébahis de Matthaeus et du professeur.

— Qu'as-tu fait ? Sale gosse ! Remets-les comme elles étaient, maintenant ça ne veut plus rien dire !

Matthaeus plaça le canon de son arme sur le front d'Éric.

— Éric ! Je t'en prie, ne joue pas avec lui, tu sais de quoi il est capable.

— Je sais ce que je fais mon oncle !

Éric ne retirait pas sa main du dessus du bureau. Les inscriptions des tablettes en métal s'allumèrent alors en bleu et se modifièrent pour former des dessins.

En même temps le métal semblait se ramollir jusqu'à se liquéfier complètement. Les douze tablettes de métal ressemblaient à présent à douze petites flaques de mercure sur lesquelles flottaient des motifs bleus et lumineux. Personne dans la pièce n'osait bouger et tous observaient les transformations s'opérer en silence. Les petites flaques coulèrent les unes vers les autres pour s'agglutiner et ne former qu'une seule flaque plus grande pleine de motifs luminescents. La flaque forma alors un disque parfait durant quelques secondes et les motifs se mirent à tournoyer de plus en plus rapidement jusqu'à faire exploser le disque en fines gouttelettes qui s'agglutinèrent autour du poignet d'Éric.

Le métal se figea alors pour ressembler à un bracelet de force richement décoré et lumineux.

— Le *draupnir*, il détient le *draupnir*! fit Douglas, qui, pour la première fois, exprimait son étonnement.

— Donne-moi ce bracelet, morveux! fit Matthaeus en donnant des petits coups de canon sur le front d'Éric ce qui eut pour seul effet d'exciter sa colère.

Les yeux d'Éric devinrent de plus en plus lumineux à tel point que Matthaeus prit peur et fit plusieurs pas en arrière.

— C'est quoi ça? Tu penses m'impressionner avec tes lentilles de farces et attrapes!

— Vous impressionner? Non! Vous éliminer, ça oui!

Éric n'arrivait plus à contenir la fureur qui bouillait en lui et la laissa sortir d'un coup. Le bracelet s'entoura alors d'un halo luminescent très intense et une sorte de rayon bleu jaillit tout à coup pour venir toucher Matthaeus en pleine poitrine et le propulsa jusqu'au fond de la pièce. Il s'écrasa dans un fracas indescriptible complètement inconscient contre le mur de la salle de réunion, qui pour le coup fut totalement éventré. Éric fixa ensuite Douglas qui, pris de panique, s'enfuit immédiatement sans qu'Éric ne puisse réagir. Le professeur se mit alors à lui emboîter le pas pour le rattraper mais la main d'Éric le retint par l'épaule.

— Ce n'est pas la peine, mon oncle ! Regardez !

Éric montra du doigt les reflets bleus clignotants qui provenaient du parking.

— Je pense qu'Anders ne doit pas être loin !

— Oui et j'espère qu'il a tout entendu, dit Anna qui s'était relevée.

— Anna tu n'es pas blessée ? Je t'ai vu tomber... Je ne comprends pas.

— Vous avez bien vu, professeur, mais Éric m'a soignée.

— Soignée ? Mais tu étais mourante ! N'est-ce pas Niels ?

— Absolument papa ! répondit Niels avec un large sourire.

— Quoi ? C'était des balles à blanc alors ?

Le professeur Christiansen recherchait dans le regard des jeunes de quoi comprendre ce qu'il venait de voir.

Éric fixa le regard de son oncle pendant un instant puis le bleu de ses yeux s'atténua pour ne redevenir qu'une toute petite lueur tout au fond de ses yeux noisette.

— Je pense que tu sais très bien ce qui s'est passé, mais tu as du mal à y croire, non ?

— C'est donc vrai ? Tu détiens le pouvoir des Dieux et le *draupnir* d'Odin !

— Mais c'est quoi ce *draupnir* ? demanda Éric.

— L'anneau d'Odin ! Anneau pour les vikings ne veut pas dire anneau comme une bague mais plutôt bracelet. C'est ce dont il est question dans les tablettes, non ?

— Oui c'est ce que j'ai lu aussi, mais ce n'est pas la terre des Goths comme tu as dit, ça parle de la terre de Gaut ! Ce n'est pas la même chose. Et qui est ce Wodan ?

— Je suppose que parler Danois et savoir lire les runes du IXe siècle fait aussi partie des choses qui te sont faciles à faire ?

— Oui, je suppose que oui ! Mais pourquoi avoir dit « Terre des Goths et Wodan » ?

— Ah ! Je l'ai fait exprès ! Matthaeus n'est pas un spécialiste des runes mais il aurait été capable de les traduire avec un peu de temps. Alors j'ai préféré lui donner quelques mensonges enrobés de morceaux de vérités pour faire plus vrai mais sans qu'il soit capable de connaître le véritable message. Wodan est le nom germanique d'Odin et ça me semblait plus en accord sur le moment avec les Goth. Maintenant il va être difficile de confirmer ce que nous avons lu puisque les runes ont repris leur place et ne veulent plus rien dire !

— Ça ce n'est pas un problème, papa, dit Mia tout excitée en agitant le petit carnet noir, j'ai tout noté, ou presque.

À cet instant apparurent le commissaire Anders et deux policiers en civil dans l'entrebâillement de la pièce, les armes au poing.

— Moi, j'ai tout enregistré ! Mais je vais avoir besoin de quelques décryptages car certains passages ne sont pas vraiment clairs ! dit Anders en remettant son arme de service dans l'étui.

Les deux policiers étaient penchés sur Matthaeus et lui prenait son pouls.

— Il est encore vivant commissaire !

— Eh bien vite, appelez une ambulance, ce lascar a plein de choses à me raconter… et vous aussi professeur !

— Tout ce que vous voudrez, commissaire, mais avez-vous attrapé Douglas, l'assistant.

— Non ! Il est parti par la mer. A priori, il devait avoir des complices car il semblerait qu'une vedette rapide l'attendait dans la jetée. Mais d'après ce que j'ai entendu et enregistré, dit-il en agitant le petit dictaphone qu'il tenait à la main, il ne serait coupable que de dissimulation de crime.

— Oui, Matthaeus n'a pas pu s'empêcher de se vanter. Je n'aurais jamais pensé qu'il en serait venu là.

— Vous savez professeur, la fortune ou l'idée d'être riche change bien des gens !

— Certes, commissaire, mais le plus absurde dans tout ça c'est que la richesse au sens viking, ce sont les valeurs de l'homme.

— Au fait professeur, peut-être pourriez vous m'éclairer un peu, sur la bande ce n'est pas très net, mais il y a bien eu un coup de feu de tiré et quelqu'un était mourant, n'est-ce pas ?

Le professeur balbutia quelques mots ne sachant pas quoi répondre au commissaire sans passer pour un fou. Anna vint à son secours.

— C'est vrai ! Matthaeus m'a tiré dessus mais il m'a ratée !

— Mais Anna, tu es couverte de sang, tu es blessée ?

— Ah ? Ça ? Non ne t'inquiète pas, c'est la pizza de tout à l'heure, je m'en suis renversée, tu sais comme je suis maladroite !

Le commissaire regardait Anna de la tête aux pieds. N'importe qui aurait pu voir que le T-shirt d'Anna était couvert de sang et le trou apparent en plein milieu ne pouvait pas être plus parlant.

— Hum, n'en dis pas plus, veux-tu ! Je vais en rester là, juste pour que cela ne fasse pas désordre dans mon rapport. Et pour ce Matthaeus ? Comment s'est-il mis dans cet état ?

— Euh, j'ai voulu lui faire lâcher son arme et dans la lutte il est tombé un peu violemment.

Le professeur Christiansen essayait de montrer beaucoup de sincérité dans ses propos mais Anders n'était pas vraiment convaincu.

— Dites moi, Christiansen, vous croyez sincèrement que je vais gober tout ça ? Vous savez, je vois rarement les gens traverser les murs avec une telle violence ! Et regardez moi ça, le mur est brûlé tout autour de lui. C'est bien étrange tout ça.

— Hum, oui mais je n'ai pas d'autres explications à vous donner malheureusement.

— Il va pourtant falloir colmater tous ces trous lorsque vous ferez votre déclaration.

— Et maintenant commissaire ? Que va-t-il se passer pour moi, pour nous ?

— Eh bien demain professeur vous allez passer me voir au poste et vous allez me raconter tout ça dans les moindres détails… Il faudra aussi que votre femme me fasse un petit signe afin que je puisse m'assurer qu'elle va bien.

— Bien sûr, bien sûr, commissaire ! Vers quelle heure voulez-vous ?

— Disons 14h00, ça nous laissera le temps de mettre un peu d'ordre dans tout ça et dans vos histoires ! Je n'ai pas envie d'être la risée de mes collègues lorsqu'ils liront mon rapport.

— Commissaire, l'ambulance est arrivée fit un jeune policier qui venait d'entrer.

— Bien ! Faites-le évacuer maintenant. Avez-vous des nouvelles des gardes côtes ?

— Non ! Le hors-bord du fuyard était trop rapide, ils ont longé le fjord jusqu'à l'embarcadère de *Frederikssund* et là un hélicoptère les a pris en charge.

— Dommage ! Je suis sûr qu'il nous aurait appris une foule de choses intéressantes celui-là.

Les brancardiers étaient arrivés. Après avoir examiné Matthaeus toujours inconscient, ils le hissèrent sur leur brancard à roulettes et l'évacuèrent rapidement.

— Bon les enfants, je vous suggère d'aller vous coucher, demain je vous attends tous au poste pour mettre tout ça par écrit, d'accord ?

— Oui, oui répondirent-ils tous.

Soudain Éric remarqua un bout de métal par terre mais le commissaire Anders fut plus rapide que lui et le ramassa.

— C'est à toi ?

— Non, qu'est-ce que c'est ?

Le commissaire Anders ouvrit la main et ils purent voir tous les deux la chevalière de Douglas. Elle avait dû certainement tomber lorsque celui-ci tenta de maîtriser Matthaeus pour lui arracher son pistolet.

— Je peux ? demanda Éric en montrant la bague.

— Oui bien sûr, prend-la !

Éric examina attentivement la chevalière. Elle était toute grise et grossièrement faite, probablement en étain. Sans doute venait-elle du Moyen Âge. Le motif était une sorte de croix gravée et autour, il avait été porté l'inscription « *Sic itur ad astra* » qu'Éric se mit à lire tout haut.

— Que dis-tu Éric ? fit le professeur.

— *Sic itur ad astra* !

— Montre-voir !

Le professeur examina à son tour la chevalière et la retourna dans tous les sens.

— Ça vous dit quelque chose, professeur ? demanda Anders.

— Non, non, pas plus que ça. Le dessin est assez peu raffiné et plutôt banal. La fabrication est un peu grossière. Par contre c'est une bague assez typique au Xe siècle, voire avant. Quant à l'inscription « *Sic itur ad astra* » c'est du latin, cela signifie « *c'est ainsi qu'on s'élève vers les étoiles* ». C'est une devise assez couramment empruntée dans les universités anglo-saxonnes, dans cette forme ou de manière similaire. Mais cela indique clairement l'appartenance de son porteur. Dans certains collèges britanniques, ce genre de bague est porté uniquement par des membres émérites. Douglas est certainement une personne de premier rang dans son cercle ou son université ou son ordre ou je ne sais quoi d'autre, mais ce quelque chose est très ancien.

— Bon, je verrai bien si le labo peut nous trouver la signification de cette chevalière quant aux empreintes de Douglas, j'enverrai une équipe demain matin effectuer des relevés. En attendant, rendez-la moi, c'est une pièce à conviction.

Le professeur Christiansen rendit la chevalière à Anders qui la glissa dans un petit sachet en plastique.

— Ah! Avant de partir, Anna, peux-tu me donner ton passe?

— Mon passe? Pourquoi faire?

— Eh bien c'est la procédure, c'est pour éviter que certaines choses disparaissent... Tu me suis?

— Oui, oui, la voilà ma clef!

Elle détacha de son trousseau une clef brillante qu'elle donna à Anders.

— La confiance règne, je vois!

— Anna tu connais la procédure ce n'est pas à toi que je dois l'apprendre. Tous les objets qui se trouvent ici sont des pièces à conviction, et nous allons apposer des scellés.

Mia cacha le petit carnet noir sous son chemisier de peur qu'Anders ne le lui confisque, tandis qu'Éric essaya de dissimuler le bracelet qu'il portait en tirant sur la manche de son blouson en jean.

— Maintenant, dehors tout le monde! Je ferme.

Le commissaire poussa alors tout le monde vers la sortie en les accompagnant.

Les policiers fermèrent la porte et commencèrent à appliquer les bandes de scellés sur le cadre de la porte. Le groupe était déjà à l'extérieur lorsqu'Anders s'adressa au professeur Christiansen.

— Professeur, je préférerais, bien que cela puisse vous paraître cruel, que vous ne restiez pas avec les jeunes ce soir. Vous me comprenez?

— Mais pourquoi ça? sanglota Mia qui ne lâchait pas son père.

— Écoute, Mia, lui répondit Anna, Anders est un bon flic, et c'est pour nous protéger tous qu'il dit ça!

— Tu devrais sérieusement envisager de poser ta candidature pour entrer dans la police, Anna, je t'assure tu es douée, reprit Anders.

Il se tourna alors vers Mia et avec un sourire gêné, il entreprit de lui expliquer ses raisons.

— Je suis désolé, Mia, je n'ai pas le choix. Si je vous laisse tous ensemble, on pourra vous accuser d'avoir coordonné vos propos et de vous être tous mis d'accord dans vos versions. Quant à moi on m'accuserait d'avoir bâclé l'affaire. Comme toute cette histoire est assez grave, cela pourrait se retourner contre vous, tu comprends ? Et puis Douglas court toujours, Matthaeus est dans un état critique et la bande que j'ai ici comporte pas mal de choses obscures qui ne seront certainement pas explicables !

— Oui je comprends mais alors quand est-ce que je pourrais voir mon père ?

— Demain après les auditions, tout sera consigné et ce sera plus clair pour tout le monde.

Il s'adressa alors au professeur.

— Je suppose que vous êtes descendu à l'hôtel sous un faux nom professeur ?

— Non, je campe dans un camping-car que des amis m'ont prêté. Il est garé pas très loin d'ici, ça m'a paru plus discret.

— Effectivement c'est une bonne idée, mais cette nuit vous allez descendre à l'hôtel, je vous offre le séjour et la protection policière qui va avec. On va aller récupérer quelques affaires ensemble dans votre véhicule puis je vous conduirai. Je pense aussi que vous voudrez bien passer quelques coups de fil à votre épouse avant ?

— Oui, oui merci commissaire !

— Et vous les enfants, pas d'autres sorties nocturnes, n'est-ce pas, Anna ? Je compte sur toi ! Vous aussi vous aurez droit à une protection policière, je ne veux pas prendre de risque, on ne sait jamais.

— Oui, tu peux compter sur moi, Anders ! Je ne vais pas faire ma sauvageonne viking ce soir. Je crois que j'ai eu ma dose d'émotion.

— Et tu n'es pas la seule, dit Éric en lui prenant la main…

Les éclairs des gyrophares se mélangeaient à la lumière jaunâtre des lampadaires et créaient une atmosphère très singulière. Une petite pluie fine fit son apparition comme pour nettoyer la moiteur de l'air et la fraîcheur qui s'en dégageait faisait un bien fou. Quelques gouttes ruisselaient sur le visage d'Anna et le rendait plus lumineux. Éric ne pouvait s'empêcher de l'observer avec un regard tendre, profondément doux et bleuté.

Chapitre 17

Au poste de police de Roskilde, il n'était pas loin de 15h00 et les interrogatoires avaient déjà débuté au petit matin avec ceux des jeunes. Anders préférait battre le fer tant qu'il était chaud et avait demandé aux policiers de faction au musée de les amener. Le professeur Christiansen, quant à lui, n'avait été convoqué qu'à partir de 14h00 comme le lui avait promis le commissaire. Il avait déjà eu droit à l'interrogatoire d'une des collègues d'Anders mais celui-ci voulait encore examiner quelques détails.

— Allons, professeur Christiansen, pouvez-vous m'expliquer ce qui s'est passé en Norvège et comment vous avez réussi à disparaître aussi longtemps ?

— Mais enfin commissaire, vous avez ma déposition sous les yeux, j'ai déjà tout dit à votre collègue il y a plus d'une heure maintenant !

— Voyons, professeur, ne vous méprenez pas, je vous crois mais dans cette affaire beaucoup de choses sont encore assez obscures. Nous avons un suspect qui court toujours et comprenez que je ne voudrais pas qu'on m'accuse de bâcler l'affaire ! Ça nous retomberait dessus de toute manière !

— Oui, oui… Je comprends…

— Allez, racontez-moi tout ça qu'on en finisse. Ensuite je ferai entrer les enfants.

Anna, Éric, Mia et Niels attendaient sagement dans une pièce au rez-de-chaussée, pas très loin des distributeurs de soda. Deux agents gardaient la pièce sur l'ordre express d'Anders qui ne voulait surtout pas avoir d'autres surprises. Il ne manquait plus qu'une dernière déclaration du professeur Christiansen pour que le dossier soit complet et qu'Anders puisse transmettre l'affaire au procureur royal.

— Eh bien, comme je l'ai déjà dit, nous nous sommes rendus à Bryggens, ma femme Lenna et moi, pour rencontrer le conservateur du musée qui devait nous montrer des pièces historiques.

— Et le professeur Matthaeus vous accompagnait-il toujours dans ces cas là ?

— Non, à vrai dire, depuis que je lui ai parlé de la prophétie du livre, il me suit partout.

— De quel livre parlez-vous ?

— Ah, c'est un vieux livre sur l'orfèvrerie en France, soi-disant écrit par Jean-Baptiste Claude Odiot, du temps de Napoléon.

— Soi-disant écrit ?

— Oui… Euh non ! En fait c'est compliqué, mais d'aucun intérêt pour les profanes, sans vous vexer, commissaire. Il s'agit surtout d'une dispute entre historiens, voyez-vous, certains disent que le sieur Odiot n'aurait jamais rien écrit, tandis que d'autres soutiennent le contraire !

— Oui… Mais quel rapport avec notre affaire ?

— Eh bien, j'ai acheté ce livre aux puces à Paris car il me semblait authentique malgré son état délabré. Aussi en le manipulant j'ai trouvé un bout de parchemin caché dans la couverture qui reproduisait les inscriptions des cornes de Gallehus.

— Les cornes de Gallehus ? Ce nom ne m'est pas inconnu !

— Ce n'est pas étonnant, ces cornes en or massif ont été volées en 1804 par une certain Niels Heidenreich, horloger et escroc à ses heures. Ça a fait grand bruit à l'époque, d'ailleurs je pense que c'est encore cité en criminologie, enfin je suppose.

— Vous savez la fac est un peu loin pour moi, professeur, mais dites-moi, que sont-elles devenues, ces cornes ?

— Ah ? Oh ! Elles sont exposées au musée royal, ou presque.

— Comment ça « presque » ?

— Euh, ce ne sont pas les vraies cornes ! En fait, pendant près d'un an, l'enquête a piétiné et ce Niels Heidenreich en a profité pour faire fondre l'or et le revendre sous forme de bijoux indiens et d'autres babioles du même genre. Du coup les cornes qui sont exposées au musée royal ne sont que des copies, en or certes, mais de pâles copies si je puis dire.

— Dans ce cas, je ne comprends pas bien l'intérêt que vous portez au parchemin de ce livre puisqu'à vous entendre tout le monde peut admirer les inscriptions de ces cornes au musée, ne serait-ce que des copies !

— Justement, le bout de papier a été écrit de la main même de Heidenreich qui a pu les manipuler de très près. C'est ainsi qu'il a découvert des inscriptions cachées à l'intérieur des cornes. Et ça c'est sensationnel, car personne ne l'avait remarqué auparavant ! Aussi quand les autorités ont réalisé les copies des cornes, elles les ont reproduites sans ces inscriptions cachées puisque personne n'en avait connaissance, à part Heidenreich, bien sûr !

— Oui, dans ce cas c'est plus clair.

— Le coup de génie de cet homme a été de les recopier ! Pourquoi ? Mystère… Mais j'aime à croire qu'il l'aurait fait dans un souci historique car il avait conscience de détruire quelque chose d'inestimable.

— Je ne serais pas aussi conciliant que vous, professeur. Ma connaissance de la nature humaine fait que je pencherais plutôt pour quelque chose de plus terre à terre, comme par exemple, vouloir le monnayer plus tard.

— Peut-être, mais je préfère ma version, car un homme qui s'intéresse à l'orfèvrerie d'Odiot ne peut pas être dénué de tout scrupule vis à vis de l'Art ou de l'Histoire !

— J'en doute fort, mais continuez professeur.

— Bien… Donc lorsque j'ai trouvé ce papier, je l'ai bien entendu montré à mon directeur, c'est bien normal ! Mais curieusement, Matthaeus, qui d'habitude ne s'enflammait guère pour mes recherches, fut terriblement enthousiasmé par ma découverte.

Anders bien calé dans son fauteuil, farfouillait dans les déclarations posées sur son bureau. Sans doute voulait-il vérifier quelque chose qui lui trottait dans la tête. Le professeur Christiansen s'en aperçut et interrompit poliment son récit. Il parcourut des yeux le bureau d'Anders qui était particulièrement bien rangé et soigné, ce qui ne le surprit pas sauf peut-être ce grand classeur métallique, derrière le commissaire, qui s'imposait dans la pièce comme un tas de charbon dans une cave au siècle dernier. Il semblait sortir d'un autre âge avec ses étiquettes jaunies flanquées sur des tiroirs un peu branlants. Son regard s'arrêta sur la grande fenêtre qui jouxtait le mastodonte noir. Il se surprit lui-même à s'abandonner dans le ciel bleu comme si c'était la première fois qu'il le découvrait. Le ciel était particulièrement bleu ce matin-là, se disait-il, et quel calme ! Il n'y avait pas beaucoup d'activité dans les bureaux du poste de police. Tout au plus pouvait-on entendre le bruit des pas de quelques allées et venues dans le couloir atténué par la moquette et par moment le bruissement des portes de l'ascenseur rappelait l'âme du bâtiment. Le commissaire arrêta subitement ses recherches et tira le professeur de sa rêverie.

— Le motif de cet enthousiasme ?

— Hein ? Euh… À vrai dire, je ne sais pas. Au début, j'ai bien vu que le seul nom d'Heidenreich avait suffit à l'intéresser puis il est devenu presque hystérique lorsque j'ai traduit les inscriptions de ce bout de papier...

— Et que disait ce mystérieux papier, professeur ?

— C'était une prophétie, ou plus exactement la suite de la prophétie d'Odin.

— Attendez ! Là, je ne vous suis plus du tout !

— Oui, bien sûr, en fait, dans la mythologie scandinave, tout commence par une prophétie faite à Odin, qui lui révèle son avenir. Du moins c'est ce que rapporte un recueil de poèmes nordique qu'on appelle l'Edda de Snorri et qui fait figure de référence en la matière.

— Et qu'il y a-t-il de spécial là dedans ?

— Oh ce n'est pas cette prophétie qui nous intéresse même si elle révèle au grand Odin sa mort et la fin de son monde. Ce qui est intéressant c'est ce qui manque !

— Vraiment professeur, je n'y comprends rien !

— Oui, oui... Pour être plus clair ce recueil est le seul récit historique que nous ayons sur la mythologie scandinave. Et comme je vous l'ai dit, tout commence par une prophétie qui révèle à Odin son destin et celui des dieux. Or il manque 8 pages au recueil de Snorri, et il semblerait bien que le bout de papier trouvé dans ce livre soit justement la partie manquante ou un morceau de ce qui est écrit dans ces 8 pages. Vous me suivez ?

— Disons que je rame un peu moins fort dans mon drakkar, professeur, mais pourquoi pensez-vous qu'il s'agit véritablement des 8 pages manquantes ?

— Eh bien tout simplement parce que ce qui est écrit sur ce bout de papier révèle la suite de cette prophétie.

— Et ?

— J'y arrive, ce bout de papier indique grosso modo, et je vous fais grâce des envolées lyriques, qu'un individu, un humain choisi des Dieux, grâce à une marque, en fin bref… que celui-ci pourra accéder au royaume des Dieux, bardé de richesses.

— Ah ! Un trésor caché ?

— Pas du tout, vous n'y êtes pas ! Matthaeus avait compris la même chose que vous ! En fait, pour nos ancêtres vikings, le mot richesse indique plus des qualités humaines que de véritables richesses terrestres.

— Je vois, Matthaeus pensait être sur les traces d'un trésor qui lui amènerait gloire et richesse.

— Vous avez tout compris, commissaire Anders ! C'est d'ailleurs pour ça qu'il s'est empressé de faire publier mes recherches, sous son nom à mon insu.

— Vous voulez dire qu'il vous a volé votre travail, le fruit de vos recherches ?

— Non pas exactement, il est plus malin que ça, il a fait seulement en sorte de se mettre en avant dans la publication de telle sorte qu'il ne pouvait apparaître que comme le découvreur !

— Et cela ne vous a pas mis en colère ?

— Si bien sûr, d'autant que je voulais tout vérifier avant de publier quoique ce soit. Je suis du genre prudent et c'est d'ailleurs ce que font tous les bons scientifiques. Sinon ils perdraient toute crédibilité.

— Donc vous vous êtes disputés et il s'est mis en tête de vous faire disparaître.

— Non pas du tout! J'étais en colère bien sûr et je le lui ai dit. On s'est expliqué et il s'est excusé très sincèrement en prétendant avoir été trop enthousiaste. D'ailleurs en guise de bonne foi, il m'a signé un papier certifiant que j'étais le seul découvreur de ce document historique. Il a même fait publier une sorte de rectificatif où il précisait cet état de fait.

— Donc aucun de vous n'avait de raison de s'en prendre à l'autre?

— Exactement! Cependant Matthaeus est devenu de plus en plus pressant et surtout de plus en plus obsédé par ce trésor. J'avais beau lui expliquer qu'il n'y avait pas de richesses, mais il n'en démordait pas! Ensuite, Douglas est arrivé comme ça, sans prévenir. Et tous les deux ont mené leurs propres recherches en parallèle, du moins c'est mon impression.

— Et ce Douglas, vous le connaissez depuis longtemps?

— Non! Il est arrivé quelques jours après que Matthaeus eut publié ma découverte et il me l'a présenté comme son nouvel assistant.

— Et cela ne vous a pas paru étrange?

— Non, Matthaeus n'avait pas d'assistant et il en voulait un depuis longtemps. Ce qui m'a intrigué au début c'est qu'il soit britannique mais l'Histoire ne connaît pas de frontière, et toutes nos recherches sont publiées en anglais, alors vous savez, les nationalités…

— Et sinon, hormis sa nationalité ? rien d'autre ?

— Non. Je ne pourrais pas vous parler de ses compétences, je ne les connais pas. De plus, Douglas est quelqu'un de très discret, mais aussi de très correct et très courtois. On pourrait le croire sinistre au premier abord mais c'est faux, il n'est simplement pas expansif mais très observateur.

— Hum, mais c'est pourtant lui qui tenait l'arme ?

— C'est exact commissaire, mais je ne pense pas qu'il avait de mauvaises intentions, car il a bien essayé de maîtriser Matthaeus et de la lui arracher avant qu'il ne commette l'irréparable.

— Sauf qu'un coup est tout de même parti…

— C'est exact, mais heureusement personne n'a été touché. C'est Matthaeus qui a tiré, et je pense qu'il aurait continué. Il était devenu complètement fou.

— Puisque vous en parlez, personne n'a retrouvé la balle perdue, vous n'avez pas une petite idée là-dessus ?

— Vous savez moi, les armes… Ce n'est pas vraiment mon domaine.

— Et concernant l'état dans lequel nous l'avons trouvé, vous n'avez pas non plus d'idée ?

— Je pense que dans la bousculade, Douglas a dû le pousser violemment et il s'est cogné dans le mur.

— Hum… L'enregistrement et les autres déclarations sont très claires là-dessus. Douglas a agit en légitime défense et il semble qu'il ait voulu l'empêcher de commettre un drame, mais tout de même professeur, ce Douglas n'a ni la carrure et ni la force de Superman, en tout cas, pas au point de faire traverser le mur au professeur Vogter, ne croyez-vous pas ?

— Oui, oui… C'est certain mais que voulez-vous, peut-être qu'à cet endroit le mur était friable ou fêlé et donc il était facile de passer à travers.

— Peut-être, c'est une hypothèse assez cohérente… Sur l'enregistrement on entend la voix d'Éric, comme si c'était lui qui s'en prenait à Matthaeus.

— Éric ? Non, il a seulement laissé exploser verbalement sa colère, qu'aurait-il pu faire d'autre d'ailleurs ?

— Bon, oublions ça, poursuivez professeur… Racontez-moi ce qu'il s'est passé à Bryggens.

— Oui, pour faire court nous avons remarqué dans les inscriptions d'Heidenrecht, un nouveau symbole intraduisible que nous avions pris au départ pour une rune mal dessinée.

— Et ce n'en n'est pas une ?

— Oui et non. Ce qui est certain c'est qu'elle apparaît beaucoup trop souvent pour être le fruit d'une erreur ! Il s'agit probablement de la 25e rune du *Futhark*. Cependant nous ignorons sa signification, c'est pourquoi je préfère parler de symbole. C'est d'ailleurs à propos de lui que nous avons été contacté par les gens du musée de Bryggens car ils possédaient des tablettes portant exactement le même symbole.

— Et c'est donc le motif de votre voyage ?

— Oui, nous nous y sommes rendus pour examiner de plus près ces tablettes et au final nos collègues de Bryggens nous les ont confiées.

— Bien, bien… Mais comment en est-on arrivé à retrouver votre voiture de location dans la mer ?

— En fait, nous étions prêts à quitter Bryggens lorsque je reçois un coup de fil d'une personne qui avait lu la publication de Matthaeus. Celle-ci disait détenir une stèle portant la fameuse marque. Vous comprenez que ma curiosité de scientifique n'a pas pu résister !

— Ma curiosité de flic n'aurait pas résisté non plus !

— Donc je confie les tablettes à Matthaeus Vogter qui insistait très lourdement pour les prendre avec lui tandis que Lenna et moi prenions la route pour Skjold, une petite ville plus au sud de Bergen, à environ 8-10 kilomètres.

— Donc le professeur Vogter et Douglas sont restés seuls avec les tablettes ?

— Oui mais ils étaient eux aussi sur le départ.

— Et que s'est-il passé alors ?

— Euh, nous roulions normalement sur la E39 et arrivés au niveau de la ville de Troldhaugen juste à la sortie du tunnel je me suis aperçu que la direction vibrait anormalement aussi j'ai voulu immédiatement m'arrêter mais les freins n'ont pas répondu.

— Oui, nos experts nous l'ont confirmé. Il y a bien eu sabotage de la direction et des freins. Et comment vous en êtes-vous sortis ?

— La voiture a fait une embardée et nous sommes sortis de la route. Je ne sais pas comment mais la voiture s'est retrouvée en équilibre sur les rochers derrière le parapet. Un vrai coup de chance. C'est à ce moment que j'ai compris que ce n'était pas un accident.

— Comment ça?

— Sur l'instant je n'y avais pas prêté attention mais ça m'est revenu d'un coup. C'est Matthaeus qui a eu ce coup de fil en fait et jamais je n'ai eu la personne au bout du fil. C'est lui, encore, qui a loué la voiture et c'est toujours lui qui est allé la chercher. Et j'ajouterai que son insistance à garder les tablettes était quasiment suspecte. En plus, à y repenser, j'ai bien l'impression que Douglas et lui se sont disputés juste quand nous avons pris la route.

— Une dispute? Comment ça?

— Lorsque j'ai démarré j'ai vu dans le rétroviseur que Douglas semblait hors de lui, je ne l'avais jamais vu comme ça avant! Il avait pris le col de Mattheaus et le secouait comme un prunier. Le plus curieux c'est que Matthaeus ne réagissait pas, et affichait un sourire de satisfaction.

— Oui voilà encore un point délicat. Vogter dans le coma et Douglas en fuite, impossible de savoir ce qui s'est réellement passé entre ces deux personnes. Où en étions-nous restés?

— À notre accident.

— Oui c'est cela, que s'est-il passé après?

— Nous sommes sortis rapidement de la voiture et nous avons juste eu le temps de prendre quelques effets personnels avant qu'elle ne tombe dans le ravin et s'abîme en mer.

— Oui mais ensuite ?

— Ah, euh, nous avons trouvé de l'aide à Troldhaugen et des braves gens du village nous ont conduits jusqu'à Oslo. De là nous avons pris le premier avion pour Paris.

— Mais comment avez-vous fait pour ne laisser aucune trace ?

— Je pense le fait d'utiliser l'argent liquide y est pour beaucoup. Et ma femme possédait une carte de crédit à son nom de jeune fille, Petersen, je pense que ça a aidé.

— Bien sûr, Petersen, comment avons nous pu passer à côté de ça !

— Nous avons donc atterri à Paris et nous avons demandé de l'aide à des amis sur place qui nous ont hébergés jusqu'à aujourd'hui.

— Oui, oui ça je le sais, nous avons tout vérifié ce matin mais pourquoi n'êtes-vous pas restés à Paris mon cher professeur ?

— Lenna et moi craignons qu'on s'en prenne aux enfants, donc nous nous sommes mis d'accord et je suis parti à Angoulême pour les surveiller de loin pendant que Lenna restait cachée à Paris.

— Et personne ne savait que vous étiez vivants tous les deux ?

— Pas vraiment, j'ai mis dans la confidence un vieil ami neurologue qui suivait Éric et je lui ai demandé de me rapporter tout ce qui lui semblerait bizarre ou anormal.

— Un neurologue pour Éric ? Vous m'en avez trop dit, professeur, ou pas assez !

— Oui mais ce n'est plus d'actualité, et nous en sommes tous très heureux ! Depuis plusieurs années, Éric souffrait d'une tumeur au cerveau inopérable mais celle-ci est en rémission maintenant.

— Vous m'en voyez soulagé, c'est un brave garçon.

— Oui, il a eu de la chance, mais ça n'a pas été facile pour lui.

— Je veux bien le croire…

Ce grand bonhomme de commissaire Anders n'avait pas cherché à dissimuler l'expression de son visage qui trahissait la compassion qu'il éprouvait pour Éric. Son statut de flic n'avait jamais eu le dernier mot sur son humanité. Le professeur l'avait bien perçue. Les deux hommes avaient appris à se connaître au fil des ans par l'intermédiaire d'Anna et tous les deux savaient s'apprécier et se respectaient mutuellement.

— Hum, et pour votre belle-sœur d'Angoulême ?

— Véra ?

— Oui, elle était dans la connivence, elle aussi ?

— Pas tout à fait. Lenna lui a seulement dit qu'il était important que l'on nous croie morts, c'était pour la sécurité des enfants.

— Et c'est tout ?

— Oui, elle et son mari ne devaient pas en savoir plus pour leur propre sécurité. Les enfants ne devaient pas non plus connaître la vérité, c'était trop dangereux pour eux.

— Mais c'est cruel !

— Oui je vous assure nous ne l'avons pas fait de gaieté de cœur, mais nous n'avons pas vu d'autres solutions. En plus Véra devait absolument en savoir un petit peu pour se manifester pour avoir la garde de Niels et Mia, enfin surtout Mia, Niels est adulte.

— Vous auriez pu appeler la police ?

— Oui mais connaissant Matthaeus, il aurait fait jouer ses relations et je pense que cela aurait pu précipiter ses actions.

— Oui pourquoi pas, lorsqu'on est mort, c'est parfois plus facile d'agir… Et vous étiez sûr que votre belle-sœur accueillerait vos enfants à Angoulême ?

— Oui, Lenna et Véra sont très fusionnelles, elles sont pratiquement jumelles, alors voyez-vous, il y a des choses qui n'ont pas besoin d'explication entre elles.

— Oui, je comprends et maintenant qu'allez-vous faire ?

— Pardon ? Mais je ne peux pas répondre à cette question ! C'est à vous de me le dire !

— Et vous n'êtes coupable de rien ? Non ?

Anders affichait un large sourire qui semblait tiré à coup d'élastiques. On ne pouvait pas savoir si Anders était satisfait, moqueur ou simplement béat devant son interlocuteur. Tout à fait ce genre de sourire idiot qui vous agace.

Le professeur Christiansen était un peu dérouté et ne savait pas quoi répondre. Était-ce une question ou une affirmation ? Décidément, Anders savait se montrer déstabilisant lorsqu'on ne l'y attendait pas. Il actionna le bouton rouge de son téléphone et demanda d'une voix presque mécanique à ce que les enfants le rejoignent. Une voix nasillarde sortit du haut-parleur et lui répondit quelque chose de totalement inaudible mais qui semblait satisfaire le commissaire.

— Je plaisante professeur… dit-il en effaçant son affreux sourire. Bien sûr que vous n'êtes coupable de rien ! Vous êtes libre ! Les enfants aussi d'ailleurs.

— Vraiment ? Pas de procès pour s'être fait passé pour mort ?

— Non ! Le procès c'est pour le procureur royal… Il se débrouillera bien.

— Cette fois, c'est moi qui ne vous suis pas, commissaire.

— À chacun son truc, professeur ! Mais comme je vous l'ai dit, vous êtes tous libres, il n'y a aucune charge contre vous et j'ai déjà croisé vos dépositions donc tout colle.

— Et pour Matthaeus alors ?

— Là, c'est autre chose. Il devrait répondre de ses agissements et nos amis de la police financière ont trouvé quelques petites choses pas jolies-jolies, et fort intéressantes…

— Donc nous pouvons partir ?

— Oui mais vous ne devez pas quitter le Danemark !

— Ah !

— Cela vous pose un problème, professeur ?

— Bien pour rejoindre mon épouse à Paris déjà, et je crois que nous avons pas mal de choses à expliquer à Véra, Éric, Mia, Niels… je comptais pouvoir…

— Et vous voudriez bien séjourner à Angoulême pour passer quelques temps ensemble, si je vous suis bien ?

— Oui tout à fait.

— Je me suis déjà arrangé avec le procureur… Il me devait un petit service et il a toute confiance en moi.

— Comment ça ?

— Ne vous inquiétez pas, vous pouvez tous aller à Angoulême et prendre au passage votre épouse à Paris. Par contre il vous faudra vous manifester auprès des autorités locales tous les jours, pour donner le change en tant que témoin, bien sûr !

— Merci, vraiment mille mercis, commissaire.

— Voyons professeur ! Que pouvais-je faire d'autres ? Et puis Anna m'en aurait voulu !

— Oui c'est probable…

Le visage du professeur paraissait détendu et presque soulagé d'être ici. Les quatre jeunes débarquèrent alors dans le bureau comme une bourrasque. L'agent qui les accompagnait était tout rouge et avait du mal à reprendre son souffle. Sans doute avait-il dû les suivre au pas de course !

— Du calme les jeunes, lança Anders, on est pas dans un hôpital mais tout de même…

Les jeunes avaient bien compris que cette once d'autorité n'était là que pour donner le change à ce pauvre agent tout essoufflé. Néanmoins, ils se calmèrent aussitôt.

— Bon, les jeunes, le professeur pense séjourner à Angoulême quelque temps, et comme rien ne l'y oppose, vous pouvez en faire autant une fois que vous aurez tous signé les papiers d'autorisation de sortie.

— On est considéré comme suspect ? demanda Niels.

— Non, bien sûr que non ! Mais comme l'affaire est en cours, vous n'avez pas le droit de quitter le territoire le temps de l'enquête.

— Super !

— Euh, moi je reste ici, si ça ne pose pas de problème !

— Éric ? Tu veux rester ici ? Tu ne veux pas rentrer ?

— Non tonton, j'ai encore quelques trucs à faire ici, dit-il en faisant les yeux doux à Anna.

Le professeur semblait ne pas comprendre véritablement les motifs d'Éric et Mia prit la relève.

— Enfin, papa, laisse-le, tu ne comprends vraiment rien à ces choses là, toi ! Niels et moi, on vient avec toi !

— Bon, bon, d'accord… De toute façon je n'ai pas mon mot à dire apparemment.

— Apparemment, non, professeur, dit Anders, mais je crois qu'il est en de très bonnes mains, n'est-ce pas Anna ?

— Euh, oui, oui… Bien sûr.

— Et qu'allez-vous faire tous les deux ?

— Anna m'a promis de me faire visiter la fac, comme je ne sais pas vraiment où me diriger, pourquoi pas étudier ici!

— Oui pourquoi pas... Nous avons une bonne université. Donc deux qui restent et trois qui partent!

— Eh bien oui, il me semble commissaire, quand pouvons-nous y aller?

— Mais tout de suite, signez les papiers et filez!

Mia, Niels et le professeur signèrent immédiatement les papiers que leur présenta le commissaire puis ils le remercièrent encore très chaleureusement.

— Allez, allez filez!

— Oui le temps de récupérer à l'auberge quelques affaires et nous partons, merci encore commissaire.

— Filez je vous dis, et n'oubliez pas de revenir!

— Oui, oui, comptez sur nous, au revoir...

Le trio avait franchi la porte du bureau et le commissaire était resté seul avec Éric et Anna qui semblaient attendre quelque chose.

— Bon, Anna, tu t'en doutes, ce n'est pas fini!

— Oui, je sais. Douglas court, et je sais très bien que tu n'es pas dupe non plus pour Matthaeus.

— Décidément, tu devrais vraiment postuler pour venir chez nous, tu sais!

— J'ai un bon professeur, Anders!

— Peut-être... En tout cas le comportement de ce Matthaeus Vogter me paraît vraiment démesuré. C'est complètement illusoire de penser qu'un professeur d'histoire ne sache pas la signification du mot richesse chez les vikings, n'en déplaise à Christiansen. Je pense que Matthaeus recherchait quelque chose qui avait beaucoup plus de valeur à ses yeux qu'un simple trésor viking. Et ça je crois que ton oncle ne l'a pas réalisé, Éric.

— Je ne pourrais pas vous dire commissaire, je ne connais rien aux vikings.

— Hum… pourtant tu parles un danois irréprochable, pour un français, c'est remarquable… même pour un danois, du reste.

— Je vous l'ai dit commissaire, ma mère est danoise, il y a rien de mystérieux dans tout cela.

— Bref… promettez-moi seulement tous les deux, d'être vraiment très prudent !

— Oui, oui, répondirent-ils tous les deux.

— Je ne plaisante pas, Anna ! J'ai contacté les autorités britanniques au sujet de Douglas et c'est le ministère des affaires étrangères qui m'a répondu. Ça ne présage rien de bon !

— Que veux-tu dire ?

— Simplement que Douglas est protégé en haut lieu, et qu'il n'est certainement pas un simple assistant.

— Peux-tu être plus explicite s'il te plaît ?

— Non, même avec la meilleure volonté, Anna, on m'a clairement signifié de ne plus enquêter sur lui et je ne sais rien d'autre.

— Quoi ? Mais pourquoi ?

— Aucune idée, c'est encore un mystère de plus ! Mais de toute façon, Douglas me semble être quelqu'un d'inoffensif.

— Oui même s'il paraît un peu glacial comme ça, il a quand même essayé de nous protéger.

— C'est ce que je disais ! Je me méfie plutôt de ce qui se cache derrière toute cette affaire.

— A quoi penses-tu ?

— Je ne sais pas… Rien de précis, en fait, j'attends beaucoup de ce que la brigade financière va trouver d'autre en fouinant davantage. Pour le reste, nous avons un coupable dans le coma, une vieille chevalière, et des complices étrangers bien organisés qui disparaissent dans les airs, c'est maigre !

— On pourrait enquêter de notre côté, n'est-ce pas Éric ?

— Oui, on pourrait vous donner un coup de main sur les choses historiques par exemple !

Le commissaire Anders était pensif, affalé dans son fauteuil, le regard fixé sur un horizon invisible. Il était manifestement embêté par la réponse qu'il devait faire. D'un côté il ne voulait pas faire courir de risques aux jeunes mais d'un autre côté leurs connaissances lui auraient été bien utiles même s'il fallait supporter quelques ingérences « pas très orthodoxes » dans son enquête. Au bout de quelques minutes qui parurent une éternité à Anna et Éric, il reprit.

— Non, merci, ce n'est pas nécessaire. Pour l'instant amusez-vous, et laissez-moi avancer un peu avant de venir jouer les trouble-fête.

— Bon comme tu veux, tu viens Éric, on va allez voir le campus, il y a des hot-dogs danois à mourir !

— Des hot-dogs danois ? Ça existe ?

— Oh je ne sais pas s'ils sont danois, Éric, mais tu peux faire confiance à Anna, ils sont à mourir ! Allez filez maintenant, j'ai encore une montagne de paperasse à remplir !

— Oui, oui, on file, bon courage !

— C'est ça, pensez à moi devant votre hot-dog danois !

Mais déjà le petit couple avait disparu dans d'entrebâillement de la porte et la mécanique de l'ascenseur se faisait entendre.

Anders était toujours avachi dans son fauteuil et resta un moment immobile à grommeler tout seul. Puis il se mit à réunir toutes les feuilles qui jonchaient son bureau pour former une grande pile de papiers. Ensuite, il tira du tiroir de son grand classeur un dossier rouge et rangea sa pile de feuilles à l'intérieur. Il le referma et resserra la sangle en tissu puis il alluma une sorte de bougie rouge et fit fondre un peu de cire sur la sangle pour y apposer le sceau royal qu'il cachait dans son pot à crayons. Le dossier était à présent scellé et Anders écrivit au feutre noir très lisiblement « Affaire n°45-652 – classée ». Il le rangea ensuite dans le dernier tiroir métallique et le poussa d'un coup de pied assez violent ce qui produisit un vacarme de tôles froissées.

— Tout va bien commissaire ? Dit une voix à l'entrée du bureau.

— Oui, merci, Lars ! Ça te dit un hot-dog ? C'est moi qui régale !

— Pourquoi pas! Je prends ma veste et j'arrive.

— Je connais un coin sur le campus, tu m'en diras des nouvelles…

Anders se dirigea vers la sortie et après un rapide coup d'œil sur son bureau, il claqua la porte. Déjà on entendait le bruit de leurs pas s'éloigner puis le bruit mécanique et feutré de l'ascenseur.

DANS LA MÊME COLLECTION

Tome 1. - Le secret de la dernière rune
Tome 2. - La confrérie de l'ombre
Tome 3. - Les épées maudites

CONTES FANTASTIQUES

Petits contes diaboliques
*Roman fantastique et philosophique
ne faisant pas peur!*

Der ungewöhnliche Reisende - Erzählungen
*« Le voyageur insolite », contes fantastiques en
langue allemande*

OUVRAGES TECHNIQUES

EPUB 3.0 Concevez et réalisez des eBooks enrichis, Éditions Pearson

EPUB 3.2 Concevez des eBooks modernes et accessibles, Éditions BOD

Mémento Epub 3.2 (à paraître)

Retrouvez-nous sur :

Le site : http://serie9mondes.wixsite.com/site
Facebook : https://www.facebook.com/9mondes/

Loi n°49-956 du 16 juillet 1949 sur les publications destinées à la jeunesse, modifiée par la loi n°2011-525 du 17 mai 2011.

Couverture :

Landry Miñana

ISBN : 978-2-3223-9963-5

Édition :

BoD - Books on Demand,
12/14 rond point des Champs Élysées,
75008 Paris, France

Impression :

BoD - Books on Demand,
Norderstedt, Allemagne

Dépôt légal : octobre 2021

© 2021 Landry Miñana